夏末未央

吴百川
著
Wu Baichuan

作家出版社

图书在版编目（CIP）数据

夏末未央/吴百川著. －北京：作家出版社，2016. 2（2016. 7 重印）

ISBN 978－7－5063－8592－3

Ⅰ. ①夏… Ⅱ. ①吴… Ⅲ. ①短篇小说－小说集－中国－当代 Ⅳ. ①I247.7

中国版本图书馆 CIP 数据核字（2015）第 290778 号

夏末未央

作　　者：吴百川

责任编辑：省登宇

装帧设计：夏　冬

出版发行：作家出版社

社　　址：北京农展馆南里 10 号　**邮编**：100125

电话传真：86－10－65930756（出版发行部）

86－10－65004079（总编室）

86－10－65015116（邮购部）

E－mail：**zuojia@ zuojia. net. cn**

http://www. haozuojia. com（作家在线）

印　　刷：三河市紫恒印装有限公司

成品尺寸：142×210

字　　数：180 千

印　　张：7.625

版　　次：2016 年 2 月第 1 版

印　　次：2016 年 7 月第 2 次印刷

ISBN　978－7－5063－8592－3

定　　价：28.00 元

目 录

CONTENTS

十年夏末

我会记得，从前有一个女孩，曾陪我一起穿过夏天，穿过夜晚的灯火。

我会记得，从前有一个女孩，喜欢和我一样，转过街角，嘲笑世界的荒唐。

我会记得，从前有一个女孩，曾靠着我，小声地说，她喜欢北海。

她叫薄荷。

当雨还在下着，我走过清明，走过一个灰色的世界。公墓并没有因为是清明而少了几分惨淡，依旧行人三三两两，带着几分提不起来的神色。世界被雨水染上灰色，雨声放大，这座城市反倒多了几分安静的忧伤。四周高楼的身影开始隐没痕迹，出租车匆忙地驶过，溅起一排荒唐的雨渍。

我在想这究竟是我生活过多年的城市，在这场清明的雨里竟显得那么陌生。定是因了这低压阴雨天气的缘故吧，我的心情很糟，身后有一搭没一搭的单向对话我提不起半点兴趣。我沿着公墓的栏杆走，身边茂盛的绿色在灰色的雨里漂白，世界所有的生气此刻皆荒芜。

我会记得曾和薄荷一起在这座城的夜晚里行走，穿过灯火如花，穿过夏天的热气。那时的世界一定不是现在这样子，一定是我和薄荷的对话在空气里蒸发，一定是烂醉如泥的我们拜倒于乱世的繁华。我会记得薄荷曾满身酒气地讲出那唯一一句文艺一点的话："假如夏末没有这么阑珊"，这句话在回忆的空气里并没有消散，甚至因为我时时想念薄荷而被沿用至今。这座城市，还记载了我们阑珊的夏末，和一个个烂醉如泥的晚上。

身后还是时有时无的单向对话，我回过身，是高大的北海。他为我撑着伞，挡着灰色的雨，从我家一直走到了公墓。绕过黑色的铁漆大门，墓园里是一片黯淡的绿色，它把我的心事渲染得沉重。我不知道我身后的男生想法是否和我一样，但我知道，他干净的脸上一定和我一样没有一点泪痕。我们撑着伞，在灰色的雨里，一步步走向那个人的墓碑，黑白的往事开始在脑中显现残迹。灰绿色盛开在道旁，靴子走过，溅起些微泥泞的痕迹。

我在那块墓碑前蹲了下来，北海还是站着，帮我撑着伞。看着那墓碑，我的眼眶终于开始有一点点红，然后我听见身后传来小声的呢喃：

"我想薄荷。"

我也想薄荷。

自此回忆开始决堤，往事以不可阻挡的速度迅速播放。我带着北海回到了很多年前的那个夏天，不过，那个时候，还没有北海。

刚上高中的那个夏天，我和薄荷持续在操场上奋斗，不是军训，而是为了减肥瘦腿，以便穿上新买的过紧的牛仔裤。我们涂上各种防晒霜，穿上长袖长裤，一段时间下来，减肥效果不是很明显，人倒是先黑了一圈。于是我们就一脸神伤地回了教室，拿出镜子互相评论你哪儿黑了我哪儿黑了，以长吁短叹结束评论。那时，我们期待着夏天尽快过去。

那个夏天未至的时候，每个夜晚我都会和薄荷一起走在夜晚的街上，穿过夜晚的灯火。我们生活的这座小城，被一条江水穿过，我们沿着江走，看身边绵延的欧式建筑洒下繁华的灯光。江滚着温热的气息而来，夏天没到也觉得有一种奇怪的感觉。那时的我们，每每路过街边的小酒吧，总会下意识地去读一下招牌上的英文，以显示自己的英语水平。但我们从不进去，因为我们是健康好少年，烟酒不沾。

原本只有我和薄荷穿梭自如的世界，在我们上高中后，都改变了。我们的世界不再只有那些温热的夜晚，不再只有华灯闪烁和彼此手牵手的时光，还有一个叫北海的男生。在那个夏天，教室里的座位安排得有些混乱，我和薄荷坐同桌，时时商议着我们的减肥大计。薄荷提议，每天晚上去跑步，这样就能避免被太阳晒黑。我认为夜晚湿气太过浓重，容易中暑。两条简单的辩论持续了好几天都没有结果，以至于我们从未注意过身边有什么人。但是日子一天天前进，直到有一天薄荷冲到我面前神情惶惑地说，她发现自己已经瘦了五斤，我们的减肥计划终于以不太显著的成效解体了。但是我们很有毅力，我们一边大嚼巧克力一边约好来年再战。

减肥计划结束后，我们终于不再关注一切月字旁的字了，我们把注意力集中到高中的学习上来，并让时光慢慢来帮我们漂白。于是我们终于发现自己身边其实都坐满了同学，只是每天走上讲台的都是新老师。要知道，那时夏天已经阑珊了，我们无心向学都一个月了。

第一次月考我们败得异常惨烈，各门功课老师上课时都会用极其凶恶的眼神逼视我们存在的角落，以至于每每老师用眼神射杀我们时，我的前桌总是会颤抖一下。因为位子比较凌乱，前桌比较高也就为我们承受了大量的攻击。当我决定专心向学而不是时时观察老师擦汗的动作或者看看窗外的绿树和操场上打篮球的男生时，薄荷却开始不务正业了。在夏天的余烬里在秋的折磨里翻腾的时刻，她一脸恬淡，用课本做掩护，削尖2B铅笔，随时准备在课桌上画素描。我本来以为薄荷是嫌上课无聊，但她画画时认真的表情却令我有些诧异，还时常抬头看向我的前方。在我的连日观察和严密推理之下，我猜测出她在画我前桌的肖像，并且我还趁她不注意，缴获满满一桌的赃物。

在黄色的古旧书桌上，画满了或深或浅的侧脸。那张桌子只要我轻轻一推就能发出一些古怪的声音，但这不妨碍桌面上那些细致的线条。我通过薄荷的素描终于对前桌的脸有了一些粗略的了解，她记录了我前桌的各种神态，或睡觉、或偷看、或颤抖、或嘚瑟，反正没一个正常的表情，在她的桌面上排列组合出一本百科全书。深厚的浓线条刻画出他的眉眼，映在涂了漆的木桌上也格外动人。

阴谋被揭穿的薄荷脸红了。

我的前桌叫北海。

那天北海探寻老师目露杀意的原因终不得果，便偷偷地转过头来，一眼就发现了我摆在桌子上的那堆分数低得变态的试卷，再一转头，看到薄荷分数更低的试卷，一下子就明白了老师杀气毕露的原因。那时薄荷正专心地画着她的素描，用铅笔的痕迹编织出少女臆想的世界，课本不能完全遮挡她石墨制成的头像，在课桌边缘处露出极鲜明的一角。前排的男生转过头来，她不知道，并且继续抬头仰望取景，却迎上了男生诧异的眼神。她慌了，连忙抽来我的试卷把桌面完全掩盖，她温柔的世界充满了凌乱的喘息。我不知道那时北海有没有看见薄荷在画什么，不过我猜得出他神情诧异大概是因为我们低得过分的分数。我记得薄荷脸颊通红，低下头去没敢再抬头。在前排男生转过头去好久，空气里还满是青涩的味道。

其实因为薄荷的缘故，我很早就被灌输了“我的前桌叫北海”这个信息，那是她有天画素描时偷瞄他的作业本得知的。但是在我们熟络之前，我还是喜欢叫他前排男生。

有过一次灼热的对视，薄荷已不满足于她的素描战斗了，她决定带领我主动搭讪。薄荷偷瞄到前排男生试卷上的分数高得要死，于是以问问题为由，展开了猛烈的攻势。那时我们的位子靠窗，夏天将尽未尽，从窗外传入绵薄的呼吸。涌动的热浪已渐次退却温度，教室顶上的老旧电扇也不需要咿呀乱叫了，老师也不需要频繁地揩汗了。我记得薄荷是怎样鼓起勇气，小心地用笔帽戳着前排男生的后背。我看见笔帽在白衬衣上扯开褶皱，看见笔帽慢慢地陷进少年后背的肌肤，然后男生转过头来，一脸窗外的明亮。薄荷小心地献上自己的问题，面色娇羞，在那时的光线里，眼眶流转出温柔的潮湿。男生轻轻一笑，迅速地解决了问题，没有多余的言语就转身回去，留在空气里的，还满是薄荷青涩的味道。

男生转回去好久，薄荷还没反应过来。但她发现搭讪战术的成效明显比减肥计划和素描战斗要好，于是她开始积攒问题，一次又一次，用笔帽在男生的白衬衣扯开褶皱，一次又一次，让笔帽陷进少年后背的肌肤。但是，每次问答，都只有生硬的数学公式味充斥着空气，我没再听见一点酸溜溜的情话。天气开始薄凉，窗外的阳光已不能和前排男生的面目一样明亮，一直穿着有青草香味，洗得发亮的白衬衣的前排男生，也披上了一件卡其色的针织衫。薄荷却一直在问问题，她的问题给那段时光镀上一层浓重的学术味，却只剩男生的眉眼调和她羞红的大雾。

第二次月考结束，薄荷的成绩狠狠地挣脱了倒数十名，并且一路历经艰难险阻直线攀升挂上了平均分。这让成绩和第一次月考相比没有什么起色的我很是眼红。平时薄荷穿越我的前方问问题时我从不认真听他们对话，总是眼神游移，看窗外的夏天代谢到什么程度，抑或是分析前排男生的洗衣粉品牌。但是薄荷的成绩毫不留情地赶超我却让我有些焦急，于是我也开始问前排男生问题，那些堆积如山的问题像找到了一个发泄口，毫不留情地朝前排男生涌去。在那个秋意初露的十月末，我想我的世界观已经颠覆了，我的眼前也滑过浩如烟海的数字，我不知怎么地想放肆地嘲笑世界的荒唐。一如多少年前，我和薄荷手牵着手转过哥特式寂寞的街角，然后轻低眉眼，在路灯下嘲笑世界的捉弄人心。那个在学海里战得死去活来的我，第一次发现问问题是一件那么美好的事，从此便一发不可收拾。我还记得我第一次小心翼翼地用笔帽戳前排男生柔软的针织衫后，他对我说的第一句话：

"你终于也开始问了，这样老师再也不会用眼神射杀这个方向了！"

我也在那一刻才意识到，第二次月考后，老师目光射杀的范围减小了百分之五十，杀意也削至一半，但是浓度不变！只有我的成绩也缓慢上升，前排男生才不会再在那些平凡的午后，突然发出一些不自然的颤抖。

晨昏线来回分割，夜的时间开始侵吞白昼。我和薄荷开始联手用问题向前排男生发起猛烈的轰炸。一次次，我们用笔帽刺向他柔软的针织衫；一次次，我们用手指触碰他的呢大衣；一次次，我们用手掌轻拍他的脑袋。岁月在我们的手掌间流过，从我们的指缝间穿过，那么多问题抛入大海都激起温柔的回响。老师终于不再射杀我们，而我的记忆里，只有日渐褪去锋利的空气中，我和薄荷不停地呼唤前排男生，我们的手影，在我面前编织成仓促的潮。他一次次转过头来，一次次一脸明亮，闲话的成分也终于多于生硬的讲解，我们的成绩已狠狠地将平均分踩在脚下，前排男生挤眉弄眼的表情也日渐清晰。薄荷的搭讪战术取得了非常显著的成效，很多时候，已不需要我们的手掌拂过空气，他就会主动转过头来，然后我看见，他无意中蓄长的黑发，衬着他苍白的脸颊，成了白色的冬天里最鲜明的风景。

前排男生，不，他叫北海。

下初雪的时候世界是一片薄薄的白色。这次班上调整座位，把北海调到我后面去了，但我还是和薄荷坐同桌。这样子，我就会经常感觉到北海在故意踩我的凳子，我一转头又会看见他笑得明媚如花。常常是我微微地把身子向后靠去，听他讲题目。数学老师已经穿上了厚厚的羽绒服，但当他讲课时，却总会脱去外衣以便于活动筋骨，在黑板上大动干戈。我会和薄荷偷偷地讲话，然后我注意到，她黄色的桌面上已然褪去了所有素描的痕迹，曾经那个阑珊的夏末，逝去了就不再回来。

放假时我们会一起回去。在薄薄的雪地里，北海走在前面，我们慢慢地跟着他。薄荷有时会面色激动，故意向前走几步，以便离北海近一些。北海斜背着包，穿着一件黑色的长呢大衣，在白色的冬天里，一步一步地向前走去，还发出一些炫目的微光。在那个微茫的冬天，北海的背影凌乱了两个女孩的世界，我看见薄荷眼睛湿润，试着接近北海。在这座顽固的小城，江水到了冬天也变得有些顽固，我忽然想我们可以叫北海陪着我们，一起像那个夏天到来之前的那样，走在夜晚的街，穿过繁华的灯火。曾经是我和薄荷手牵手，现在是北海走在前面，我们在后面跟。我们可以一起研读小酒吧门前的英文，让北海和我们一起领略夜市的美丽。

我把这个想法告诉薄荷时，天开始下雪了。一点点，无助地飘。前面的北海停下来，转头面向我们，白色的小雪落在他浓黑的头发里，不一会儿就变成潮湿的透明。北海从背包中取出折叠式的伞，撑开，然后问我们要不要一起撑。北海站在前面，离我们不近。他是黑色的，世界是白色的，他是迷惘的，世界是模糊的。他已用伞挡住风雪，我们品读着他的邀请，发现世界其实有些荒唐。但我们还是欣然同意，向他跑去，穿过生命中的茫茫空气，然后三个人挤在一把小伞下，越过这个世界的皑皑白雪，越过北海的身边。

那是我们离北海最近的一次。

北海一边叫着“冷啊”“冷啊”，冬天一边迅速地过去。我们三人一组顽强地越过冬天，在新的座位安排中仍坐在一起。薄荷和我私底下换了位子，现在是她坐在北海的前面，我相信她也一定有感觉到北海在乱碰她的椅子，我稍微转一下头，会看见北海在拍打薄荷的辫子，那样子实在无聊，他似乎想一掌扇过去，然后让薄荷的马尾在空中旋转一圈。他软软的头发挂下来，已经快把两只眼睛都挡住了，我有时候会想把他的头发也扎起来。

冬天过去的速度有些慢，但少年总会急不可耐地脱去厚重的冬衣。有时候我会发现生活的节奏有些奇怪，当我们搭讪战术泛滥时我总觉得日子比较长，而当北海进入我们的生命后我却觉得日子的流逝没有痕迹。是因为每天都差不多，都在北海的闹腾和问题中度过吗？我忽然有些恍惚我们是怎么熟络的，仅仅是因为要提高成绩而用问题狂轰滥炸到最后不打不相识，打过后就自然而然在一起了吗？感情这东西的培养温熙而奇妙，一旦有了契机，两人就会密不可分。我也忽然想起那个阑珊的夏末，空气里青涩和娇羞弥漫。

是因为薄荷吧。

暖意初露的三月，我又转头看向薄荷，在她的主战场上她竟然一直比较沉默，倒是坐在后面时而发疯的北海比她活跃多了。我又跟她提起那个雪地里我曾讲过的想法，薄荷陷入了深深的思考。有时候我会想给她服一些增加勇气的药物，让她不要把自己装饰得那么怯软。薄荷想了想还是直接跟北海说了她的邀请。

薄荷总是以一个配角的身份存在，我觉得我们已经和北海很好了，她却依然很难开口，只在最后发出一些颤抖的音节：“你想晚上和我们一起出去玩吗？”

我实在看不下去，就凑过去帮她添油加醋，把夜晚的街道狠狠地渲染了一把。北海很爽快地答应了，并且建议晚上就翻墙翘课去夜市闲逛。虽然我很奇怪北海为何会这么迫切，并且不惜翘课，但我也不需要知道原因，只要他答应就够了。相反是薄荷有些张皇失措，她一定是计划好掐算手指挑个黄道吉日出去的，没想到北海立即定在今晚。我好像还隐约听见北海说最近学习有些太累了，已经迫不及待要出去放松一下了。

到晚上为止，薄荷一直心绪不宁，虽然我不觉得她有什么好激动的。我侧过脸去，看见薄荷面色绯红，再往后是北海一脸明亮的炫白。春天的阳光开始有些泛滥，已经快和北海的面庞一样明亮了。我转过头去时正好对上北海的视线，北海脸上是他惯有的白亮，看到我，他又挤了个笑。从三个人混熟后开始，我发现北海一直在笑，我没看过他有一点郁闷的表情，从去年穿越冬天而来，一直都是。

终于到了晚上，薄荷期待已久的时刻。北海拿出很小气的一张课程表在我们面前铺开，像司令谋划战斗路径一般在上面指手画脚。他指着“数学”说，这是我们最薄弱的科目，不能旷；然后他的手指往下一滑，指着“语文”说，这节课上不上都一样，不能不翘，至于剩下的两节自习课，势必要翘。首领定好计划后天色漆黑，整堂数学课我们都坐在位子上不停地跺脚，北海甚至有些过分地踹着薄荷的椅子，发出奇怪的声音。天气开始转热，数学老师还是把外衣放在讲台上，只穿着毛衣在黑板前夸张地写着字，甚至写得大汗淋漓。我像看见去年夏末，老师在黑板前不停挥汗，那时的薄荷还在满桌地画着素描，问着一些羞涩的问题。终于等到下课，我们三个迅速地冲出教室，披着夜色跑到了校园的边缘。

薄荷特别激动，因为这是她第一次爬墙。北海先想尽各种办法把我们送到围墙上，再自己迅速地翻过围墙，在校园外张开双臂接我们。北海的动作如此娴熟，一看就知道经常翻墙，他一定是想带我们翻一次墙，才想也不想就定在今晚翘课。我以为薄荷会犹豫不绝不敢往下跳，没想到她竟然抢先于我，闭上眼睛“啊”地怪叫一声就朝北海扑去，准确地落入北海的怀中，并紧紧地抱住北海。北海也搂住薄荷，向后趔趄几步。薄荷抱住北海，好长时间都不肯放手，剩下我一个只能借助围墙边上的道具一个人下来。

跑出学校后，就是我们的世界。夜晚、华灯、江水，都站在我们这边。由我们来为北海引路，也终于可以扭转局势，由我们在前面走，北海在后面跟。薄荷一定会想起，那些落满雪的日子里，北海走在前面，我们默默地在后面跟。黑色的北海在白色的世界里转过身来，撑开雨伞，邀我们一起走过生命的飞雪。那些念头都不能放过，当北海走着走着就与我们并排前进时，我们的世界在华灯映照里一晃而过。一晃而过，那些荒唐的变迁；一晃而过，那些潮湿的眼角。薄荷的眼神游移而恍惚，像极了最早的时候我看他们问问题的样子。一路上我们三个都没讲几句话，但慢慢地在一起走，就觉得充实而幸福。

那天的夜晚，和我们以前见到的夜晚截然不同，是因为多了北海么？但北海只是一脸明亮，沉静地走在我们身旁，享受灯火的繁华。我知道薄荷面色潮红，内心激动，但在彩色霓虹的掩盖下却看不分明。我们不自觉地就把手牵在了一起，在两边绚丽的华灯中穿过，像慢慢穿过北海的身边，穿过北海的全世界。风已有点暖，吹来一些江水的味道，冬天过去江水也不再那么麻木，我们看身边抛光掠影的车水马龙把这个世界装饰成很浮华的样子，或者在口中默念路边小酒吧招牌上的英文，猜测“salt free”到底指的是无盐还是盐免费。

灯色多变，有时我们会专心致志地看一只灯变换完所有颜色，无数的灯把这个黑夜编织得繁华。我想薄荷的嘴唇翻动欲言又止，她一定想和北海说些什么，却又觉得不需要了。是的，我们不需要别的什么，只需要在一起，在一起走。尽管我对北海说不上是爱慕，但总会想和他在一起，想与薄荷、北海在一起，觉得自己的生命只有三个人在一起才算完整。我在想，这就算幸福吗？然后我听见北海小声地说，说他很喜欢这些小酒吧，并且以后也想要在这里工作。

然后他看着我们说，如果有一天大家都离散了，如果我们还想见到他，不妨走进一家路边的小酒吧，没准会看见他在里面擦着酒杯缓缓抬头。薄荷眼睛湿润。

一不小心我们就顺着灯光走到了江边。这条江很清，它的码头也很气派，四周灯光泛滥，江边成排的米黄色建筑也很有欧式风格，这让我想到了上海的“十里洋场”，只是我生活的仅是一座小城，江的对面没有东方明珠塔。我们和北海一起呼吸着江风，北海的表情仿佛从未注意过这里有条江。临末，北海笑着说：

“如果还有机会，我带你们去个地方。”

北海的笑还在眼前，我们已经翻过围墙回到学校里了。因为北海人缘很好，并且他经常翻墙已广为同学所知，所以他已事先做好了同学的工作，大家统一好口供，就说我们三个上了一趟漫长的厕所。回来时是数学老师跟班、监管自习课，他看见我们三个一起神色斐然地从后门进来，也没有多说什么。但我清楚，我们明亮的眼神早已出卖了我们。

从此我们继续安静地生活着，等待空气逐渐温热，等待夏天的诗章渐次降临。北海还是爱笑，薄荷还是害羞，我还是觉得幸福。春天的节奏永远不温不火，逝去了也没多大感觉，因为绿色之夏的枝叶永远无声无息地渗透。初夏，捎来了这座城市的雨水，回家的路上，北海撑着雨伞，我们三个挤在一起，穿过茫茫大雨，像穿过冬天的雪。

在高一的尾巴，我们都开始考虑文理分科的事了。数学把我和薄荷学得很是痛苦，按理来说我们应该选文科，但北海一定会选理科，我们三个又不想分开，一切都表现得很苦恼。这时北海一脸明亮，提议我们三个再翻墙出去放松一下。那时夏天已有了很明亮的阳光，能和北海的脸色有得一拼了。其实自那晚翘课以后，我和薄荷就爱上了翻墙翘课的感觉，时时期盼着北海能什么时候再带我们去一次。有时我们会独自面对围墙，想凭借自己的力量攀上去，却徒劳无果。但毕竟快会考了，我们又不能那么任性地叫北海频繁地带我们翘课。所以这次，我们极爽快地答应了北海的请求。

北海带我们翻墙出去，是下午的自习课，那时天色还比较明亮。北海在前面健步如飞，我和薄荷手牵手，在后面小跑，艰难地跟。天色明亮时的行走，我和薄荷还不太适应，我们看见周围的世界是灰色的，随着我们的步伐迅速地车水马龙。我们看见老奶奶在路牌下展开温柔的微笑，街边卖相很好的烧饼散发出迷人的香味。我们登上石桥，越过小河，穿过熟悉的公交站牌，来到了北海带我们去的那个地方。那时日光下彻，世界的姿色充满温柔的光晕。北海迅速地跑上那个坡度很缓的山坡，我们也快步跟上，白色帆布鞋溅起泥渍和青草的汁液。那片山坡周围很空旷，在坡上只能看见无尽的天空。北海跑到坡顶放肆地倒下，我想他干净的白衬衫背后一定满是污渍。山坡上只有绿色的、柔软的草，我们也在山坡上放肆地倒下，仰头看坡顶的北海，看天空蓝得很神秘，白云去回，世界宁静而安谧。我闭上眼睛，感受阳光，想睡觉。

等阳光趋向迟暮的颜色，薄荷在痴迷地望着北海。北海幽幽地说：

“你们选文科还是选理科？”

我们毫不犹豫地选了理科，因为我们对北海实在太依赖了。

你们是我世界的全部。

时光前进，在这里直接越过阳光茂盛的盛夏，北海的笑脸和盛夏之光不相上下，但是日子还是迅速地跨到了高二的夏末。

不管我愿不愿意。我的世界都在这个夏末崩坏，尽管新学期我们三个仍在一起让我很是高兴。那个夏天刚接近尾巴时，我原以为世界明亮、天高云淡，我会像原来一样活得很开心，但一切危机暴露前都没有痕迹，而一切危机的痕迹又都始于薄荷对我说的那句话。

又是一个让我觉得熟悉的夏末午后，绿色的空气才刚开始分崩离析。老旧的电风扇为自己的提早退休不停乱叫，老师在黑板前扎着马步，挥汗如雨。像又回到了一年前的夏末，北海坐在我的前面，热浪从窗外涌入，薄荷轻轻地靠到我的肩上。我原以为她是嫌上课无聊想睡觉，但我却听见她极其认真地说：

“我喜欢北海。”

虽然早在意料之中，但我听见薄荷讲这句话时还是不由地颤抖了一下。尽管我一直都猜得出薄荷喜欢北海，并且已经喜欢很久了，可这还是薄荷第一次如此直白地道出她宛转的心声。那心声，在很早以前就伴着岁月的波动，在薄薄的暮霭下随着心悸展露了头角。

尽管惊讶，但我知道如此害羞的薄荷能说出这样的话一定是经过慎重考虑了的，一年的时光，已经能让我们都很好地认清了彼此，我看向薄荷，她面色决绝，看来一定是打算做出实际行动了。我再看向前面的北海，还是充满干净香味的白衬衫，他正安静地趴在桌子上，我看不见他笑，看不见他的一脸明亮。我在犹豫到底应该做什么时，薄荷向我发出了请求，叫我帮她告白。

窗外的热浪涌入，是绿色的空气，带来年少的追逐。我们都爱这夏末，都爱共同生活的一度绿春盛夏悲秋忍冬。曾经的美丽场景飞过我的视线，我看见薄荷傻痴痴地在桌上画素描，我看见薄荷羞涩地问出第一个问题，我看见大雪中我们三个走在一起，薄荷和北海靠得很近，我看见薄荷从围墙上跳下来时和北海紧紧地抱在一起……记忆里所有的薄荷都出来，对我说：“去吧。”记忆里所有的薄荷都出来，对我喊：“去吧！”

我的手指迟疑地伸向北海，北海正安静地趴着，一定是思想在开小差，无视讲台上老师的汗如雨下。窗外的夏天吹来阑珊的热气，我靠窗的手指敏锐地捕捉到。北海一身白色缓缓发亮，恍若宁静的谪仙，但不管我有多犹豫，我还是拍了拍他的肩膀，然后他一如既往，一脸明亮地转过头来，冲我微笑。薄荷在一边故意低下头去。

我不知好歹地开了口，“北海，如果我说有人喜欢你，你会怎么样？”

北海的脸上还是明亮，“谁喜欢我啊？”

我用了很暧昧的短语，“很近。”

很近。是谁呢？是正在说话的我，还是一旁故意低头的薄荷呢？但如今的我一定在后悔自己当初的愚蠢，我看见北海第一次没有一脸明亮，第一次脸上不再有笑。他在窗外绿色的热气里冲我做了一个古怪的表情，那表情，古怪得无以复加，看得出他一点也不高兴，看得出他其实也在思考分析。然后他转回去了，白色的他转回去了，留给我一片微茫的寂寞。他带着古怪的表情回去了，他带着猜不透的表情回去了。

窗外阑珊的夏末在分崩离析。

这时薄荷才缓缓地抬起头来，她一定看到了窗外阑珊的夏末。

我很后悔，自那天表白以后，北海再没有转过头来，他也再没有陪我们一起回家。他还和原来一样安静地坐在我的前面，他的身边是夏末已有几分惨淡的阳光，我敢肯定，他的脸上一定已不再那么明亮，他的脸上一定也不再有笑。

薄荷也开始沉默，好像很自责。她凭借地理位置偷偷地瞄过北海，然后她很紧张地告诉我，北海的脸上没有光亮，一反往常。这很符合我的猜想，北海不再一脸明亮，这是一件很可怕的事情，我们开始为北海担心。

现在又像最初一样，只有我和薄荷两个人走在一起，但和以前不同，现在的我们一点也不开心。北海没有一点要与我们同行的意思，我们两个人一言不发，安静地走在人群边缘，像是走在夏天的边缘。我们开始担心，北海就此离开我们的世界，薄荷忽然就一阵心痛，蹲了下来，作干呕状，仿佛能像黛玉一般咳出血来。

薄荷，我们错了吗？

我曾想过要跟北海说一下清除那句告白，但看见他白色的背影，我都伸不出手去。薄荷曾告诉我，现在北海总是满目愁云，眉头紧锁，像在思考什么。那就不要打扰他好了。他是因为我们的喜欢而烦恼吗？还是他根本就不喜欢我们，只把我们看作朋友？或者和我一样，认为我们三个在一起，只需要在一起，就足够幸福？但无论如何，我们的告白都让他烦恼。

夏末要殆尽了。

我通过推理总结出了北海烦恼的原因。他应该只想我们三个像平常一样在一起，不需要复杂的男女关系。他大概是认为我们很适合当朋友，当女朋友则不合适了，但他又不知道该怎么拒绝，或是知道了我们的内心想法就很难像平常一样自然相处了。那告白让他很苦恼，他不知道该怎么面对我们，不知道该怎么面对我们的友谊。

薄荷听了我的分析很伤心，这是隐性的拒绝。她知道了北海和我们之间不可能有爱情，于是，终于决定要向北海承认错误并重拾友谊。我也迫切地希望北海回到我们的世界，但这时一波又起，让事情一下子变得不可收拾。

隔壁班的女生项链也喜欢上了北海。薄荷认为应该自己亲自出面才能解决好我们和北海之间麻烦的事情，但她现在不太敢跟北海讲话，犹犹豫豫一直没做决定。我一直鼓励她，虽然我觉得我去讲的话可能很快就能解决了。一直到有一天早上，薄荷还在酝酿，隔壁班的项链公开发表宣言，表示要追求北海。一时间，隔壁班众女生响应。那是一节语文早读，老师不在，几个跟项链很好的女生组成小队从她们班经由后门闯入我们的班级，一拥而上，路过我们，挤到北海旁边，放肆地跟北海讲项链喜欢他，并要追求他的事情。北海的同桌见到这阵势被吓到了，赶紧低下头去背古文，而这几天北海心情又很不好，脸上无光，愁眉紧锁，我时常担心他会死掉。死气沉沉的北海，看到这样的场景没有任何反应，也是低下头去默背古文。

见到北海没有任何反应，一群闹腾的女生觉得无趣了，但教室里却开始变得喧嚣不堪，同学们都在疯狂地传播着项链喜欢北海的传言。北海一直默默地低着头，我担心他。

但这时薄荷却无法忍受了。一直准备跟北海道歉的薄荷看见北海在同学们成群的起哄声中把头颅低得那么痛苦，又想起他最近还在为自己的事情烦恼，“噌”的一下站起来了。她站起来了，弱小、害羞的她站起来了，她居高临下看着北海因痛苦而麻木的侧脸，那黯淡无光的侧脸，听着同学们那些不带一点好意的喧哗，用平生最大的声音喊：

“不要吵了！”

同学们竟然都安静下来了。我微微仰头，看见薄荷站在那里，脸颊通红，眼里是自尊的愤怒，我忽然觉得自己有些不认识她。然后她转头看向那群刚刚在那里讲得花枝乱颤的隔壁班女生，又喊：

“你们都滚！北海现在很烦，北海最讨厌有人告白了！”

薄荷愤怒地瞪着那群女生。前排有人传话，说“语文老师来了”，那群隔壁班的女生本来想发挥无赖精神跟薄荷斗嘴的，但想想老师来了，自己处于劣势，就慢慢地从薄荷面前走过，每个人走过时都瞪她一眼。等她们走后，薄荷猛地坐了下来，仿佛一下子用尽了毕生的勇气，四下里渐渐响起稀稀拉拉的背书声，而薄荷却两颊通红，开始小声地啜泣。她在担心北海吗？我看向前面的北海，白衬衫在夏末的阳光里发着微光。他还像以前那样安静地趴在桌子上，一动不动，不知道后面的薄荷有多伤心，像我不知道他现在内心有多复杂一样。

语文老师进来时，一切照常，仿佛从未发生过那场夏末的闹剧。

然而闹剧还是发生了，并且只是刚刚开始。隔壁班的项链，是一个大人物，不仅人长得好看，成绩优异，而且地位很高。她的父亲是一个很富有的商人，和校长是亲戚，学校里很多校舍都是她父亲出资建设的。因为这层关系，她几乎集中了学校中大部分的权力，有些老师看到她时甚至像见到校长一样会点头哈腰。只要她有什么不高兴，就可以去跟校长说，校长因为亲戚和经济来源的关系从不拒绝，对项链提出的要求都尽量去做。有了这么大的权力，她为人还很飞扬跋扈，高傲嚣张，经常和别人惹出矛盾，并且狠毒地置别人于死地。开除、处分、记过等都是她常用的手段。也正因为如此，没有人敢惹她，倒是有众多的女生喜欢巴结她，整天跟在她旁边，帮助起哄，为她烘托，不时讨好，为虎作伥。项链和她的丫鬟团组成了校园里的一支邪恶势力。

北海被项链盯上了，就说明北海一定会被项链弄到手。

同学们因此在茶余饭后议论纷纷，我时常看见，他们用一种并不好看的表情传播着这件事情。有的人本着八卦精神在那里相传为乐，有的人纯属是等着看好戏。我真的很想在他们脸上都打一拳。项链一定是某天路过我们教室，看见里面的北海一脸明亮，胜过窗外阑珊的夏天而喜欢上他的，像当初薄荷痴痴的模样。对了，薄荷，在项链的爪牙来班里下诏书以后她一直很阴郁，她已无暇顾及自己的道歉，一直在为北海担心。北海还是安静地坐在位子上，不管窗外有关他的传言散布得多么残忍。

那几天，真的是比北海不理我们的那几天更痛苦，欢笑已彻底从我身边剥离。我难以想象北海会有多痛苦，面对这个我们无法战胜的敌人。我们的喜欢，他可以用沉默来拒绝；项链的喜欢，他却无从逃避。北海真的是一个悲剧的人，一个如此强硬、又从没和他讲过话的女生就这样突兀地跑来向他告白，他还非接受不可。北海绝对不会喜欢项链这样的女生的，他们的结合一定会让他痛苦。我不清楚项链为什么喜欢北海，也不清楚她喜欢多久了，我只想知道北海哭了吗。

我们还时而撞见项链的爪牙，她们和项链一样飞扬跋扈，从我们身边高傲地穿过，发出一些夸张而鲜明的大笑。她们的表情，是标准的校园邪恶势力那样的。

在那个夏末，一切都痛苦到了极点，我们又是多么希望那个阑珊的夏末尽快过去。可我们没想到，别说过去，在项链正式登场前，一切都还未开始。那天我和薄荷，与项链在教室旁的走廊上狭路相逢。项链像王妃一般，被身边无数女仆般的同学簇拥着，放肆地笑着走来，一群校园邪恶势力目中无人的模样和巧笑的张扬让我们作呕。我们微微低下头，把自己藏在夏天的阴影里，假装没看见她们，想从她们身边穿过。那群女生却嚣张地挤着项链，讨好着、献媚着，排开一字长队把整条走廊都占住，把我们堵在她们面前。其实我们都很怕项链，怕她的位高权重，怕她的势力强大。我默默抬头，等待即将发生的战斗。

项链一脸娇媚，大摇大摆地走到我们面前，说：“听说你们和北海关系很好。”

我听见项链的声音和她的脸色一样高傲，环顾四周，没有可以求助的人，即便周围有人，也不敢伸张正义和项链作对。薄荷没有抬头，把眼睛藏在刘海的阴影里，并且紧紧地握住我的手。我也不敢正视项链的眼睛，害怕得屏住呼吸。

这时丫鬟团中冲出一个面带坏笑的女生，指着薄荷说：“就是她，那天还在她们班里吼我们，神气死了，以为自己是北海的谁啊。北海的女朋友可是我们的项链啊。”说完，她又不忘笑意盈盈地讨好项链，一群女生发出一阵得胜似的欢笑。

项链却摆摆手，说：“你们可不要这样说同学啊，她和北海的关系还是不错的。”她话的内容充满责备的意味，语气里却没有一点不满。然后她又很有城府地看着薄荷，脸上仍挂着笑，接着说：“但是，从今天开始，我不许你们再接触北海，乖乖地从他身边离开，位子也换得远远的，以后我也不会把你们怎么样。我也算是给你们提个醒。”然后她一副给了我们很大恩惠的样子，拍了拍薄荷的肩膀，笑意盈盈地瞥了一下我，就转身离去。

我第一次发现自己是这么无力，在这样的坏女生面前，我什么都做不了，不管交涉的结果如何，她转身离去的那一刻我还是松了一口气。我却突然感觉到薄荷的手在狠狠地捏紧，我隐约看见她眼眶里有泪水在打转，她整个人在颤抖，发出痛苦的声音，然后我看见，双眼红红的薄荷猛地抬起头来，瞪向离去的项链，大喊：

“凭什么，我们是和北海相处了一年的朋友，你凭什么叫我们离开他！你以为你是谁，你实在是太过分了！”

项链背对着我们，冷冷地说：“就凭我有权力。”

然后丫鬟里爆发出一片议论。她们面色狰狞，说着薄荷的种种不好，各种难听的脏话尽管混乱，但还是一一传入我耳中。我紧紧地握住薄荷的手，怕她太过冲动，分不清臆想与现实的落差。她是项链，她象征着学校里强大的势力，我们不能和她争，薄荷，你知道吗！我看见薄荷的眼里正不断地有泪水涌出，瘦削的肩胛不断地起伏，面色通红，在那个阑珊的夏天把一切情感都展现得淋漓尽致。我听见有女生跟项链说薄荷在班里吼她们的样子实在太嚣张了，要来把她收拾了。项链把手一挥，就走开了，从我们的世界越走越远。然后无数的拳脚像雨点，向我们打来。

一群女生把我们挤在墙角，对我们拳打脚踢，用指甲掐，揪头发。抵抗不了，我们只能一一承受，不管我们有多么不满和愤怒。我感觉双眼被蒙上了泪水，什么都看不清楚，只看见项链高傲的背影越来越小，消失在这个疼痛的、阑珊的夏末。

我们忧伤地坐在教室里，考虑要不要就此退出北海的世界。项链出现后，我发现自己变得特别胆小怕事，反而是薄荷，日渐勇敢和坚强。夏末的阳光洒下，我在犹豫要不要伸出手去戳北海的后背，告诉他这件事。关于我们的事，他还都不知道吧。他还在烦恼，整天安静地坐在位子上，窗外关于他的谣言已遍布天空，他却不想理会。

旁边的薄荷经常会突然哭起来，眼眶一直是红的。我也觉得很痛苦。我们也整天安静地坐在位子上，用岁月来涵养战斗的伤疤。

我离开北海还能活，但是薄荷喜欢北海，她不肯走。我们只能依靠在情感的边缘，跌跌撞撞，把日子的棱角磨向模糊。时光会冲淡一切，北海会原谅我们，项链也会忘了北海的。

夏末的阳光第一次显得那么寂寞而忧伤，北海沉默了，我们的日子也崩坏了。校园的天空中满是有关北海的流言在飞，我看那天色却明亮得异常，流言的纸片没有洒下阴影。倒是北海，脸上不再有颜色，总是低下头，一言不发，默默地从人群中穿过。

我们还是没有决定要离开北海，虽然我们知道项链会因此给我们很重的惩罚。该不会直接开除吧，血淋淋地把我们从北海的世界里扯走。但臆想中的开除却迟迟没有来临。

那天我正在神游，无意中发现项链从窗口经过，她正直直地盯着北海，顺便瞪了一下还坐在北海后座的我们。然后我看见她的表情发生了一些微妙的变化，我忽然有种很不好的预感。那时正是课间，项链穿过我们的窗口后马上带领一群邪恶女生出现在我们教室的后门。她召集军队的速度实在很快。随后她就一脸招牌的坏笑，领着校园邪恶势力直奔我们，直奔北海。这是项链第一次亲自出现在北海面前。

“哟，我不是叫你们离开北海了吗，怎么还和他坐得那么近啊？”项链双臂交叉，弯在前胸，高傲地站在我旁边。她发出的声音里有一种鬼魅的绵延，狭长的丹凤眼让我一时想到了神气的王熙凤。对，被众女生簇拥着，一身华贵而轻佻的气息，像极了王熙凤。她身上有着女王的气质，绝不与身边的陪衬同流。

面对项链的咄咄逼人，我一时语塞，却听见旁边有一个很认真的声音在说：

“你没有权力叫我们离开他。”

我一转头，薄荷一脸倔强的神色，已“噌”地站了起来，与项链对视。她白皙的脸庞一下子就涨得通红，目光却绝不示弱。我看见她的眼眶还和平时一样红红的，泪迹还没有风干，目中的火焰却固执地燃烧着。

项链身边的一圈人马立即开始讨论纷纷，她们记得，她们记得薄荷，这个在爱情面前绝不示弱的脆弱女生。她们马上开始哇哇乱叫，各种嘲笑，各种讥讽，那些神情都下贱到无以复加的程度。她们指着薄荷，讥笑着：

“上次都被我们打了怎么还那么嚣张！”

“呀呀，都什么东西啊，还敢跟项链叫板，项链才是北海的女朋友啊！”

“你神气个什么劲啊。”

……

我看见薄荷有点颤抖了，她却依然倔强地站着。我能看见她的眼眶里有新的泪水在打转了。我觉得为了我的朋友我有必要站起来做些什么，于是我也站了起来，帮薄荷增加气势，但我的身体里却是一片虚空。我还会偷偷地用眼角睥睨北海，薄荷已经被凌辱到这种程度了，他依然无动于衷，安静地坐在前面，身上的白衬衫散发出青草的香味和微微的光亮。他一动不动地看着小说，无视身边因为自己而起的混乱嘈杂。他的同桌正在佩服他的定力，的确如此，否则校园里肆虐的流言蜚语怎么会伤不到他镇静的容颜。

北海没有反应，我有些着急，项链似乎也注意到了北海的淡漠，优雅地手一挥，用一种高贵而轻慢的声音，拖开了腔调，说：“安静，男朋友面前，要保持形象。”

我觉得她很做作。

但众女生却迅速安静下来，稀稀拉拉的讨好也渐次平息，四周安静得异常，只剩众女生与我们的对视摩擦着空气。要是我小时候练过武功，我一定要把她们都打趴下。

在一片安静中，项链看向北海，清了清嗓子，换了一种做作的声音，故作优雅地掩饰她的残暴，说：

“北海同学，我喜欢你，希望你能当我的男朋友！”

说着，项链第一次向别人微微地欠下身子去，她的脸上第一次没有虚伪的笑，第一次有了少女应有的纯净与温柔。她微低头，等待北海的反应。众女生认为一旦项链亲自告白，没有套不到的男人，开始在那里小声地说着“恭喜、恭喜”“项链喜得男友”“北海你真有福气”之类的和项链一样做作的谄媚与祝词，小声的诉说合起来汇成喧哗的海洋，我在想她们是否真心这样想。

项链微微低着头，等待着北海的答复。

薄荷紧张地侧身去望，也等待着北海的答复。

北海偏侧着头，身上发出夏天的明净与光亮，脸上却没有任何表情。他翻了一页小说。

尽管被全盘无视，高傲的项链仍然放下尊严，欠着身子，再一次轻唤：“北海？”

众女生齐声轻唤：“北海？”

北海又翻了一页小说。

项链长这么大没受过这种侮辱，她猛地直起身来，愤怒覆盖了原有的纯净。丫鬟开始窃窃私语，不知道要不要帮项链攻击北海，毕竟北海是项链喜欢的人。项链还是当不了温柔情人，原有的恶劣手段全都展示出来，一种近似于被羞辱的愤怒吞噬了她的理智。她用手指着北海，大喊："北海，我告诉你，今天老娘都向你低头告白了，你就是我的人了！你如果不回答或者拒绝，我就……我就害死她们！"

项链目露凶光，手臂迅速一挥，手指就指向我们，她现在面目狰狞，是个男人都不会喜欢她。我觉得她现在的姿态已经配不上王熙凤了，怎么看都是一个气急败坏、歇斯底里的巫婆。薄荷两颊通红，双眼潮湿，她在害怕。我们已经完全变成了无力的人质，变成了供北海抉择的筹码。众女生终于想到能做什么事了，她们揉着拳头，困住我们以示威胁，随时准备把我们暴打一顿。

北海又翻了一页小说。

那时我和薄荷一定都很绝望。北海已经彻底放弃我们了吗？不管我们发生什么，他都不理不睬吗？我们在北海的世界里已经成了一芥尘土了吗？

项链继续叫着："北海，赶快做选择吧！你接受我的告白，我可以给你权力，给你地位，让校长给你北大实名推荐的机会，让你从此以后在学校里可以无法无天！接受我吧，把她们都抛弃掉！"

"抛弃"二字激起很响亮的回音。为了让北海尽快做出抉择，威胁的步调也加紧了，大胆的邪恶女生已上来对我们施加拳脚，没什么胆子的就在一边帮项链叫阵。这时我身边忽然拂过一阵风，我回头，发现薄荷已经不见了。躲避着拳脚我再一转身，我看见薄荷正踩着夏天逝去的步伐，仓促地向北海跑去。那一刻我的世界都安静了，我的世界只剩下薄荷的奔跑。她跑着，被四周包抄的女生拉住，她们开始殴打孱弱的薄荷。薄荷挣扎着，甩掉坏女生，拼命挤开人墙，扑到北海的膝上。那一刻，我的世界终于像羽毛般飘然着地，薄荷挣扎的身影还在我眼前晕开痕迹，她还在被人欺负，却已伏在北海的大腿上嘤嘤地哭。我会记得，短短的路上，薄荷被人扯着头发，又被踹倒在地。她几乎是不顾一切，跌跌撞撞地来到北海身边。她脸上全是泪，她大声哭喊：

“北海，对不起，我不该喜欢你，你原谅我好吗？但我还是很喜欢你，可是我们三个当朋友在一起，已经很幸福了，那已经够了。你不喜欢我也没关系，但你不要不理我，行吗，北海？我们虽然不能像项链一样，给你这个给你那个，但你无论如何都不要抛弃我们，行吗？北海，你不能选择项链，我们还要在一起……”

薄荷在去年阑珊的夏末一边仰头取景，一边在桌上刻画素描。

薄荷不停地用笔刺向我的前桌，向他请教问题。

薄荷和北海在雪地里靠得很近，她想看清落在他们生命中的雪。

薄荷从围墙上跳下来后和北海紧紧地搂在一起。

薄荷躺在山坡上仰头看北海，天空很蓝。

薄荷喜欢北海。

薄荷一直都喜欢北海。

“没听见项链正在和北海讲话吗？真是找打！”一个脾气火爆身材魁梧的女生从夏末伏下的空气里冲出来，揪住薄荷的耳朵把她拎了起来。我听见薄荷在痛苦地乱叫，我却什么也做不了。那个女生伸出手来狠狠地甩了薄荷一个耳光，薄荷身体抽动，她的姿态成了我生命中挥不去也遮不住的景色。我要为她做些什么，但现在的我却如此无力。却只见北海从夏末凋谢的阳光中披着一身明亮站了起来，像英雄一般脸上终于有了一些颜色。在时光漏下的影子里，我看见他伸出手，用男生的力量，猛地推开了那个状似大妈的女生，像摧毁一个阑珊而空虚的夏末。白衬衫发出亮光，他又顺势用手臂把薄荷搂入怀中，抬起眼睑，迸出凌厉的神采，冷冷地说：

“我不许你伤害她们。”

那一刻，我看清了，薄荷满是泪痕的脸上写满了意外的欣喜。她两颊通红，眼眶潮湿，尽管哭声还未止住，但我看得出她很幸福。薄荷把头埋入北海的胸脯，闭上眼睛，北海一边拍打着她的背，一边用正义的眼神逼视项链。项链把头高傲地仰起，抛下一句“算你狠”，就领着一群校园邪恶势力扬长而去。从此世间只剩下北海和薄荷，相搂而立，我的眼前还是刚刚薄荷艰难地向北海跑去的样子，北海猛地站立的样子。那两个瞬间，我觉得所有年少的心都会融化。北海的脸上终于变得有光亮，一举击败窗外残破的夏天。他的白衬衫发出微光，他像一个胜利的王子站在我的面前，给我的青春战场打下一个地标似的印记。

夏末还在犹豫着了断。

有那么一段时间我们以为和北海已经和好如初了。白衬衫发出青草香味和微光，和这个凋零的夏末做着斗争。青春的闹剧到此已经落幕，我们再也没遇到项链。我们以为一切都变好了，薄荷没有再哭，北海时常会转过头来，一脸明亮，发出一些有距离的笑。我第一次发现北海的明亮有一些虚伪的成分。的确，好几天下来，我们发觉了北海和我们之间有了距离感。不，不是距离，而是一种隐性的忧伤，让北海已不能完全袒露心扉。但北海回来了，已经足够了，日子照样一天天平凡地过。

但伤疤愈合还要时间，我们放学时总是要独自回家，因为北海还是没有与我们同行的意思。有一天傍晚我没等薄荷独自回家，穿过一些混乱的街，忽然发现余光里有一个熟悉的身影。我一转头，看见北海正站在路边，身后是一条很深的巷子。他耳中插着耳机，手揣在外衣的兜里，悠闲而神伤地伫立在路边，像在等待什么。闹剧发生前，世界应该是很明亮的，如今我怎么看这座小城都觉得它凌乱不堪。它是灰色的，北海正站在灰色的风景里，他的面前有一些废纸团在随风游走。我停下来，犹豫着要不要打声招呼。也不知道他有没有看到我，总之他朝我这个方向生涩地笑了一下，眼神却一直很茫然。然后他转身，消失在巷子深处。他给我一种有心事的感觉。

果然有心事。没过几天老师就跟我们宣布北海同学转学了，很神秘，没有说要转去哪里，他走的前一天也没和我们道别，和我们相处的最后一天也过得跟平常一样，一脸忧伤的明亮和充满距离的插科打诨。但北海还是突然地走了，薄荷从此也陷入了抑郁。

因为我们，因为项链，北海太痛苦了，才转学了吧。薄荷浸入了忧伤与自责，她上课基本上都不听讲了，我像以前担心北海一样担心她。其实薄荷也蛮可怜的，只能和心爱的人做朋友，如今她好不容易当上了朋友，朋友却消失了。我担心薄荷也会和北海一样突然消失，于是我经常转头瞄她，会看见她听课听着听着就忽然泪如雨下，哭得不能自已。她眼眶红红，时而会自言自语。这是精神病的前兆吗?

与此同时项链和她的队友又恢复了存在，北海转学的第二天起就不时地找我们闹事，我们往往被困住，被众女生齐齐嘲骂，喷口水，拳打脚踢。以前项链从不亲自出手，这次开始她成了战斗的主力，她总是把我们当沙袋一般，疯狂地扇我们耳光来泄愤。每每此时，我们的手脚总会被其他女生束缚得动弹不得，任项链宰割，往往要被她打到没力气才能恢复自由。项链也哭了，眼圈和薄荷一样红，大喘着气，想再打我们也没力气抬手了，只能愤怒地瞪着我们，弓着腰，像疲惫的困兽，吼：“给我把北海找回来啊！”而不管被打得多惨，我们就是不掉一滴眼泪，总是倔强地抬着头。

我们也学会了自己爬墙。有一天薄荷忽然告诉我，我们可以自己去找北海。她想起北海曾经说的“我很喜欢这些小酒吧，并且以后也想要在这里工作；如果有一天大家都离散了，如果你们还想见我，不妨走进一家路边的小酒吧，没准会看见我在里面擦着酒杯缓缓抬头。”我想起好像是有这么一句话的。于是，我们跑到围墙边，对着它发呆。挨打使我们的身体变得强韧，我们竟然出乎意料地凭借自己的力量爬上了围墙。坐在围墙上，薄荷忽然又哭了起来。是啊，以前这个时候，会有北海在围墙外展开双臂，准备接我们。现在北海已经不在了，我们只能自己小心地从墙上下来。以前，薄荷曾在这里和北海紧紧拥抱。

在这个一切都破碎的阑珊夏末，一切似乎又回到了第一个夏末来临以前。薄荷眼眶红红，每天晚上都拉着我翻墙去那条开满小酒吧的街。夜晚、华灯、江水，再次回到了我们这边。我们的行路不再散漫，我们的双眼带上了坚定的目的意识。我们要从这些小酒吧里，把北海找出来。黑珍珠般深邃的夜色里，灯火彷徨，迷失了世界的繁华。街边红黄相间的霓虹连缀成迷乱的海，我们从这里穿过，觉得恍如隔世。我们曾在这里呼吸，曾在这里生活，经历了太多，回头再看时，觉得恍如隔世。仿佛我们只是这里的过客。灯火发出陌生的光，装扮我们迟疑的眼角。

一切在那个夏末后开始跌宕，我再难回到从前那些温柔如水的夏天。夜色像河水，穿过我们的肩膀，金黄的灯火在微热的空气里编织成星空。世界很繁华，江水的热浪让这座小城的面貌在流动的空气里斑驳了样子。我不会忘了薄荷曾和我一起在这里穿过夏天，穿过夜晚的灯火。我不会忘了我们和北海一起在这里穿过繁华，穿过彼此的生命。灯火是最浮华的装点。

我们不知道北海会在哪家小酒吧，于是薄荷就一家家闯入。她来到曾和北海一起走过的路段，那是城市里最喧哗也是最虚假的地方。被悲伤冲昏了头脑的薄荷不再考虑烟酒不沾好少年的事，不顾一切地闯入每一家酒吧，我也只能随她一起，暂时躲避灯火的喧嚣，藏进陌生的世界。我知道薄荷现在很痛苦，所以我完全放纵她的一切行为。我知道，北海不理我们时，我们还有机会和好，而刚刚和好，北海就离开了，彻底离开了，不留一点痕迹，所有相见都只能沦为传说。我不清楚薄荷有多喜欢北海，但我知道她喜欢北海很久了，也知道她现在很受伤。所以我无动于衷，就看着她在酒吧里四处搜寻，搜寻未果，就坐到吧台前喝一小杯色彩鲜艳的酒。第一次喝的时候，薄荷吐了，吐了之后，她还保持干呕状，想像黛玉一样咳出血来，但咳不出，只有泪水一滴滴地往下淌。我看着她把头深深垂下，脸上的表情被泪水模糊，我的世界在她的泪水里崩坏。我第一次见识到了一个女人过分的心伤，我却不能为她做什么。北海走了，我不伤心吗？我也很痛苦，但我还不能像薄荷一样折磨自己。

薄荷干呕时的表情从未在我的眼前逝去，她的痛苦被我一一收藏。但她依然倔强地直起身来，把剩余的彩虹色的液体一饮而尽，我觉得她在折磨自己，我觉得她在喝毒药。但不可否认的是，借酒可以浇愁。酒，是一种色彩瑰丽如宝石般的液体，它让人沉醉于斑斓的迷乱，让人倾倒于麻木的繁华。那些精致的小酒杯里，装上色彩纷呈的鸡尾酒，它充满美，让人烂醉如泥然后忘却杂乱。我就看着薄荷怎样借酒浇愁，怎样把自己的精神、自己的眼泪托付给彩色的酒。她找过一家酒吧，喝过一杯酒，就搀扶着我离开。和她在一起，我也被渲染得一身酒气，我也被熏陶得烂醉如泥。走出酒吧，又走进阑珊的夏末，微微的热气、满城的灯火，让我觉得有些恍惚，但薄荷却毫不犹豫地闯入下一家酒吧。她就是这样挨家挨户地搜索。闯入一家酒吧，搜寻无果，饮一杯酒，再离开。一切都很干脆利落，我看见她踩着小高跟，步伐既斜又稳，颤抖地饮酒，脸上全是泪水。饮完后毫不犹豫，跌跌撞撞地倚着我闯入外面阑珊的夏末。她每晚带我翘课，每晚搜索三到五家小酒吧，每晚都要呕吐。我看见她的面色因鸡尾酒而醉得通红，脸上时常是泪水，走路不稳。她很痛苦，在北海走了以后。

她想看见北海在吧台前擦着酒杯缓缓抬头，她却从来未找到。

在阑珊的夏末，城市混乱的灯火里，我和薄荷满身酒气，行走在繁华的街道。薄荷的声音在热气里蒸发，但她还是留下了她的名言：

“假如夏末没有这么阑珊，我不会遇到北海；假如夏末没有这么阑珊，北海也不会离开。”

她忽然泣不成声。

薄荷已经不是原来那个只会小声哭的小女生了，她在酒里堕落，她的世界在酒里淹没。北海走了以后，薄荷满脸泪水，在酒里把自己折磨。夏末还未逝去，她的“假如夏末没有这么阑珊……”却成了我沿用至今的名言。

薄荷没找到北海，薄荷想北海回来。

夏末还在以令人发指的姿态延续着。

我们的生活白天在项链的攻击中度过，夜晚在满街灯火花天酒地中度过。我忽然觉得我的日子很堕落，北海离去时茫然的眼睛，一同带走了我们的纯真。留我们在这个夏末苟延残喘。

直到有一天，我们的手脚像以往一样被校园邪恶势力束缚住，项链使尽全力往我们脸上扇了最后一个巴掌。我的两眼都有些发昏，身上各种液体齐下。薄荷未掉一滴眼泪，肉体的疼痛，在失去北海的苦海里算得了什么。她因镇定而苍白的脸颊被扇到绯红，她的眼中却始终没有项链。她双目空洞，视线单一，像在瞭望远方的北海。酒曾让她变得倔强而充满戾气。

项链弓着腰，眼圈红红，想抬手却再没力气。她累得直接跌坐到地上，然后自顾自地哭，像极了薄荷曾经的样子。我们没有一点同情。最后她终于褪去了所有歇斯底里，直勾勾地盯着我们，平静地说：

“我不想再看见你们了。我让你们解脱，明天我就把你们都开除了。”

话像刀削。

那个冗长的、摇曳的、如梦一般的阑珊的夏末，终于在项链的一番话里消失殆尽了。

夏末殆尽，天气一层层转变，薄荷还没有找到北海。尽管在北海曾经的帮助下我们的成绩还算不错，但由于项链的恶意嫉恨，在我们的档案里加上了很多莫须有的罪名，我们整个简历显得十分难看，所以一直没找到新学校。我们还是一如既往，在灯火密布的江水中溯流而行，希望发现一些北海的影子。薄荷已经喝了很多酒了，酒量却还是不行，经常是胃液和着眼泪一起落下。她一定是在折磨自己以忘却痛苦。北海却始终没有出现。

最后依靠父母的不懈努力，我被转入了一所新的高中，他们也帮薄荷争取到了学籍，但被薄荷拒绝了。她说她已经不想上学了，并且另有打算。因为我上学的地方在省外，所以不得不和薄荷告别了。我握住薄荷的手，哭了。“薄荷啊，不要再因为北海的事折磨自己了。薄荷啊，今后没有我陪你去喝酒了，你要好好的啊。薄荷啊，我舍不得你啊……”

薄荷也泪流满面，和我紧紧拥抱。

然后我被时光裹挟，被塞上通往远方的火车，离开了这个我熟悉的世界。我第一次看见薄荷没有因为北海的事悲伤，而因为我的离开而悲伤。我靠在窗口，看见薄荷满面泪水，站在月台上，痛苦的表情随着距离增加而不断扭曲。我看见她在向我奋力招手，我看见她张大嘴巴说着什么却听不见声音，我看见她甚至开始跑步试图追上火车。我马上直起身子，把整个人都贴在窗口，唤她回去。我看见薄荷越跑越远，从她的口形判断出她在唤我的名字。薄荷的表情永远是我生命里挥不去也遮不住的风景，那一刻我也真想放弃上学，撞破玻璃，跑向薄荷。但薄荷就这样跑着跑着，跑出了我的世界。我甚至没有看见她因为太累而停下休息的动作，我的整个世界都苍白了。

当看不见薄荷时，我整个人吸在窗户上，恍恍惚惚，不愿下来。那时，我的心情像极了薄荷知道北海转学时的心情。我贴着窗户慢慢滑下，才发现自己早已哭得一塌糊涂。薄荷已经不见了，我的眼前却浮现出薄荷在无人的月台上奔跑的样子。不管她跑得多努力，她还是要停下，跪坐在地，倾尽全力大哭。为什么，世界会如此不解风情？如今三人真的都彻底离散，沦落在天涯海角，我不禁想像当年一样和薄荷一起转过街角，轻轻嘲笑世界的荒唐。从此，薄荷被一个人遗落在故乡那座温湿的小城，我再也见不到那满街的灯火和精致的小酒吧，见不到北海可以轻易爬过的围墙，感受不到江水的热气。生命是一幕盛大的悲剧。

忽然想像薄荷那样喝酒。我在车上买了一小杯粉红色的鸡尾酒，一饮而尽，酒的效力加上晕车，我像薄荷一样开始恶心干呕，胃液和眼泪齐下。我拼命地咳着。

从此，我彻底离开了薄荷和北海。北海临走前心事重重的表情，薄荷追火车时叫喊的脸，叫嚣着撕碎了我的整个世界。从此刻起，我们各奔东西。

去了新学校后我开始努力学习，我要把那阑珊的夏末荒废掉的功课都补回来。其实有时我会感叹夏末的生命力顽强，能这样将尽未尽，见证了我生命中的整场悲剧。我虽然发愤学习，但难免要在上课时想到薄荷和北海。

薄荷，你找到北海了吗？

北海，你现在在哪？

假如夏末没有这么阑珊，我们三个现在还在一起。

盛大的往事涌入脑海，最开始只有我和薄荷，手牵手，穿过江边的夏天，穿过夜晚的灯火。然后北海出现，薄荷画素描，问问题。我们三个在雪地里行走，在夜晚的华街行走，在山坡上行走……薄荷两颊通红，北海一脸明亮。望着望着，我也会像薄荷一样泪如雨下。我也快要崩溃了吗？我转头，窗外的四季重复着变迁。现在的我一无所有，现在的我两手空空，异地的我除了回忆什么都没有。

和薄荷晚上翘课去喝酒时我基本上是陪她的，自己喝的并不多。因为酒量差，马上就烂醉如泥。现在的我不再翘课，不再喝酒，也渐渐变回了纯净的少年。纯净的我在异地生长。

我很少回家，一年也就寒暑假两次，每次都会去找薄荷。薄荷还是和以前一样坚持不懈地寻找北海，喝了很多酒，酒品依然很差。我很心疼她，因为每次回家我都感觉她的生命离彻底崩坏近了一分。

努力学习使我收获了好成绩，高考我考上了北方的一所大学。从此我将继续流亡异地，北海不知消失于何处，薄荷也和故乡一起被我留在原点。我仍是很少回家，但高考结束的这个夏天我还是在家乡待了很长时间。那时，还是有一些让我欣慰的消息，薄荷没有那么萎靡了，我在想她是否已走出了失去北海的阴影。她开始找工作了，像小说里那样夸张地找了十几份兼职，毕竟学历低，找份好工作不容易，况且饮酒的消费很高，很难养活自己。哦，尽管薄荷走出了阴影，但她还是戒不了酒，还是会隔三岔五地去酒吧搜寻。她一般就是在酒吧唱唱歌、踩着旱冰鞋送外卖、送快递之类的，奔波得很辛苦。

北海活在记忆里，薄荷守在故乡消磨生命，我在异地艰难挣扎。在外生活多年，具体的场景都因离散变得没有任何意义。曾经的两度夏末之交，分隔出的一年时光是我生命中最美好的年华，之后所有的日子与它相比都显得逊色。记忆里没了大学生活的场景，我只能看见，离开故乡以后的无数夏天，我心情沉重地坐在火车上向故乡驶去，我在想当年那个纯净的薄荷为什么现在会变成这样，她现在正在社会的底层艰难地活着。原本只应是喝喝酒、抒发愁绪，印象里的薄荷却日渐沉沦，成为在故乡平凡挣扎的万千灵魂。没有我在身边，薄荷你怎么了啊。

我试着和薄荷活过一些夏天。她一年年成长，社会上的奔波让她显得比我老练。我们坐在长椅上看日光来回分割，薄荷低下头去默念下次要把外卖送到哪里。我觉得她很累，她也会突然吃惊地站起来，说去批发市场取货的时间快到了，或者说哪个披萨店换班送外卖的时间很近了，然后就头也不回风尘仆仆地离去。她兼职的工作太多，脑子很容易记混。

那些刻意的夏天没有一个像过去一样明亮，我和薄荷都有些恍惚。我还是会陪薄荷去酒吧，但会告诉她要少喝点。因为她的体质本来就不适合喝酒，我觉得她在做很伤身的事情。尽管薄荷经常踩着旱冰鞋健步如飞，但我感觉得到她在渐渐虚弱，每隔一个夏天她都虚弱一分。我就这样和日渐虚弱的薄荷走在过去繁华的街，在无情的江风里裹挟着生命，在华灯里让世界恍惚。我们都找不回原来的感觉了。

每个夏末我要离开薄荷。薄荷没有像第一次那样追赶火车为我送行了，因此我们分别的场面不再那么伤心欲绝。离开故乡的无数夏末，都是我靠着窗，和站在月台上的薄荷对视。她就这样静静地站在原地，目送我离开故乡，离开她的生命。年复一年，薄荷站在阑珊的夏末里目送我离开，夏末的阳光给她的脸洒下一些美好的表情。我知道她很累，送完我她要马上赶回快餐店或者电影院做她那没完没了的兼职，但她毕竟走出了失去北海的阴影，在社会的洪流里执着地向死而生。年年都是一样的场景，阳光泼墨，静静的铁轨向远处延伸，薄荷站在月台上，隐隐地笑。时光剥离，第一个夏末前的薄荷仿佛从记忆里回来了，她似乎觉得幸福。

夏天的日子过得很没头脑，我不知道我给了薄荷什么，只知道她一直在寻找的北海我给不了她，像我不能让她戒酒一样。只是这么多年夏末的离别，场景都如此相似，一层层在记忆里重叠，让我分不清何景何年。只知道，时间一晃，我离开故乡已近九年。

现在是21世纪某年的三月末。今年的夏末，是薄荷邂逅北海的十周年纪念日。一晃，从那时起，十年过去了，我也经历了十个夏末。现在我已大学毕业，在省外的大城市定居，很少回家，薄荷在我生活里的痕迹也日渐浅淡，但我时常会想到她，想到北海，想起那些阑珊的夏末和那段怨慕的爱情。他们都走入了我的生命，他们是我世界的全部。

假如夏末没有这么阑珊，现在的我就不会只忘身于回忆。

九年了，北海现在在哪呢？

我现在想起了那个恶毒的女人——项链。我不知道自己去外省上学后，刻苦读书，成绩会那么好，竟然和项链考进了同一所学校。在大学里，项链没有了父亲和校长这两座靠山，丫鬟团因为成绩参差不齐而沦落天涯海角，她已没了任何权势，但为人依然飞扬跋扈，嚣张得可怕。不用说，她当然像以前欺负我们一样，被别人狠狠地暴打了好几顿。被打了还不够，她依然不知悔改，不识天高地厚，觉得自己受了有悖天理的待遇，简直是对自己尊严的肆意践踏。她再跟父亲说，找老师闹，都没有人能帮得了她，因为在这里，她平凡得如草芥，却格外自命不凡，错误与祸因永远站在她这边。她很崩溃，觉得活着就是在受罪，最后终于忍无可忍，跳楼自尽了。多么嘲讽的人生，当我听说自己的大学校园里有这样一名奇女子，觉得是给自己这离乱人生最好的宽慰。

大学的事情因为孤独永远风轻云淡，我形单影只地走进了社会，从事着平凡的工作。我想念薄荷，想念北海，想念故乡的江水，想念华街的灯火。在这个惆怅的春天，我被那些夏末的记忆折磨，很是痛苦，于是决定喝酒排遣。在一个灯火彷徨的夜晚，我走进了一家异地的小酒吧。

随着我推门，金红的灯火在面前淡褪色彩。繁华的夜晚的街道不管在哪里，总让我觉得似曾相识，我推开一家小酒吧的门，像以前陪着薄荷，推开故乡酒吧的门。十年的光阴扑面而来，淡淡的酒香在我的鼻尖弥漫，我不觉鼻子一酸。多少年前，我就这样陪伴薄荷度过冗长的夏末，度过生命里最悲哀的季节。

推门而入，酒吧的音乐抢先挤入耳朵，我抬头，看向吧台，十年的光阴在那里流转，透过空气，我竟看见北海在里面擦着酒杯缓缓抬头！一瞬间，仿佛所有的寻找都有了着落，仿佛所有的等待都变得值得。我一时愣在那里，不知说什么，我无法想象当时我的表情有多错愕。我像看见无尽的夏天里，北海披着阳光缓缓抬头；我像看见繁华的灯火间，北海脸色温柔缓缓抬头。无数的北海都抬头，认真地对上了我的视线。大家都变化不大，北海也认出了我。我看着他穿着侍酒师的白衬衫，黑色的马夹，打着黑色的蝴蝶结，认真地做着他的梦。他也看着我，看我的平凡，看我的庸俗，看我没有沦落得如薄荷一般狼狈。但他还是笑了，没有任何心结地笑了，在我面前释然地笑了，一脸明亮，胜过所有流过我生命的盛夏之光。我们良久对视，没错，世界实在太荒唐了。薄荷找寻了那么多年，都没找到北海，没想到，到最后竟是我找到了北海。

北海笑得很明亮，自此，他在我生命里的印象不再是小巷口的一脸心事重重。他还会笑，他还能一脸明亮，尽管我发现了，在他看到我之前，他脸上的明亮永远裹藏着一些难以启齿的心结。我想到薄荷因为北海离开了而变成今天这副模样，却提不起一点对北海的恨。的确，青春离散的痛楚本不是任何一个人的错，是生命，就要学会忍受世界的变迁无常。你要承认，并接受它厚颜无耻的荒唐。酒吧音乐是摇滚风的，很不符合这种感人的重逢场面，但不管多么感人，在酒吧微醺的灯光调和下，我们还是没有一个人有落泪的欲望。我们静静地站着，十年光阴拂过我们之间的距离，洒下一些湿润的痕迹。

是我，打破对视的沉默。我走向北海，没有像偶像剧里那样走上前来，猛扇北海一个巴掌，然后大声质问他这么多年跑哪里去了，为什么也不说一声，他也没有像偶像剧里那样，公开离别，换得泪眼蒙眬的相送。我只是走近吧台，向他要了一杯粉红色的鸡尾酒，像我第一次离开薄荷时喝的那杯一样。

他熟练地斟酒，加入各种各样乱七八糟的东西，摇匀。我一走神，他就已经调配完成把酒放在我的面前。真好，我们三个人里只有北海实现了梦想。

我在吧台前坐下，北海俯下身来，用肘托住自己的身体，也在我的对面坐下。他低下眼睑，眉眼还像当年薄荷课桌上的那么清澈。少年不改多年一如既往的清秀，穿越时光惹人深深地嫉妒。略暗的灯光里，刘海的阴影被拉长，他面向我，一直是一脸明亮。我们聊起过去的事情，他劈头盖脸就是一段检讨似的话，尽管语气里没有一点自责的意味。都是时光冲淡了吧。

北海说他喜欢我们三个在一起，喜欢那些没完没了的夏末。但当他听到我的告白时，他第一个想到的，就是薄荷。我问他怎么会猜得那么准，他眯眼一笑，说是男人的感觉。然后他继续，继续那年夏末的悲剧。他说那个时候他心里感觉很古怪，因为他没想过要和薄荷当男女朋友，他也不是很确定我的“很近”就是薄荷，也不知该做何表态。呵，这样一来就是我一个人的错了。但北海想法不止那么简单，他不知道是不是薄荷喜欢他，也不想再多问，就只能自己揣测。不过他觉得百分之九十是薄荷，那么他若拒绝定会破坏友谊，但他对薄荷又实在没有那种叫作“爱情”的感情，他不知道该怎么办。既然已经告白，自己答应或不答应，转头时一定会觉得尴尬和生涩。他已不知如何面对我们，因为那年夏末以前干净明亮的友情已经因为那句暧昧的表白变质了。是的，他不知该怎么面对我们，友谊的凋谢让他渐渐封闭了自己。他不理我们了。

基本上和我的推理一致，但到头来还是因为我嘴贱。

“那么我们和好以后你为什么还是心事重重呢？”我的粉红鸡尾酒一直忘了喝。

那正是北海要告诉我的。北海现在叙述时内心已经很轻松了，当年的沉重越过时间的鸿沟已经像十月的台风一样无力了。他试着心平气和地对我说，脸上依旧明亮。他开始叙述时先为别的客人调了一杯酒。

北海说，他很怕，他怕项链的那句话。

“你如果不回答或者拒绝，我就……我就害死她们！”

他说他担心我们出事，所以那时一直心事重重，笑容也因此充满距离感。我想起那些夏末里北海有距离的笑和生涩的明亮，觉得北海其实也很可怜。然后他告诉我一件我不知道的事。他说他之所以与我们和好后从未与我们放学同行，是因为他还是很担心，所以主动找项链谈判。每次放学后，他没有与我们同行，都是在项链的教室外等她。他们一起走出校园，讲了很多很多。他让项链不要加害于我们，自己也可以和她当朋友。但项链很固执，强迫他必须彻底抛弃我们，当她一个人的男朋友。他强调自己和我们没有男女朋友的关系，就只是一般的朋友，说项链不需要对我们动手动脚。项链永远强硬，他们谈判了无数湿润的黄昏都没有结果，直到城市的风卷着废纸，夏末依然阑珊不尽。最后北海做了一个很恐怖的决定，这个决定让他心事重重，让他站在小巷口思考良久。然后他走进巷子，对项链说：

“如你所愿，我会离开她们，但从今以后你不许碰她们。”

项链得胜似的笑了。

然后北海真的走了，他真的离开了我们。他迅速地办了手续，凭借家里的关系转学了。

那一刻我觉得北海好伟大。他因为我们的告白很烦恼，因友谊变质而封闭。但他不能无视我们的感情被项链践踏，不能无视薄荷在自己面前惨遭蹂躏而与我们和好。和好之后他还在为我们担心，暗地里做一些斗争，一直心事重重。

“其实我离开你们我也很悲伤。”尽管他说得轻描淡写。

“那你走为什么不说一声，也不说去哪了？”

他说他的谈判就是暗中的，不能让我们知道他为我们做了何种牺牲而伤心。之所以一字不提，是怕我们知道他去了哪而去找他，又被项链得知而撕碎他们的和平条约。他说他一直在等，等有机会遇到我们，说出这些，让自己释然。他说他算好我们高中毕业，脱离项链的统治的时间，曾回过故乡试图找到我们。但那时我已转学，薄荷辍学，他不知道我们家在哪，也没有电话号码，所以一直找不到。于是，他就在他上大学的这座城市定居，实现他的梦想。

薄荷一直在等北海。

北海也在等薄荷。

我说北海你被骗了。你走了以后项链都抓狂了，整天暴打我们，还把我们开除了，她什么约定都没做到。倒是她，现在死了。

北海惨淡一笑。

看着北海脸上终于释然的笑，我发觉我身边都是些悲剧似的人物。北海为了我们做着隐性的牺牲，离开也不能告诉我们，只把一切化作有距离的笑，他在隐藏自己的斗争。薄荷不停地寻找北海，用饮酒来扭曲自己的灵魂，最后在悲伤中来到社会里开始平凡的挣扎。我开始想这个跨越我生命的悲剧，一切都因北海的解释而说得通了。不想透露实情，肩负一切离开的北海，是那么痛苦，却席卷了我生命中所有华丽的色彩。

我还是告诉了北海薄荷的事情，尽管我看见他笑得正开心。薄荷的事很大一部分是他造成的，虽说最大的 Boss 是项链。但北海这样隐秘地离开也的确有错，当他知道薄荷现在整天忙着十几份兼职，还时常在酒吧里干呕时，他又收敛了所有的笑容。

北海问我："我错了吗？"

"北海，没有人有错。"

世界如此凄惨，无论如何都没有完美的结局。但是我找到了北海，找到了能让薄荷回来的人。

"但是北海，如果我告诉薄荷你回来了的话，她也许会变回曾经的样子。"

北海轻轻地嗯了一声。

我拿出手机，准备拨号，但是又问北海："北海，如果薄荷还是喜欢你，你会怎么办？"

北海笑了，"我会试着喜欢她。"

这样的结局已经没有人想改变了。

我脑海里出现无数场景。薄荷在课桌上画着素描，抬头仰望取景。薄荷不停地问问题。薄荷和北海走在雪地里。薄荷从围墙上跳下来，和北海紧紧地抱在一起。薄荷在酒吧里喝酒，时常干呕。薄荷失魂一般找遍每一个酒吧。薄荷表情黯淡，辛苦地做着十几份兼职。

薄荷喜欢北海。

北海试着喜欢薄荷。

我放心地拨了号，却听见里面传来一个中年女人的声音："喂？"

"哦，您是薄荷的妈妈吧，我找薄荷。"

"她……走了……昨晚。"哭声漫湿话音。

"阿姨，怎么会呢？薄荷一直好好的。"

"……酗酒……"

假如夏末没有这么阑珊，薄荷也不会走。

二十一世纪某年的三月末，我重新遇到北海，却失去了薄荷。

我的世界在那刻陷入了黑色。

那一刻，我已不知做什么。我一定是眼神空洞，触电一般地望着北海，嗫嚅着"走了"。北海也陷入了沉默，全世界都陷入了沉默。北海一定从我愕然的表情中读出了什么，但他没有哭，像我也没落下一滴眼泪一样。太突然了，让我难以接受，连泪水都来不及酝酿，尽管一切都在情理之中。我想起薄荷一次次饮酒时痛苦地干呕，一次次用痛苦的折磨来使自己的悲伤麻木，一次次不顾一切地在酒吧间来回冲撞。她的身体早已提出抗议，她本就不适合饮酒，像我一样，却享受折磨自己的感觉。她想北海，她爱北海，没有北海她生不如死。她把无尽的酒精化作毒液浸泡着自己的生命，让自己缓慢麻木，让自己忘却痛苦，实则是慢慢地杀死自己。我甚至想象不了，一个对饮酒甚至有反应的人连续九年疯狂地饮酒，身体会糟蹋到什么程度。那个喝几小杯就要呕吐的薄荷，这样作践自己，以至于每年夏天我回家都会觉得她虚弱了几分。她在夏天的风里都飘飘摇摇，我紧紧抓住她的手，发现她的手已经没什么力量了。她颤抖着，在那无数个夏末，坚持目送我离开。又要虚弱地撑着身子，踩着滑轮送她送不完的外卖。她早已垮了。

昨晚，她定是又遇到什么伤心事，疯狂地饮酒，才等不到一切都好转起来。

错过的九年，到最后只差一天。

那天我和北海互相搀扶着回家。在漆黑的街上，华灯收敛了光华，我忽然觉得心灵的故乡已化作了废墟。北海也已经知道薄荷离去的消息，一路上我们体味着人世的痛彻心扉。北海离开时，薄荷心里就是这种感觉吧。世界从边缘一路崩塌而来，我的泪水终于酝酿完成，我猛地撞向路边的电线杆，抱着它大哭。为什么，为什么，薄荷甚至不能再多坚持一天！为什么，为什么，我不能早一天遇到北海！我歇斯底里地咆哮，在安静的夜里放肆地嘲讽着世界，一切繁华在我的宣泄面前都隐褪痕迹。全世界只有我和北海，只有我和北海在今夜悲伤，泪水漫湿大街，悲伤吞噬世界。当我哭得无法自拔时，我看见北海也站在我身后，泪流满面。我们用泪水感染世界，大声喊叫，尽管来往的路人都那么诧异地看着我们。又有何干，世上只有我们！

我抱着电线杆大叫："我的错，当初我嘴贱！"

北海也不甘落后，"我的错，我不该擅自离开！"

"我的错，我应该早一点遇到北海！"

"我的错，我应该不停地回故乡寻找！"

两个最伤心的人叫喊在最过分的夜。

年少的夜色终于不再繁华，它清澈，它透明。我永远不会忘了那天夜里我和北海在路边破口大骂，装点出世界最沉重的悲剧。然而夜色任我们叫喊，仍然在那里清澈得纹丝不动。累了，连哭都没了力气，我抱着电线杆滑坐下来，蹲坐在地上。生命里最猛烈的发泄已如急雨过去，我们的呼吸都在心悸中渐趋缓和。声音已经干哑，我却仍意犹未尽，想再喊叫些什么东西。年华里最不甘的吵闹在街边沉寂，那个饮酒的薄荷、干呕的薄荷从我面前跑过，那个目送我离开故乡的薄荷、在旱冰鞋上健步如飞的薄荷，飞快地从我面前穿过，永远逝去在我的生命。从此那些无尽的夏末都带不上色彩，薄荷离去时捎走了它的明亮。

如台风眼过境，天气低郁地晴朗，我只能不停地啜泣，我却能听见，北海也渐次虚弱的哭声，固执地盖过我的声音。我们就这样沉默了，沉默在这个失去一切的夜晚。

然后我听见北海在我身后缓缓地说："我想薄荷。"

我也想薄荷。

"我想薄荷。"

我也想薄荷。

回忆像沼泽让我深陷，十年里一晃而过的光阴如今都在我面前清晰地投影。啊，都十年了，一切都开始得轰轰烈烈，却结束得如此冷淡。我不知道这么多往事穿过大脑用了多少时间，我只知道清明的雨仍在不倦地飘洒。

我蹲在薄荷的墓碑前，两腿已经麻木。清明的雨斜穿而过，越过北海的伞沿，把我淋湿。青草浅绿色的汁液溅在我黑色的漆皮靴上，让我想起了多少年前，我、薄荷、北海在山坡上奔跑的样子，青草的汁液渍脏我们白色的帆布鞋。我的哭声终于在回忆面前决堤，任灰色的雨，调和我的泪水。北海这次却默默地站着，没有哭，撑着伞。其实，自那晚以后，我们都试着去隐藏那份悲伤，尽管它总会在夜里偷偷来袭，可一旦日光降临，我们又都抹去悲伤的痕迹。

时光里挣扎的我们，不哭。

大城市里生活繁忙，请个假极其困难，我和北海只能趁着清明小假回到故乡。跟薄荷妈妈联系好，打听到她安葬的位置，我和北海就坐上了轰隆而去的火车。这次终于不是我一个人坐在火车上向故乡驶去，我身边还有北海。但我一如既往的心情沉重，一如既往地想着薄荷的事情。北海和我的脸上都没有一点泪痕，但我们都面色凝重，一言不发。

孤独的旅程竟是这般度过。远方灰色的麦田在车窗外叫响，灰色的天空在高处延伸，我和北海沉默地路过灰色的风景。

我们没有机会出席薄荷的葬礼。我们在清明前一天到家，雨已开始封锁这座湿润的小城，我把北海先带去我家过夜。那天夜里，我硬是忍住不哭。不哭，薄荷不想我们哭。

但薄荷，你哭了吗？

今天我却在薄荷的墓前哭得死去活来。我不顾一切地让膝盖陷入青草、陷入泥土、陷入与薄荷接壤的世界，然后抱住墓碑大哭。时光走进这里永不回头，义无反顾，我却无法再像那天晚上宣泄得那么淋漓尽致。来往扫墓的人肯定不会理解我怎么会哭成这样，还会误以为我是个神经病。只有北海理解，但他却一直撑着伞，抿紧嘴唇不哭。我哭在清明的雨里，哭在这个荒唐的世界，哭在这个可笑的世界。但又是这么一个世界，曾给我刻下过一段鲜艳的记忆。

雨，灰色。

绿色还没渲染开，就在灰色中殆尽。夏天还没来，它们还会争得一时繁荣。

世俗的世界重复着喧嚣，小酒吧在雨天也会萧条。我们曾经的脚印，都被雨水冲刷干净。我们的曾经，又都被雨水冲进江里一路向东。

我一直在哭，却仿佛看见无数个薄荷回到我面前。我离开故乡的无数夏末，都是薄荷站在月台上目送我离开，把自己都目送得消失不见。然后她还要踩着滑轮去送她那送不完的外卖。无数夏末都是这样度过。

而那些夏天，又是我陪着薄荷坐在长椅上，看日出到日落。时光轮回，我看见薄荷一副神志不清的样子。但她却勉强地笑着，说她已走出悲伤。

第一次离开故乡，是薄荷哭喊着、跑着送我离开。她的表情，她的徒劳，都陷落在我的记忆里挣扎不清。

九年前的那个夏末，薄荷一次次闯进酒吧，颤抖地饮酒。她一再呕吐，跪在地上，又想像黛玉一样咳出血来。浮华的灯光里，我见证了她的第一次迷失。

而又是那个夏末，发生了太多。薄荷靠着我，小声地说，她喜欢北海。项链却跑来，粉碎了我们的幸福。最后北海沉重地离开，夏天被打上一个巨大的空缺，夏末却依然缠缠绵绵不愿结束。

就是这个可恶的夏末。

我忽然觉得我的生命都在无数个夏末中串联。那些该死的、阑珊的夏末，固执地把我的生命连缀成一场悲剧。所以薄荷才会烂醉如泥地在我面前说：

“假如夏末没有这么阑珊，世界也不会自行了断。”

她在那时就看见了一切的结局。但出乎我意料的是，一切竟结束在夏末到来之前。清明暮春，一切都与初夏有了几分相近，一如那些阑珊的夏末。薄荷一定在惋惜自己没能坚持到这个十年后的夏末，于是我们的故事必须在夏末开始在暮春结束。我又忽然想薄荷能回去，回到那个我和她在操场上奔跑以减肥瘦腿的夏末，那个她神情惶惑地告诉我她瘦了五斤的夏末，那个她在古旧课桌上画素描的夏末，那个她怯生生地开始问问题的夏末，回到那个一切都没有开始的夏末。

十年夏末，有此一个就够了。

颜乱

你叫颜乱。

今天早上我在路口叫一辆出租车，却没有上车。出租车司机大骂了我一句“傻逼”以后愤愤然地扬长而去。我忽然想起来了，你已经不在了。你还在时，总会帮我的劣质恶作剧解围。我才发现，没有你，我什么也不是。

我很疲惫地梦见你回来了。你很不羁地夺过我才写了一页的小说，噼里啪啦地接着把那个干涩而没剧情的故事写了六七页。虽然和我的思想完全接不上，但显然比我原来的思路更生动。于是，很怀念的感觉涌来，但是，怀念不应该是我用来描绘你的笔调。我只是粗略地看了一下你写下的第一页文字，写了什么到现在我也忘得差不多了。后面几页我更是随手翻了一下就过去了，心想过会儿再怎样把它扯回到我的思路，然后来个华丽丽的结尾就能完成了，那真的是一个写你——颜乱的故事。竟然好意思这样续写一个写自己的故事，还用那么煽情的文字，颜乱你是有多自恋！

我好想保留住那个写你的故事，上面爬满的笔迹都是你写的温柔。而你又是如何能这么体贴地知道我对你的看法，那些情感揣测得相差无几。你那还带着泪的眼睛，也是多么舍不得我。那你为什么又要走？把我了解得那么透彻后就这样离开？

我好留恋那段时光。我真的不愿撒手这个本子，你在这里写了太多我不知道的你。你把自己写成王子，从遥远的地方回来，再要一杯深红颜乱兑芒刺橙汁。关于你写的，我只记住这么多了。你是有点喜欢喝酒的，并且对酒的品位甚高。关于酒我是一点都不了解的。等我看到这个句子，我拼命地把它记下来，想要了解你更多。你喜欢喝一种叫“颜乱”的酒，真正名字肯定不是“颜乱”，你自视甚高，以为没有人会像自己一样如此青睐这种深红色的高雅液体，就“自为其名”称之为“颜乱”。你喝深红颜乱时总会往其中加入一种橙色的液体，那颜色，瞬间迷乱纷呈。以前我不知道那是什么，现在才知道那是没出息的你兑的橙汁。至于“芒刺”是什么，你走了，我也不得而知。总之，这些话只有你自己懂。

你回来了，我以为那是真的。可那个本子，也随梦离我而去了。梦里我的小说也只写到这里，剩下来的应该给你写的，颜乱。你写了什么，我现在真的不知道。你的故事，我也不知如何下笔。但，如果你回不来了，也只能由我来完成了。颜乱。

我知道那个梦我再也做不了，你也不可能是我梦里的样子。这个故事，我本想忆及所有你所写的，来完成它。可粗心的我早已不知把它忘到何处。爱喝深红颜乱兑芒刺橙汁的你写出来的故事，就算我再健忘，看到这里也知道与我写的截然不同。不愧是从边疆回来的王子的回忆啊。

我也总会迷迷糊糊地觉得你还在我身边，可你还是走了，这绝对是真的。你走的时候有多不舍，都那么没出息地哭给我看了，你又为何要走？你那么固执又那么温柔，为我编织出一张一旦陷入就欲罢不能的情网，最后却是自己违约，自作主张地先走了。你走呀，你只管走呀，到最后还不是……如果你还能回来，如果你还能回到这里，睁大眼睛你会发现，一个不再年轻的女人有着你熟悉的容颜，坐在一张你常坐的沙发上忽然破口大骂起来，到最后却是哭得不能自已，只剩下苦苦哀求。到那时你还能不顾一切地拥我入怀，还那么温柔地责备自己当时只是一时年轻气盛吗？

不能。颜乱。那不是你。虽然我对你了解不及你对我深，但我却始终扼守比你更深的回忆。被不识风情的出租车司机破口大骂后，我格外不屑地望着他拖着一堆 PM2.5 远去，又发现你离去后的空落落。你已经走了很久了，我却还是不能习惯没有你的日子，你留下的伤痕即使这么长的时间都无法弥补。

其实你不是刚走。你走了，已将近十年零三个月了。我竟然还把这种日子记得那么清楚，看来我还是不能把你彻底忘记。其实有时候我真想陪你一走了之，后来想想我也没有那么傻。

或许忘记是件很难的事，颜乱。你走后，我也花了将近十年的时间去忘记你，却再也找不到一个比你更好的人。我也选择离开这个给我留下各种复杂记忆的地方——柳城，和当年的你一样，只是你太笨了，这样一走就回不来了。

可我，发现一切所谓的忘记都是伪装后，还是勇敢地回来了。我每遇到一个以为会比你好的人，总是要在心里向你好好地炫耀一番，才发现我根本就忘不掉你。我向他们每个人都说过，我以前认识一个人，他叫颜乱。然后他们会问“那个颜乱是你的前男友吗”，我都会回答："是的，只有这一个前男友。"那些所有不如你的人，都被我忘得干净。明明你也好不到哪去，我却怎么也忘不了。

但我总算回来了，在我又一次提起你时，发现所有忘记都是徒劳，还是回来了。

我明明已经是一个不再年轻的老姑娘了，竟然还这么幼稚地拿出租车司机开玩笑。回到柳城，就像回到十年零三个月以前，我还那么年轻快乐，就算你已经离开了。

我想回到我以前住的地方，却发现自己没有勇气去面对自己的父母。在我还那么年轻气盛的时代，我竟然傻到要追随你的步伐。我不顾一切地收拾好东西，决心像你一样义无反顾地离开柳城，这个名字中冠有"柳"字，却不是柳影婆娑的商业化小城。只是你的路太过坎坷，不能像我一样全身而退。

或许我离开的阻力比你大。我有父母，有死命挽留我的人，有用经验告诉我这么做太傻的人。我很理直气壮地大喊说我现在离开柳城，等我回来以后肯定有出息得吓死他们。背上我的包袱，我内心豪情洋溢地摔门而出。其实我从未想过要怎么有出息，我只是想要追上你，至于回去以后怎么解释我的落魄，已不是年少时的我要考虑的事了。

而实际上我离开柳城的十年中，的确是狼狈不堪。刚开始我只是要去追逐你，当得知我永远也无法追上你之后，我想用这十年来忘记你。我也很笨，在外漂泊十年，才终于想要安下心来。可能是年纪大了更想过上安定的生活，于是我想去寻找新的归宿，去忘记你这个温柔的故乡。我曾在外租过房子，想在外也寻一回有依靠的感觉，于是在周围试图寻找新的感情，但都未能如愿。我曾在年轻时把太多的桃花浪费在你身上，以至于我再难寻到新欢。我也开始后悔年轻时没听爸爸妈妈的唠叨，把时间都花在情情爱爱上，现在真的是一点出息也没有。

当我生命里一切轻狂的繁华不再具有年少的气血转而凋零之后，我开始重新冷静地审视这个我生活的世界，我的父母，我十年未见的父母；我的家，我十年未进的家门；还有一群十年内杳无音讯的朋友。我发现我傻到追逐你，却抛弃了我原来美丽的世界。

现在我又踩在了柳城的街道上。十年了，我看到这个小城中我曾熟悉的都荒芜了，一家家店面不知更换了几代主人。我踩着人行道上那未曾变过的红绿地砖，望着那条永不逝去的大街，想着关于你的，正在失去的念想。我背着比走时更轻的行囊，回到了这个，我出去后就十年没有联系的家。

我想我还是要走进这间屋子。十年了，我当然没有这座房子的钥匙，也不能像个孩子一样傻傻地站在门前叫父母来开门。我现在成熟了，却这么兀自地到来。我早已无法联系父母了，十年内他们的手机号码肯定是换了又换，而十年内我们之间也没有讲过一个字。进入这扇门，也需要很大的勇气啊。

当然我决定敲门，试想父母在打开门后，是否会溯回到十年前的怀念中呢？只是门前的这个人已不像孩子一样大叫大嚷地等待开门，她也没有他们熟悉的年轻面容，可是无法言说的伤感，却是用怀念把他们扯进了时光深处。

我终究没有决定进门去。我撕了张纸条，在上面写着“我回来了”，然后把它从门底推进了屋去，随后把我的包袱放在门前。等这一切做完后，我也只能放心地离开了。

我回来了，我回来呼吸柳城的空气了。柳城的空气确实不好闻，但作为一座南方的温湿小城，它的PM2.5浓度倒是比北方的一些地方低很多。只是过桥时会闻到河水腐烂的气息，顺便瞥见河畔那几株残留的柳树，不屈不挠地告诉别人"柳城"是名副其实的，这让人有点不屑。正值下班高峰期，我正在柳城熟悉的小路上到处逛着，迎面驶来拥堵的车辆，其势若排山倒海，吞天沃日，如有大军压境之感。我逆风走着，没走几步眼睛里已全是沙子了。

时间是夏。倒是有点让人失望，像我在冬天时不顾任何感受地执着于写夏，一到夏天就让人开始想念冬天。但夏毕竟是摇曳的，是婀娜的，是最适合演绎恋爱故事的。毕竟是夏，下班高峰期一过，该回家的都回家了，天色还不至于显暗。我还在犹豫今晚要不要回家去，真是和你一样笨。我长大了，我知道既然已经用了这种手段还不出现会让他们急得满大街乱跑的。

但我还是决定趁天色尚早，去你住的地方看看。这是该死的，忘不掉你的我，在回柳城的路上就已计划好的事。你的家住得确实离我现在站的地方远，可我还是决定走着去，我想去，我想到你曾喝酒的地方看看。

我从白天走进黑夜，我看见柳城渐次灯红酒绿的繁华。那家你天天喝深红颜乱兑芒刺橙汁的酒吧还在，叫什么名字我也不记得了，好像是密密麻麻的一堆英文。还是木砌的外墙不改，一走进，暖黄的色调一下子让我陷入十年前的时光。

我想起你走后不久，我也像你一样来这里借酒消愁。从来没喝过酒，什么酒的品种我也不知道，也只知道你常向我自豪地介绍的爱酒"颜乱"，你常喝，于是那天我也学你来灌一把。

那时我竟然天真地坚信有一种叫"颜乱"的酒，一进店里就很嚣张地向吧台小姐叫道："给我来一瓶颜乱！"

换来的却是一种茫然的眼神："什么酒叫颜乱啊，莫名其妙。"

那天刚换了一个吧台小姐，我坚信"颜乱"的存在，执着地以为是新来的服务生不识店内业务，连这样一种好酒都不知道。后来我自己凭颜色找了一瓶深红色的酒，喝了一口就醉了，却固执地认为自己没有挑中真正的"颜乱"。

想想被你毒害之深啊。

推门而入，寻找着以前你常坐的位子。如海潮似的回忆翻涌而来。我怕那些过往，怕回忆将我侵蚀，却仍然固执地坐到这个我常坐的位子，像当年一样把左臂搁在吧台上，把头倚在臂弯上，向右侧着脸，仿佛还能看见当年的少年。那个坐在这里自顾自灌着酒，还一边向我介绍这酒的少年，然后随着那酒也一起消失了。不再了，我坐在这里，身边的你却不见了。我看着这个空荡荡的座位，任回忆翻滚而来，果然，我还是忘不掉你。看着如十年前的我们一样相依偎的情侣，我禁不住泪流满面。

想抓起手中的空杯砸向右边的空位。

像又看见，你迷醉的神光。把橙色的液体兑入"颜乱"，酒色瞬间迷乱纷呈。窗外是夏，以及夜的柳城。像以往熟悉的夏天，你身上涔涔的汗味。把晚上全都翘在这里，不去想遗留的作业。学生时代的风从记忆里吹来，让人又想起很多，包括备战中考的岁月。

不识酒性的我陪你陪到百无聊赖，你却仍喝得不亦乐乎。忍无可忍的我狠狠地一拍你的背，看你把这些那些都狂呕而出。你装可怜地看着我，我捏起你的鼻子，毫不留情地站起来，说："走了。"你百般无奈地把剩余的液体一饮而尽，再去追随我的步伐。

真奇怪我竟然会爱上你这样一个酒鬼。烟、酒、赌……这些东西我一概不沾，就连我身边的人也不允许。却唯独开恩让你饮啜，只因那深红的独特魅力？

还是柳城的街道，夏的气息适合夜风遍布的晚街，偏挑没有路灯的人行道挤在一起走，笑看微醉的你把每一个暗处的行人当作蓄谋已久的强盗，对着他们破口大骂。到最后，那些行人胆小的把我当作歹徒，赶紧绕道逃走，稍微大胆些的在路过我们时，像诅咒似的低声谩骂着“神经病”。你竟然还能如此厚颜地向我自夸，说自己的威慑是如此强大。

我打电话告诉爸妈今晚迟点回家，要在同学家补习功课。其实放学以后书包就一直死在家里的某个角落。爸爸妈妈欣然同意，然后我们就在这里继续走下去。

那时是多么和平啊。我们就这样在柳城的小路上慢慢地行走。可是柳城这个小地方困不住你，你还是固执地走了。身边总是有些不识风趣的人，错愕地看着我趴在吧台上哭得泪流满面。没人知道，我哭的是十年时光。

跌跌跌撞撞地出门去，回到夜的柳城，混乱了十年光阴。我什么也没想好，却只清楚地记得斯人已去。只是旧地梦回罢了。

纷乱着柳城一路的灯火，我还朝着你家去。

斯人已去，旧地梦回。是的。

这是中考前第四天的夜，我刚写完估计是最后一张的中考语文模拟卷，三年了，忽然想道：别人的初中一下子就过去了。自己的初中时光，每一寸都沉重到难以忘记。但我看着别人成长，那些生长的表面总是那么迅速，留给别人不可模仿的背影。初中的时候我就已经和你熟识了，那些连光线都因你柔和的夏天，我的心底泛起了潮湿的雨季，把未来的一切都看不分明。想把那未知的花苞每一花叶都透彻地展开，尽早看到奇迹的亲临。

但永远不会有奇迹。当我想到“别人的初中一下子就过去了”时，有一种灵感被压抑的冲动。后来老师让我们自主复习，大多是背文言文，看作文选什么的，我无法忍受灵感的压迫，赶紧拿出我的笔记本把这个句子记录下来，短短的十二个字才记到一半，老师就过来了，她让我赶紧收起来，我向她争辩那是灵感，当然灵感打不过中考，我只能在下课后把剩下的几个字写完。

那天晚自习下课后，看到你趴在窗口等我，没有看见小说中的月光披身极富魅力，反而是被日光灯照得不怎么好看。但永远是如“颜乱”一般的眉眼，如“颜乱”一般的笑。想到这里，我可能还没有向你们介绍颜乱的精致外貌，可我也介绍不清，毕竟你在我心目中的名字是这个世界上最惹人憎恨的定义：前男友，但至少当初还在我身边的时候，你不是。但绝对是美男子，当时追你的人很多，哼，肯定一个个都不如我。可也只是想想罢了，我们真的只是朋友而已。

你还在窗口等我，我却在走神。该怎么描述你呢？蓬松的浓黑长发，一点点的歪下巴，不是很纯粹的东方美颜，还有几分与这美颜极不相称的俏皮。你当时的面庞很白皙，哼，肯定是日光灯照的。你的笑更是让人迷乱，就如你的名字所说。

那天晚上我们一起回家，你跟我说你想喝酒了。

“笨蛋，过几天就要中考了，还喝酒！”我瞪着你。

“不就是中考吗？有什么好怕的。”你不由分说地拉着我就走进那家酒吧。

“喂，爸，今天晚上留在学校里复习一会儿，晚点回家。”

我一直以为酒吧里会有奶茶之类的东西，可事实上没有我能喝的东西。中考结束后的第二天班上举行宴席，很多变态男生都喝酒了，这么一来就不只颜乱你一个爱喝酒了。我巧妙地避开那些一身酒气的人群，却永远也避不开你。

连十年的回忆都没避开你。

陪你在酒吧的时光总是极度的无聊。我不喜欢吵闹的酒吧，这家正合我意，我觉得这种酒价昂贵的地方是让你静静品味的，午夜狂欢派对什么的实在让人作呕。我也不想看见那些深情弹唱的酒吧歌手，因为我不会像别的女生一样犯花痴，为在这里遇见一个帅气歌手而疯狂，我有你就足够了。

木制的房间，陪你的时候我喜欢看那些装饰，看那些松木极富气质的格调。这里的安静，也许只是因为生意太过冷清罢了，但我由衷地感谢十年了它没有搬迁也没有倒闭，那些我熟悉而温柔的角落依然保留，但却生长着你的回忆，那么深地刺痛我。

柳城的风吹来的总不是传闻中南方小城的温柔，它有河，却酝酿不出水乡的情致。像少年时旅行归来，踏入故乡的风，只有一股热腻之感，那些黏渍的皮肤，在柳城的夜风中穿梭，浑然不适。我相信自己现在的脸上一定是泪迹纵横，因为走过路过的人都不自觉地看一下我的脸。中考，已经过去十几年了，本应是最平淡的日子，却因为你无论如何也不肯忘却。那些充满少年气息的夏天，只能化成满目的青色，滋润我的双眼，让我流下的泪不至于因回忆的沉重而划伤脸颊。

中考我实在是考得够烂，勉强只够上了柳城某一高中的分数线。中考那几天晚上你都跑出去喝酒，还是轻松地考得比我好。我觉得从那以后你我可能再也不能相见了，以你的成绩可以去上市里的重点高中。其实当初要是就此分别就好了，以后也许只是在柳城的巷陌里相见，大家彼此都低着头，靠近时才低声问个好。

我已做好怀念你，并忘记你的准备，可开学那一天，竟然在同一所烂学校里见到了你。你带着嘲弄的笑，斜背着包，坐在二楼的栏杆上，靠着身边的柱子，居高临下地看着我。我站在操场的边缘，微微抬头看，夏末的阳光仍很刺眼，一定是透过青郁的叶子将影子打在我的脸上，我微眯起眼，温习着楼上少年的身形，不知该觉得高兴还是可惜。我的命注定这么贱，这么平凡，但上天却安排了一位天使，牺牲着他自己，始终陪在我身边，那就是你。

始终，连死后都没从我的脑海中离去。

后来胖胖的政教主任看你这么危险地坐在栏杆上，脚还放在空中过分自在地荡来荡去，恶狠狠地把你叫走了。

因为成绩低，唯一的好处就是走不出家乡，整整中学六年我都在走读，但缺陷同样是它的好处，我被死死地困在柳城。我比那些寄宿生呼吸过更多家乡的夜风，虽然不是很好闻。但是有一点我是知道的，像颜乱你这么不凡的人，一定不甘心一直被困守在这里。

那你为什么会放弃了离开柳城的机会呢？

这次你没有坐在栏杆上，上次应该被政教处主任训得够呛，至少三年内不敢坐上栏杆了。你坐在篮球场边缘的绿色钢丝网墙上，一身素净，背后是最纯粹的蓝天作为背景，我又要仰视你，阳光给你镀上一圈耀眼而模糊的轮廓，让我把那些仰望你的岁月都看不分明。夏风的余韵把绿叶翕合的天籁传唱得清晰，你一脸迷醉的笑。

谁知道呢。

“快回答我。”我扯扯你弹性紧身牛仔裤的裤角，“为什么我总在仰望你，真让人不爽。给我下来。”

你很轻盈地跳下来。“无所谓。就算我现在离开了柳城，也到不了我要的地方。”

我傻掉了。我坏掉的脑子无法理解你在想什么。很远大吧，所以总要像燕雀一般把脖子仰疼了去瞻仰鸿鹄。我没想什么，也没有那么不安。虽然一直困守于柳城这样的小地方，但有你一直陪着我，在柳城的夜风中沿路一直走下去，安宁和平就足够了。

可现在，我一定在独自行走。我走进柳城的巷陌，回忆起这里被你定格的画面。阳光泼墨，温柔的少年静止着靠在墙边，表情迷醉，身后是栅栏，是绿色植物，是五颜六色的可爱花饰。你穿着白衬衫，卡其色紧身裤，一只手肘支着墙，另一只手扶着栅栏，向我微笑。你伸出手去，邀请我经由这条美丽的小路去你家。阳光漾开绚烂的圈晕，一切都是美好的样子。我十分迷惘地被你牵着走了进去，怔怔地环顾着四周，十几年前的一切都温馨到泛滥，幸福似乎永远不会枯竭。我呆呆地看着四周，你狠狠地拍了一下我的头，像现在的我想那么用力地把你从阴间拖出来再拍一下那样重，告诉我，到了。

到了。

那么狰狞地，连路灯都没有，暗寂里一片颓靡。我却看得清楚，那座原本美丽的房子，一片火燎的焦黑，砖瓦崩颓，穿越了十年的大火，开始从我心底里燃起。我可能有点懂了，你为何要匆匆地离开。

被毁坏，被人遗弃的房子，化作炭土，在夜空中飘摇欲坠。十年，刺鼻的烟味从回忆深处涌来，那些死去了，又被时光冷落的尘土，诉说着火烧火燎的伤痛，还有主人离去的辛酸。巍巍的黑影在颤抖，在夜色里默默流泪。

我想我猜到了几分，你匆匆的行色。夜幕里，我想起你离去时的决绝，淹没时光的泪水，问我要不要和你一起走。我怔住了，为什么你会在这个时候决定逃离，一刻也不愿停留。

那大概是因为，什么都毁了。

我看夜色昏沉像你蓄满泪水的瞳色，屋里一片焦黑什么也看不见，还是决定先回家了。

有短信：欢迎回家。

信息的发送时间离现在有几个小时了，我想我应该尽快回家。为了绕出那些巷弄我决定打的。在路上我却开始重新审视自己，我已经二十八了，在外打拼十年，仍居无定所，没有固定职业，积蓄也只有一点点，单身，典型女废柴一枚。我不知道该如何面对父母，他们又该如何接受我。

献给你的、我挥霍掉的青春，什么也没要回来。

那么，颜乱，你是不是要赔偿我一辈子？

到家了，门故意没锁，包袱已被拿进去了。我小心地踏进去，没有呼吸到似曾相识的气息。或许在外颠沛多年，我已忘了原来熟悉的家。

我像十年前的我一样关好门，脱掉鞋子，轻轻地走上楼。我看见原本属于我的房间还原封未动，母亲正在打扫，我的包袱放在一边。那些封存十年的灰尘被擦拭，十年前的故事也呼之欲出。

十年前的饭菜香飘来，一切苏醒了。父亲回过头见了我，没有说话，但无论如何我还是回来了。打扫完毕的母亲见到我赶紧招呼我坐下，饭间，一切都回到了十年前的模样。

“结婚了吗？”

“没有。”

“现在什么工作？”

“都辞了。”

“待多久？”

“不走了。”

我想我就是燕雀，永远也追不上鸿鹄。或许我本就应根生于柳城，在柳城的风里默默行走，平凡，却能找到属于自己的幸福。但一切都因你而变了模样，我本就走不出柳城，却因为你硬生生地逃离了。也许你走了，是对的，像凤凰烈火后的涅槃，你在另一个世界找到了自己的幸福，永远也不能带上我。

饭间谁都知道了我的没出息，之后是一片沉默。没什么好失望的，我想大家都该知道我年轻时的都是些气话，这么落魄本就在意料之中。

但还好，岁月褪去了我的轻狂，我此次回来，就不走了。

饭后回了自己的房间，那些写满了小秘密的书都一本不少地待在原来的地方，但我不在的时候有没有被偷看过就不知道了。粉红色的，放在书架的正中央，专门记录你。我把它取下，想了好久才想到密码把它打开了。扑面而来的，是高中时代的气息。

你一定想去一个遥远而美好的地方，你一定想用自己的步伐把柳城永远地甩在身后。你一定会凭借自己优异的成绩，到你想去的大学。所以，我狠狠地咬住铅笔的尾巴，决定要努力学习追上你。

可你出现得不合时宜。你跑到我的教室里来了，带着你迷醉的笑。我怔了怔，你知道吗，那天我刚幻想好的玻璃未来破碎掉了。那天我听到铅笔尾巴告诉我——其实只是我在安慰自己——之前不认真学习没什么关系，现在开始努力学习一样可以追上你。可是你毁了我的梦。

你一定是脑子有病，特别喜欢坐在高处，居高临下地看着我。你跑到别人的教室里还那么不把自己当外人，特别好意思地大跨步地走过来，一屁股侧坐到我的桌子上。我咬不动铅笔尾巴了，你的侧身在我面前。我仰望你——可恶，又在仰望你。我发誓，总有一天我会把你从高处扯下来扔到地上再踩两脚。

你低下头看我，我故意低下头看你屁股下面的练习题。

“我要去打工了，你给我点主意吧。”你对我说。

我眨巴眨巴眼睛。“缺钱花？你家房子那么好看还缺钱花？”

“喂，房子好看和有没有钱有什么关系吗？怪不得成绩那么差！再说我要自己挣钱。”

“兼职工？”

“嗯。”

从那天以后，我的生活发生了翻天覆地的变化。那是高二刚开始的时候，我想这样概括我的生活——认识你以后，高二之前都在陪你泡酒吧，高二开始都在陪你打工，直到你走。

因为你，我已经别想好好学习了，你的成绩却依然那么好。算是我偿还你的债，你为了我留在柳城。

生命就是在不停地还来欠去。

属于我的走了，不属于我的，也走了。我的青春随你走了，你却没有走进我的生命。你欠我一生。

我睡时，一定哭了。

灯还没关，你推开门，走了进来。我的睡眼朦胧，隐约看到的，是你十年后成熟的模样。你正走过来，坐到我的床边。我不敢相信你还活着，便惊坐起来，想伸手抓住你。我的手指触碰到了你的肌肤，那么熟悉的触感，一定是你，颜乱！

你就像我对父母说的那样，说你回来了，回来了就不走了。

我扑进你怀里，像父母找到走丢的孩子，先是放声大哭，把你越搂越紧，怕你走掉，然后边哭边惩罚你，用尽平生最大的力量捶打你。

你都一一承受。

但却那么不真实。

你叫我别哭，试图让我松开你。我不会放开，我怕你又走了。我等你，等了十年。只要你回来了就好。我大哭的瞬间，仿佛世间所有的雨水都崩倾，你无法想象，我荒废了的十年，终于苏醒的片刻。我的拳头攥得更紧，这十年，你欠我的，都要一一还回来。

我知道我又梦到你了。夜里我睁开眼睛，格外清醒。最美好的幻觉都破碎的瞬间，曼妙的曲线还残留在空气里，但却有一刹那宛若世界崩塌，黑暗了视线。如梦初醒，总是最迷惘的时候。以为一切都可以葬祭给时间，但你的身体却一再地在时间的瀚海里浮现。像是潮水，退去后总会漫上来，漫湿我的脚丫，带走我脚下的细沙。我恨你，颜乱。你不知道我梦见你还会哭得死去活来是什么时候，你不知道我这辈子都忘不掉你。我猛地拽紧床单，让自己坐起来，如果，那床单是你的脸，我一定会毫不留情地扯破它。我立起膝盖，把被子拉到膝盖和小腹之间，深深地把头埋进膝上的臂弯，比梦里还厉害地哭了。

只有月光泼墨我，让我在寂静里听见泪水滑落的声音。

实在睡不着，第二天起得很早。我摸摸枕巾和被子上的某个区域，已经湿透了。我下床穿衣服。衣柜里还保留着我十八岁时的衣物，母亲应该常洗常晒并且常换樟脑丸，它们都保留得完好。我拉出了那件连帽的白T恤，这是我亲自设计并涂鸦的，衣服的正面写着一个大大的“颜乱”，是我特有的字体，我犹豫了一下，还是决定穿上它。

穿戴洗漱完毕后我出门了，踩着那双白色帆布鞋，是我十八岁时穿的，上面用粗大的黑色签字笔密密麻麻地写满了“颜乱”。我发现我是永远也忘不掉你，我也只好面对你。

我又在往你家走，白天泛滥了另一种回忆。我记得周末我陪你在这里躲城管卖鸡柳，虽然你做生意时我一直在偷吃，但还是挣了不少钱。再往前走几步的拐角，我们在这里贩卖过从淘宝上批发来并亲自涂鸦的T恤，我涂了一件有“颜乱”字样的给自己。我帮你打了两年的零工，供你去远方。

朝霞在柳城很是罕见，今天实在是起得早，那些天气的美妙变换，让这座灰白的小城总算没有太过单调。是夏，弥漫在空气里早来的清新，卷挟过中学时匆匆赶路的繁忙，在行道树的阴影里，漏下最天真的遐想。所有因遇见你而熠熠生辉的日子，斑驳着那些青葱的岁月，名字和岁月一样青葱，格外茂盛地，把我的心蔓延。于是盘虬了所有呼吸的空间，每一阵心跳都因你而不同。年少的悸动里，眼角的余光中仓促行过的时间里，终于遗留下一些可圈可点的印象。

那时你带着我，在这里行走。风吹起校服的裙摆，阳光洒满我们一袭的白色，像是有金色的弧线圈勒我们的姿态。我闭上眼睛，享受你能给我的。

又到了你家，白天没有谁能掩藏它不堪的色彩。干净的天宇下焦得不是很完整的屋子，曾吸引我的栅栏、绿叶、花饰，还有穿白衬衫的男孩都不见了。我很想进这间屋子，于是我跨过了早已霉迹斑斑的警戒线，回到了那个原本美丽的地方。

那是高考前几天吧。我把学业荒废到这种地步了，高考真是让人担心到要死。那天我真的很无聊，就趴在四楼的栏杆上看操场。忽然有一个物体从上方直直地击中我的头部，我把它抓住，是一个恶俗至极的面巾纸团，上面用红笔歪歪扭扭地写着“打开看”。我没理会，抬头看，你正坐在五楼的栏杆上，双手紧抓栏杆，撑住身体，把自己的上身往前倾，映出一片蓝莹莹的天光，用阴影把自己的表情模糊到看不分明。这家伙不怕死了？就算不怕死也不怕政教主任了？

“快下来，笨蛋，会摔死的！”

我按住栏杆把身体向外倾，踮起脚，伸直手臂想抓住你的脚。这么危险的动作又被巡逻的政教主任看见了，于是我被带走了。走的时候我把那纸团扔了。

那天晚上你提着个旅行包出现在校门口，我刚下了晚自习往外走，便看见了你。你一定是翘了晚自习逃出去了。那是十年零三个月前的一个五月的尾巴，快要高考了，连我都不敢翘课了，陪你卖鸡柳时也是边吃鸡柳边复习，当有人踌躇着要不要买时，再象征性地喊一句“真的好好吃耶”。此刻，你又是迷醉的神情，欲言又止，作邀请的姿态。

我现在后悔把那个纸团给扔了，如果我当初看了那个纸团，揉开过它细细的褶皱，现在就不应该是这样的结局。我本以为里面会是“傻逼”之类的脏话作为恶俗的礼品，也没有理会。因为我做的恶作剧够多，常让你来解围，所以你用低智商的恶作剧来报复我也不奇怪。和你一起在路上走的时候，我特别喜欢叫出租车却不上车，饶有兴趣地看你编各种理由把出租车司机哄回去。往别人的酒里偷放薄荷糖的是我，把草地上睡午觉的人的鞋子藏起来的也是我，解围的却永远是你。

那天晚上，初夏的气息很浓郁。我和你一起回家，你说今晚你要去那家酒吧，喝最后一次酒。我淡淡地“嗯”了一声，像那天晚上的风一样轻。

枝叶像夏天一样在空气里流着厚重的绿色，像十年的光阴洗去柔和，款款地温柔落地，蔓延开一片回忆的网，把夏天的杂质一一过滤，只剩下你我流动的深情。像亘古传来悠悠的召唤，刹那间温溢开心口的柔软，然后那些绿色的影子也蒸融，不再摇曳在眼前。

夜，柳城十年不变的繁华，灯火流动的街颠覆视觉。只是一面玻璃之隔却背叛了所有的宁静。你静静地吮着深红颜乱兑芒刺橙汁，优雅的轮廓，深邃到永恒，松木色调的灯光泼下暖黄，勾勒出你颀长的身形，我低下头，看酒色在灯光下变幻，迷乱纷呈。

是灯光还是什么，你的眼睛很潮湿。

“我要走了。”

“什么意思？”

你侧过头很认真地看着我，有点逆光，一切从柔和到昏暗，像宁静却岿然不动的背影，沉淀到我的岁月深处。

“你会不会和我一起走？”

“我不知道你在说什么。”

你忽然握紧我的手，说你现在就要去远方，马上就要逃离柳城，一刻也不愿停留，让我和你一起走。我错愕了，苍白地看着你，无法接受。我虽然年轻，但不至于草率地决定就这样答应跟你走。

“为什么？”

你没有启齿，但却开始哭了。你把我的手握得更紧了，我有点痛，看着你指节发白，无法理解。为什么要走，为什么这么急切不给我几天思考的时间？为什么忽然这么想逃离柳城，一刻也不愿停留？

你开始恳求，求我答应，答应你放弃一切，现在马上和你一起走。离开柳城，去一个全新的世界。你哭着求我，我却无法接受。一切都太突然了，不是吗？我下不了决心，无法决定现在就随你而去。我还要高考，虽然我平时那么恨高考，现在却不知为何被它那么有力地吸引了。

“那等我高考完，陪你去旅行吧。”

“亲爱的那不是旅行，是逃离，是漂泊，是浪迹天涯！”

浪迹天涯？听我某个小学同学说过。那天毕业考结束，看到他一个人往一个陌生的方向行走，有同学问他“你要去哪里呀”，他头也不回地大喊：“浪迹天涯！”然后他多了几个追逐者。第二天好像又看到他了，连同那几个追逐者都回来了。

可你却不同，你一走就不回来了。

因为太突然，我还是拒绝了你，不管你哭得多真诚，因为我自始至终都不知道你为什么要离去。等一切哀求都宣告无果后，你最后站了起来，不舍地看了一眼我，还是缓缓地转过头，走了。

少年固执的背影，在暖黄的灯光中渐行渐远，玻璃窗外是夜的柳城，浮华喧嚣，与你截然不同。我听得见泪水坠落，即使有十年相隔。你行至门口，把修长而白皙的手指按在门把手上，我才唤你：

“早点回来。”

你扭动把手的手停住了，微微侧过头，给我留下了你最后的笑。淡淡的，还是那么温柔，那么迷醉。最后还是走了，走了就再也没回来。

我坚信那个恶俗的面巾纸团里就是答案。可恶的政教主任，你要是再让我看见，我一定会毫不留情地扒了你的皮！焦黑的楼梯还没有炭化作粉末，我小心翼翼地走上去，气味应该早从时间深处吹散了，在我没来由的记忆里却咆哮着涌来刺鼻的烟味。但我不应该有记忆，因为十年零三个月以来，直到昨晚，我才知道你家着过大火。

摸索到二楼，有一个楼梯边的房间烧得很厉害，炭漆一片。我倚着门椽，隐约地看到了一张双人床的残骸。火大概是从这里起的。

我离开它，寻找记忆里你的房间。这一侧好像烧得不是很厉害，我还能看出墙体隐约的白色。起居室里的沙发看起来还能坐，但没有好管闲事的大妈进来把它带走，大概能带的都被带走了，这沙发旁就是你的房间了。

我指尖轻触房门，有大量黑色的粉末抖落。我推开它，“吱呀——”的声音仿佛从远古传来，在乌焦的木门里来回冲荡。可喜的是，你的房间，还有一角仍然完整。

我不相信你就这样走了。我在酒吧里傻傻地坐着，没有去追你。忽然恍然大悟，骂自己一句“神经病”后就冲出去了。但我不知道你会去哪里。

于是你就这样淡出了我的生活，我也再没见到你。

第二天，第三天，第四天，你一直没来找我，我也清楚你走了。即使孤单寂寞，我的生活也一样地过。

第五天，迫于高考的压力和你不在的精神打击，我已经要疯了。我已经确定了你不会参加高考，从中考后你决定陪我留在柳城的那刻起。鸿鹄有属于自己的远方，你有自己想要的生活。你我拼命打工，挣的也只是离开的路费。

于是我急匆匆地跑到你的教室，找到你的座位。你没有请假也没向老师说过什么，你的座位还兀自地留在那里。桌上放着水杯，如我所料，你连东西都没有收拾掉。打开桌盖，我开始疯狂地翻找一切有用的东西，在周围人诧异的目光中于桌子抽屉的底部抽出了一张中国地图。地图被折起来了，但最外面的一页上还有一些圈圈点点的城市。一定是它，我毫不客气地把它带走了。

时候已是六月初了。高考迫在眉睫，十八岁的夏天因为它而显得不那么拖曳生姿。像水塘里泛滥的水藻一样，绿色与它截然不同的紧张一同在空气中以温热而湿润的姿态繁衍。只有最后几天了，教室里“吱呀——”着的电风扇，吟唱着十年后的我推开乌焦木门的声音，我频频地抹去汗，难以想象自己会这么认真地学习。和中考时截然不同，那么无所谓还会陪你去喝酒。但仓促的笔还是停下了，我在思考自己为什么要这么努力地学习，两年前咬住铅笔尾巴的我想的只有和你在一起，但前提是要拥有与你相当的成绩。而如今我放弃了你，却仍旧在这里做着并非我本意的事情，只是因为空气里的压抑因夏天的沉闷而格外浓郁，还有刻意模仿那些伏案的背影。

晚上我去了那家酒吧，想喝一杯“颜乱”以消愁，我的人生在你走后迷惘了，而你又走得那么突然，让我的大脑不知如何去接受。

接下来的事情是我最不想回忆的。高考结束后我的人生失去了方向，因为我确实考得不怎么样，意料之中。我翻开了那张地图，上面圈圈点点的城市实在是太多了，我不知道渴望远方的你会在哪里。你走了这么久，直到今天我才想到要去呼叫你，我发现不知从何时起，我的人生就只有和你在一起才有意义。我只想和你在柳城的街道上一直走下去，只想好好学习追上你并和你在一起。而如今，你走了以后，我发现自己的生命化作了漂浮的空壳，用指甲用力一戳就能刺破。我思考了好久，终于决定要义无反顾地追随你，在远方开启我们全新的生活。

离开这柳城。

我把自己的真实的想法一五一十地告诉了父母，果不其然，各种人都过来阻挠我、劝诫我，叫我不要这样，让我安安稳稳地去上大学，再回到柳城找工作……但当时我一定是傻了，我想的全部都是你，在我决绝地收拾好东西后，就抛下了我在前面说过的那句大话“我现在离开柳城，等我回来以后一定有出息得吓死你们”，随后便义无反顾地离开了柳城，像你当时一样。

真是愚蠢。

我问到了你所在的地点，然后告诉你我会在哪个火车站下，叫你在那里等我。于是我看见幸福生活即将到来，乐滋滋地上了火车，等待与你在远方相见的瞬间。

等到的却是你死去的噩耗。

远方，到火车站的那个下午是我生命中最黑暗的时光。我以为你又会坐在某个高处荡着双脚，居高临下地看着我到处找你，然后哈哈大笑着跳下来吓我一跳；或者唯美一点，你背着斜挎包，披一身夏天的阳光，倚着栏杆，一脸静止的迷醉，等我走向你，开启我们美好的时光。但你却迟迟没有出现。我整个车站地跑，把行李丢在一边，不顾一切地寻找。我呼喊着：

“颜乱。颜乱。”

却始终没有人应我。上车的下车的人来了又散，散了又来。整个下午，我跑到再也跑不动，嗓子再也喊不出来时，你还是没有出现。我绝望了。回到我少得可怜、没人想偷的行李旁边，无力地坐下了。我不停地给你打电话，你却始终没有接听。怎么了，你到底怎么了。不会出什么事了吧？我安慰自己一定不会的，应该是堵车了，手机也没电了。

颜乱，你快出来，别和我玩捉迷藏了。

第二天早上醒来正不知道该往何处去，手机却响了。那时火车站候车室的玻璃天盖上的天很蓝，我看它看到想流泪，却在手机发出声响的瞬间扑过去抓起手机，是你打来的，听到的却是一句陌生的“喂”。我正在捉摸这是谁，对方却先发话了：

“他死了。”

我抚摸着那个角落，那是你的书架。我看到有一本笔记本放在很显眼的地方，就将它拿过来，打开。十年的霉黄，温柔你的笔迹。我的手指微微颤抖，在我想到那个让我一生都崩溃的瞬间时，泪水夺眶而出，砸在了你的字迹上。

一样的粉红色，专门记录我。

你只是我悲伤的载体，我不想过多地了解你的过去。我翻到有你笔迹的最后一页，那里，应该有我要的答案——本应出现在面巾纸团上的文字。我想，那应该能告诉我你为何要如此匆匆地离去，不愿停留。

其实答案，早已了然于眼前，我只是想要确认。

我的身后，是“太平间”三个大字。关于这段，我不想回忆，我会用最快的速度把它给带过去。那时候，我整个人都傻掉了，无法接受也无法相信，就像你忽然让我答应和你一起走时的错愕。现实在用不间断的突然打击我。

我甚至不敢看你最后一眼。我来时你已经被推入了太平间，那些盖着白布的尸体，不知哪具是你。

为什么，我觉得生活一直在捉弄我，我想哭，却哭不出声。

颜乱，你终于死了。

那天下午，对你来说也是一个美梦破碎的下午。你一定是穿戴整齐，急匆匆地跑去车站等我。路上，远方的阳光不同于柳城，在这个美妙的夏天，一切都充满活力。自信的笑容绽放在你的嘴角，像诉说情话一般温柔地扯着，扯起夏天的裙摆，像少年时约定好在校门口相见，我欢快着跑来，带着跳跃的裙摆。夏天的阳光，给我们镀上金色，一切似乎都会是美好的样子。你想着过会儿要怎样与我相见，是坐在高处还是唯美静态，不料，一辆飞驰而来的小轿车夺去了你的生命。

恶俗，又是死于车祸。

司机算是有点良心，但我没机会见到他。他一定是害怕了，他害怕我用爱情的力量把他揍飞，哼，我也不想见到他，就像不想见到那个政教主任一样，这两个人共同造就了你的遇难。

司机把浑身是血的你带到了医院，马上开始抢救。你的手机之类乱七八糟的东西都被抛到了一边，由那司机守着，那天早上跟我讲话的就是他，一听声音就知道是胖胖的那种，胖胖的比较嗜睡。医生从下午开始抢救，抢救了整夜，你的手机都在胖司机那里，胖司机在手术室外等着。他是怎样复杂的心情我就不知道了，但他还是睡着了，我那么多电话他都没听见。第二天凌晨，医生宣布抢救无效，说你死了。胖司机应该没有怎么惊讶，一切都在预料之中。这时他注意到了你有那么多未接电话，办完各种复杂的手续后，他终于回复我了，告诉我你死了。

然后我问医院在哪儿，马上就赶过来了，但没能见到你，也没有见到胖司机。你已经进了太平间，胖司机可能已被警察带走了，我坐在太平间外，抬头透过玻璃窗看天，那天我觉得自己真的要死了，天却蓝莹莹，一点也不解风情。我抬起手，用它遮住天光，在手掌的阴影里，流下了一滴泪。

我千里迢迢赶来，只为参加你的葬礼?

我默默地，在太平间门口坐了一整天。死去的亡灵在白墙内游荡，衬托出我的渺小与绝望。我孤独的身影在黄昏的余烬里燃烧，没有声音，却早已泪如雨下。

真的只觉得无法相信。

暮色四合时有两个男人过来了，说是你的亲属，要把你带走。我不认识他们，应该是远房的吧。既然有人来接你了，那我就先走了。抱歉，你死去的姿态我不忍心看，你的葬礼我也不愿意参加。我只是以一墙之隔，再守望你最后一段路。

再见了，颜乱，你有好多路我不能陪你一起走。

颜乱，你死了。

你是一个从小就热爱远方的孩子，柳城这种小地方困不住你。高二那年，我和你开始疯狂地打工去赚取路费，为你实现远行的梦。你对远方是真诚的热爱与憧憬，你要彻底离开柳城，到外面广阔的世界，用自己不知疲惫的双脚，做一个不停的旅行者。

但你为何可以说走就走，为何又急切地想走，让我以为你的离开没有任何阻力。也的确我离开的阻力比你大，因为十年零三个月前的一场大火，把你的双亲和家统统葬祭。

因为当时你在上晚自习，幸免于难。由于是自家不慎引起的火灾，再加上你也离开了柳城，这场火灾也不了了之。于是次日，没有了居住之所和挽留之人的你，被迫把梦想提早变成了现实，离开了。

都是粉红色笔记本告诉我的，也本应是恶俗面巾纸团告诉我的。如果我当初就知道了你离去的原因，结局是否会大有不同?

从你离开柳城开始记时，现在是十年零三个月后的一个八月尾，在外漂泊十年，想忘却忘不掉你的我回到了柳城，回到了你离开的地方。我正坐在那张还能凑合着坐的沙发上，又是大骂又是痛哭。或许当时只是你年轻气盛，只要你肯留到高考后再走，结局必然不同。抑或是没有政教主任，那么也一定是我和你开启了全新的十年。

也许你是因我而死，但你也给我欠下一辈子忘不掉的债。

而真实的十年我过得并不好，现在的我，无论如何也要回到过去那个平凡但却安宁的柳城，十几年前有我和你在一起的柳城，没有远方的大风大浪，可以一下子把你击死。事到如今，埋怨你的话我也不说了，怀念你的话我也不讲了，责备、怨恨我也提不起来了，我只是忘不掉你。说真的，颜乱，我现在只想你活过来，只想你回到我身边，别无所求。我生命中一再奢求的珍贵，只有再次拥有你、珍惜你，握紧你。这一定要是一场长眠不醒的梦，然后有你把我叫醒，笑着告诉我，你在这儿。然后夏日阳光如泼墨，幸福温溢。我一定会跃起来紧紧抱住你，紧紧地，再也不让你走了。

可，十年了。这是真的。我只能乞求这是一场游戏。颜乱，你快出来，别和我玩捉迷藏了，我知道你在哪里。然后有少年倚着柱子，在阳光下扯着笑，静静地看着我。夏天多美好，你像当初一样，白衬衫、卡其裤，有栅栏、绿树、花饰，招呼我，我会走过去，牵起你的手。但这都不可能是真的了。

我只能回到过去，你我卖涂鸦T恤的夏天，绿荫茂密，蒸腾着水汽。我们还可以一起去卖鸡柳，只要在一起玩就行。那些金色的裙摆，我也要。然后在阳光褪色的夏夜，我们品尝着夜风，可以去泡酒吧，可以去恶作剧，就算再让你往我头上扔恶俗的东西，就算再让我仰望着你，就算只是在夜的柳城沿路一直走下去，我都要回去。

回去，有你的世界，颜乱。

无双

人道是，英雄无双，美人无双。但像绝无双这样的，世界上也没有第二个了。

朝代更迭，人们依然能够灯红酒绿纸醉金迷，仿佛被推翻的世界与他们都全然无关。彼时的上海，夜歌朝天，初次在中国崭露头角的灯火变换着色彩，烘托出一个又一个不眠的夜。姨太太们穿着或翡翠色或洋红色或石青色的旗袍在大街上扭来扭去，整座城奢靡而不安。

无双正坐在桌前嗑炒瓜子，间或嚼几颗只有在上海才能吃到的糖，品位也算是有些奇特的了。灯光有些昏暗，太太们晃来晃去的影子弄得无双有些晕眩，偶尔还会咬到舌尖，但是没有什么能阻止无双继续吃东西。可即使她全神贯注，带着上海腔的家长里短东拉西扯还是飘飘忽忽地传入了她的耳中。

知道么，四少爷又去赌了。

哟，又不是什么新鲜事。

可听说最近手气臭得很，每个晚上都是一把银元一把银元地输。

呸，活该，让他娶了什么太太，什么手气臭都是报应。

只希望他别把钱欠到我们头上来了。

又去赌？关我屁事，我只要他的钱。无双嘀咕着，不小心咬到了嘴唇，口中泛起咸腥的味道。哎呀，今天晚上大凶之兆，老是这里咬破那里咬破的。嘴巴伤痕累累，再吃下去也索然无味，无双便站起身来绕过扯七扯八的太太们回房间去了。而太太们见到她，也是极嫌恶地避开，眼神奇诡，脸色也难看。

太太们看她的眼神都是怪怪的，偶尔聊到她表情也会立刻不爽。大家都很讨厌自己，无双心里清楚，因为这都是她自己选择的，为了荣华富贵必须付出的代价。想着，她不禁有一些寂寞，不是惮于太太们的飞短流长，只是看着木雕窗格间沉静的夜，想起了曾经的人儿，想起了自己为了轻浮的一切而放弃的人儿。

无双生在穷人家，父母又早亡，她的一切行为都比较放肆，也因此，她很早就尝遍了贫穷的苦痛，所以立志要过上富贵的生活。当她小时候吃着别人施舍给她的冷饭时，她就想，我长大一定要富到可以吃遍上海所有的糖，而且还能靠吃糖度日。好在她出落得很是美丽，她决定嫁入豪门享受荣华富贵。只可惜她生得如此漂亮，这丫头太过乖张根本不知道怎样好好谈恋爱，灰姑娘遇到王子式的童话故事终究与她无缘。她锁定了当地一户大户人家中尚还单身的四少爷，使用勾引的办法终于开始了嗑瓜子加吃糖度日的生活。也正因为她如此下作，这家中几位年长的太太都很看不起她。

四少爷能被无双轻易勾引，还真不是什么好货，整天赖在外面赌来赌去，好在无双根本不需要他来爱自己，因为当她踏上这条路时，她已经抛弃了爱情。然而无双并不觉得自己做错了什么，自己这样的人根本不值得别人来爱。想着，她拿出镜子照着脸，尚还年轻，即便素颜也看不出有什么欠缺的地方，自己的一生真的就这样了吗？

正在罕见地思索人生，楼下却突然传来一阵骂声，是二太太尖利而难听的声音。

什么？自己这么赌光自己的钱，现在要到我们头上来了？哟，不是你嫂子不肯给，你先看看你报的都是什么数——

喏，一个晚上输这么多钱，真不知道你是怎么赌的。唉，就是我们今天给了你，指不定明天你又死皮赖脸地过来跟我们要了。

无双听着这语气有点不对劲，意识到情况不妙，赶忙放下镜子倚到门边窃听下面的状况。

先是四少爷一番恳求，说欠的实在太多了，还不了了，别人要来逼债了。如果不及时还上的话，别人直接来拆房子，到时候大家都没好处。

倒是三太太比较冷静。

你且别急。要是一下子还那么多钱，老爷这边生意一时周转不开，这段日子我们肯定不会好过。只是你欠的钱如此之多，我们势必不用银元来还，要用无价的东西。

然后是二太太一声恍然大悟的笑声，无双可以想象此时她的表情。四少爷迫切追问，但三太太却不合时宜地沉默了，仿佛有难言之隐。

快说啊，嫂子。

只是于你有些不义。

不义？先说来听听吧。

二太太忍不住接嘴了。

把无双卖给债主啊。

此话一出无双几乎都有点愣住了，过了好久才反应过来，忙继续听，免得自己听错了，却发现此时对话已经完全进入了另一个阶段。

你看啊，你和她又没什么感情，卖了我们再给你找一个更好的。

就是，到时候嫂子给你做媒。

再说了你看无双多漂亮啊，送过去别人肯定要，到时候指不准别人还倒欠你钱呢。

怎么现在开始夸我了，刚刚还说我什么来着？不是不是，之前你们不是还很难以启齿什么于他不义的，喂，我是来这里享受荣华富贵的，凭什么把我卖了，而且被你们卖了岂不是很没面子吗！无双已经出离愤怒了，但她竟然还是没有勇气，现在就冲出去和那群贱人理论，因为她已经听到四少爷答应了她们的提议，正准备上楼和她谈呢。如果男人已经答应了，那她已然没有任何话语权了。

只是，只是，无双无论如何也不能让自己就这样被卖掉。自己这一生活得不算得意，但也没做过这么丢脸的事啊。脚步越来越响，无双的脑子有些凌乱，渐渐浮出一些往昔的空白片段，她不相信自己的人生就这样被瞬间改写，她应该自己决定自己的命运，而且只有几秒的钟决定。她必须在四少爷来到这个房间之前，选择好自己接下来的人生方向。

清晨的上海已然褪去了过分的繁华，或是说无双现在身处并不繁华的地段。灰灰矮矮的一片房子，嘈杂得倒是有点闹市的模样，望远点，便是水乡的河岸上，密密的野火花点着朱砂。都是苦人趁着初夏，捧碗凉饭站在门口吃。然无双终究是有些鹤立鸡群的，只见她穿着磁青薄绸旗袍，钗环簪珥、耳坠玉镯样样不少，装备齐全得令人发指，更别说她那姿色美得吓人，兀地出现在这里简直有如乱入。早起的人望见她，就忘记自己早起干什么了。

无双心中终究是有些动容的。不久之前，她还是在这里苦苦挣扎的人，甚至活得比这里的人还差。她拼尽一切放弃尊严舍弃爱情就是为了让自己忘记这里的一切，可没想到，这么快，她还是回来了。中间这么长时间，仿佛都不曾有过。她趾高气扬地走了，还是一无所有地回来了。

但她毕竟还是在这里生活过的人。只见她径直走到一扇破烂的门扉前，敲了几下，里面慢慢吞吞地响起了一连串起床穿衣服趿拉拖鞋加应门的声音。门开了，出来一个穿着很不整齐的长衫的男人，还在意犹未尽地挖鼻屎，一边嘀咕着“谁啊，这么早”。无双只是不说话，高傲地看着他。那男人反射弧有点长，过了好长时间才算睁开睡眼，一见来者是无双，脸色大变，忙把挖鼻屎的动作自然地转换成了送香吻的手势。

恶心死了，送香吻还是送鼻屎啊。

买一送一，只是无……不，四奶奶您怎么来了？

先让我进去再说。无双没有收下香吻也没有收下鼻屎，径自从那男人的身侧挤入屋内。这男人反射弧还真是长得有个性，反应了好久才忙把门关上。

无双进屋后，也不走动也不坐下，就直直地站着，手搀起来审视着四周，贵妇气质犹存。男人忙跟过来问她到底来干什么。

先给我倒一杯碧螺春，切点冷牛舌头，糖一碟。

男人傻了。你能不能因地制宜啊，也不看看这里是什么地方。

我早知道你会这样，还好我早有准备。说着无双从身上不知道哪里抄出一包糖来坐下来就啃。

可男人还是很急。四奶奶您倒是快说您是来干什么的呀！

无双不理他，径自吃了好久的糖，然后抬起头来看着他，正色道：

他们要把我卖了。

接着无双就把四少爷欠债二太太三太太的阴谋论等事说了一遍。男人听着像听小说一样，听完竟不觉得这有什么严重的。

那就让他们把你卖了嘛，也许那债主更有钱，卖过去你活得更好。你不就图个荣华富贵吗？

呸，让他们给卖了多没面子，再说卖过去最多就是一个妾，没准天天干重活。所以我逃出来了。

男人看着她，什么下贱事你都做出来了，还怕没面子？

我没地方去了，从今以后我就住你这儿了。

这个男人，美其名曰周公理，名前二字取中国“周公”之义，后二字承西方先进之“公理”，乃一中西结合的好名字，既承了中华传统，又衔接了辛亥革命以来与世界接轨的时代潮流。公理是无双的发小，在无双父母相继离去之后，一直都是公理在帮扶她。公理本来想说服父母把无双接到自己家里来养的，但凑巧那天路过了一个状如乞丐却又颇又有点仙风道骨的臭风水先生，来到公理的父母身边指着无双说，此女命犯太极，五行相冲，克父克母，和她在一起必然大凶，当远之。

然后领养的事情就没被提起了。

后来公理想了想，觉得有点奇怪，那个自称风水先生的臭老头不应该是看风水的吗，怎么还会算命？但等他意识到已经太晚了，父母是无论如何也不会接受无双的。所以无双只能住回父母遗留给她的破房子，终日与尘土、野狗、路过的小屁孩为伍，捡破烂帮助卖包子小偷小摸什么都干，算是勉强活了下来。不过公理依然没有放弃无双，他才不信什么狗屁的到底是风水先生还是算命先生，还是会经常从自己家里偷一点白饭出来送给无双吃。那些已经有些冷了的米饭是无双孩提时代能吃到的最好的珍肴，所以她立志要嫁入豪门吃糖度日。

这种苦难的日子撑到了无双十六岁。公理稍年长于无双，已十八岁，念过书，虽然一副破败样没有竹节纸伞绸缎青衫，但看起来文绉绉的，也学习过西方先进思想。那年有个外国商人要来开发这片地段，附近好多人家都被付了一点小钱很不情愿地搬迁了。搬搬搬，搬到无双家时，那个金发碧眼有点大肚皮的外国人了解到住在这里的只是一个孤儿，还只是个女的，就请了几个人把无双强赶了出去，分文不给，占领了她父母遗留的破败的家。无双虽然穷苦，但也是个倔脾气，哪里能肯，在大街上又哭又闹几次冲上去要打那个外国人。然而那时候外国人终究是尊贵的，又有钱有势，无双没折腾几下就被叫来的警察带走了。拘役释放后，无双虽无处可去，但还是只能徘徊徘徊又回到了这里。她身上还有被强赶出屋时因为挣扎抵抗留下的各种瘀伤。又累又饿，回到她曾经那个几乎一无所有的家，却发现，如今真的是一无所有了。短短几天，那个外国商人就雇工人夷平了那座扎眼的破房子，留给无双的只有残垣断壁，还有弃掷一地来不及收拾的旧物什。

那一刻无双真的是绝望了，当初父母离开的时候她都不相信世上会有如此绝望的时刻。如今她真的是一无所有了，没有任何东西可以依靠了，天渐渐黑下来，无双只能抱紧双膝蹲坐在地上，乌黑的夜空下河岸的野火花却是不解风情地红得不能再红了，无双莫名地觉得，那都是自己的血。苦，苦，那个夜晚无双几乎是无端地痛恨起贫穷和弱势，她无论如何，无论如何也要摆脱这些让她痛苦的东西，她不要再当横七竖八死在世界边缘的苦人。

夜凉，无处可去，无双只得来找公理，但她不确定自己可以见到公理。看来真的是大凶，克完父母就克自己了，如今房子都被强拆了，怎不晦气？公理的父母定然不让她进屋去。但，除了公理，此时的她已没有任何可依靠的了，慢慢吞吞，她还是挪到了公理的家门前。怪的是，无双原本不抱什么希望可以见到公理，但那时公理偏偏站在家门前，满脸焦急，像在等人。他一见到无双，竟然猛地冲了过来，把她扯到了一边的角落里去。

穿过狭长的巷弄，公理一言不发地把无双引到了河边，又转了几道弯跑了好久到了黄浦江边，这才看了看四周，确保没被父母发现。然后公理就挥挥手让无双坐下了，无双想的还是河岸边红得似血的野火花。坐下来，浪的回声有些空阔，无双相信，公理这个样子一定是知道了一切，断壁残垣已经充当了最好的陈述者，所以她就肆无忌惮地搂住公理哭了起来，却什么也不诉说。公理也只是任她哭，不说什么。

无双，你长大后嫁给我好不好。

才不呢，你那么穷，我一定要嫁个有钱人，每天吃糖。

那你等我，我一定会富到让你肯嫁给我的。

无双却没再说什么，只是目有苦涩。寥廓江天下，泪迹干涸，无双搂住公理，觉得时间要是能这样停下来就好了。就停在这一刻，远处的野火花在烧，星空澄澈，而自己，则刚刚流尽了眼泪。

第二天公理就跟父母提出自己已经到了成人自立的年纪了，要搬出去住。父母应允了，但没给他多少钱，只够他在那种不怎么繁华的地段租一间小破屋，目的是让他自己打拼。于是公理真的去租了一间房，然后无双就可以搬过来和他一起住了。说是搬，其实只要人过去就行了，因为无双真的是一无所有。从此，两人开始同居。几年后，无双勾引成功，毅然离开了公理。

按理来说人们会觉得无双是一个很过分的人，但公理却不曾这样觉得。他说，无双只是太苦、太苦了，即便在他一个人住的寂寞的年月里，他也不曾怨恨过无双。所以现在，他一定会一如既往，竭尽全力地帮助无双。

无双，你接下来打算怎么办？

还能怎么办，当然是再嫁一次了，这次嫁一个靠谱一点的。说着，无双跷着的腿摆来摆去，磁青旗袍泛着那个时代特有的褶皱，糖果还没吃完。

那你打算怎么嫁，谈恋爱，勾引？

比武招亲。

去死吧，现在是中华民国，别整那些武侠小说里不靠谱的。

可我什么都不会。

那这样吧，你先住这儿，我去帮你找媒人吧。

其实公理为了无双从家里搬出来后，生活一直比较拮据，因为他没个像样的工作。靠着读过几年书，偶尔他会到附近新开的新式学堂里代课，换取绵薄的收入。自己一个人已是勉强为生，现在又来了一个花钱如流水的无双，日子想必会有些难过的。但公理还是不顾经济上的困难，尽快着手无双的改嫁事宜。

这其实是比较紧张的。如果是改嫁还好，问题是无双是逃出来的，和前夫还有着千丝万缕的联系。如果四少爷决意卖掉无双去抵债，那他现在一定在发动人手搜捕无双。如果找到这来，自己肯定守不住无双，所以必须尽快把无双嫁到一个能保护她的人那里去，用新的婚姻把她锁在安全的地方，避免再被过去的关系纠缠。

安顿好无双后，公理马上就带了钱出门。啊，这可是他好几天的伙食费啊，又只能干吃咸菜度日了吗！但为了无双，公理还是跑了出去。无双还是坐在那里吃糖，顺便慢慢地卸下自己身上齐全得令人发指的首饰。哼，无双也不是吃素的，你们要卖我，我会便宜了你们吗？就在等待四少爷来到自己房间的当口，无双不仅迅速地决定了逃跑，还不忘临走前捞一把。她把房间中可以直接取到的各种珠宝首饰都快速地揽到了自己身上，急急忙忙中还能有条不紊地把它们在自己身上恰当的位置佩戴好，然后起身，翻窗从二楼跃至地面，没有一点声息，趁着夜色潜行离去。让你们不义，我就掳掠你们的首饰，这些东西卖了也有好几把银元呢，让你们再吃点债。

大概三四个时辰后公理带着媒婆回来了。媒婆脸上搽了好多白粉，但还是遮不住她那颗痣。那时无双吃完糖，正在给自己做点心。这间屋子她也是住过一些年月了的，厨房操控起来简直得心应手。公理家里穷，无双没办法做什么好吃的东西，只能就地取材炒了一盘青菜。见公理回来，她端着菜背转身，露出一个和她性格不符的可人微笑。

哟，就凭这姿色，我保管给你卖出去。见到无双，那媒人马上就有了几分自信，她忙叫无双坐下来，询问详情。

个人信息多一些，帮你介绍时也会方便一些。来吧，先说说你的名字。媒人已在餐桌前坐下了。

绝无双。

名字漂亮，一定帮你介绍出去。家产呢？

零。

呃，感情最重要嘛。咦，你刚做了菜，我尝尝，菜做得好也是女孩的一大优势。

无双把炒菜递给了媒人。只见那竟是一盘完全暗黑的物质，在空气中散发着缕缕乌焦的气息。菜叶已然烂作一团，乌黑一片根本看不出这是什么东西。媒人的筷子举起后却迟迟没有勇气下落。

这是……乌鸡吗？还是芝麻糊？

青菜。

呃，我想并不是所有女孩都需要做菜，不是有佣人吗？我们讨论一下……

后来无双和媒人畅谈了很久，媒人脸色也是黑得连白粉也掩藏不住了，最后连客气一点的话也不想说了。因为无双除了长得好看真的就什么也不会了，在某些方面堪称恶劣，最后媒人竟然是拍了一下桌子站起来，骂了一句除了长相就一无是处后，便转身愤愤然离去，也不知接下来会如何。无双有些意料之中，自顾自地吃着暗黑的青菜。

公理也没怎么想过无双能让媒人看中，他只是心疼他请媒人出面的钱。这个媒人其实是他以前的同学，连同学都这个样子了，看来通过合法途径还真是没办法把无双嫁掉了。公理看着无双，有些迷茫。

没事的，我知道你心疼钱，晚上我再回去帮你偷点值钱的东西就是了。

无双是第二天早上回来的，髻上横绾着一根银簪，穿着一件滚着一道窄窄的蓝边的白洋纱旗袍，外披一件玄色轻纱氅，还不嫌笨重地披上了鹅黄披肩，披肩上是二寸来阔的银丝堆花镶滚。首饰也焕然一新，珍珠耳坠子、翠玉手镯、绿宝石戒指。公理起先还怕无双回不来了，担心了一个晚上，见到这个仿佛来参加“上海春天”时装展的女人也还是被吓了一跳。这怎么，偷东西还带换装的？

那不废话，我所有财产就是衣服和首饰，我又不把握家族经济命脉。屁，谁说只带了衣服首饰回来，我还带了两包糖呢，给你也准备了。说着无双不知从哪里抄出了一包糖塞到了公理手里。公理大喜，虽然请媒人花了好多钱，但现在不至于干吃咸菜了，可以就着糖吃咸菜了！

那家里情况怎么样了，发现你失踪了以后。你没被发现吧？

小时候偷包子都没被抓住，你担心什么啊。我只是抽空去涂了一下指甲，最后干脆睡在原来的房间里才这么迟的。果然还是睡在大户人家舒服一点啊。说着她开始向公理展示她的劳动成果：一双玉手上，玲珑的指甲上涂着银色蔻丹。

天，四奶奶你胆子有多大，就这样在敌营里过夜！

没你说的那么恐怖，家里差不多没有人，大概都出去找我了吧，现在的我可是身价万千呢。太太们应该去帮忙筹措资金了，这是找不到我的保险措施。哼，亏死他们！我带出来的首饰如果当了的话应该也值很多钱的……

无双说得轻描淡写，但公理却有些直冒冷汗。举家出动寻找，无双要是被找到的话下场一定很惨。无双在嫁去那里之前一直都住在自己这里，这要是被一些大嘴巴的人传到了那里，这里肯定是要被搜寻的，那时无双便是凶多吉少。找到只是时间问题，无双住在自己这其实很不安全，必须尽快把她嫁掉，可是……

正思索间，坐在家里吃咸菜糖果的公理无双被一阵敲门声惊扰。因为有过不好的预判，公理担心是来搜捕无双的，忙叫无双警惕，自己则绕到一边的窗户，小心翼翼地探出头去观望来者。只有一个人，好像不认识，公理松了口气，这么小的阵仗应该不是来抓人的吧，但还是小心为妙。于是公理极难看但不出声响地从窗口跳了出去，屏气绕到那人身后，上前拍了一下。

潇洒转身，一头秀丽的长发旋舞开来，随之映入眼帘的是一张俊俏的公子的脸，整个人颇有风仪，帅得把公理吓得倒退几步。我靠，长这么帅，不可能是来抓人的反派吧。定了定神，公理率先开口，但一张开口他就不知道该称眼前的人为什么了。因为他一见到这个来者，就特别想称“公子”，但这是旧时代的称呼，他一个接受新思想洗礼的人是不能这么叫的。先生？太老了。小哥？气质不符。思来想去，公理还是发话了。

同学，你敲我家门扉是有何意图？

哦，在下慕容秋，来寻绝无双小姐。帅哥爽朗一笑，如是回答。

等等，我的白话文呢？为什么我一见到这个慕容秋就自动陷入古装模式了？这不是重点啊，重点是他是来抓无双的啊！还特地找个帅哥来麻痹人心，这一家人够阴险的啊！不行，我必须解救无双！

周公理决计怎么也不能让这个慕容秋进屋去。对不起，同学，你找错地方了吧，这里是我家，我一个人住，没有什么绝无双。

可是，媒婆给我的地址就是这里啊。慕容秋说着就从衣襟间取出一张小纸片，对照地址。

媒婆？是来相亲的啊！公理喜出望外，果然是同学，虽然嘴上说得那么臭，但还是挺讲义气的嘛，一下子就介绍来一个大帅哥。

公理高兴得要死，忙说自己刚刚是没睡醒听糊涂了，绝无双就在屋里，一边很殷勤地开门，一边把慕容秋迎了进去。

刚开门公理就想道：无双不是还在吃糖果就咸菜吗！这品位太奇特了给人第一印象就不好，这门亲事可能又要比较艰辛了。可是一进屋，公理竟看见无双极娴静地坐在位子上，跷着腿，旗袍、轻纱氅、堆花披肩甚风雅，簪钗坠镯烨烨有光。原来放咸菜的盘子里摆了一些蜜饯，咸菜已经不见了，无双正翘着精致的、涂了银色蔻丹的玉指，很淑女地吃着糖，见到公理回来，很温柔的一个笑。

吓了公理一跳，这第一印象已经好得不能再好了，只是这怎么给他一种要重蹈昨天的覆辙的感觉。他用眼神问无双。

怎么回事？

不是你叫我警惕的吗？无双用眼神回答。

警惕是整理仪态的意思吗？算了，错误理解导致正确结果。接着公理就把慕容秋引到无双跟前，略微说明慕容同学的来意，相亲双方开始洽谈。无双今天表现得很端庄，时不时几声矜持的巧笑。慕容秋也是一表人才，谈吐举止，无不气宇轩昂。公理只是远远地站在一边观望，没有凑近也没有间或地插话，只是听着、看着。他莫名地觉得这两个人坐在一起实在太美观太协调了，简直天生一对，公理都忍不住要祝福他们在一起了。这么想着，他心里就觉得酸酸的，本来无双可以脱离苦海他应该很高兴才对，可就是高兴不起来。

无双，你长大后嫁给我好不好。

才不呢，你那么穷，我一定要嫁给有钱人，每天吃糖。

那你等我，我一定会富到让你肯嫁给我的。

可到最后却是自己亲手把无双送走了。

谈了大概一个时辰慕容同学差不多是满面春风地走了。公理笑吟吟地送他出门，他知道，就无双今天的表现，这门亲事肯定有戏。不管心里有多酸，公理也没有去阻挠他们的谈话，因为他还是真心希望无双幸福的。慕容秋走后，公理就来问无双有什么看法。

当然最重要是有钱啦。他爹是上流社会的人嘛，有车有别墅，而且和外国人也有打交道，挺有势力。而且这个同学看起来也挺正派的，不至于像前任那么不靠谱。长相、气质都是其次啦，有钱这点就够我嫁一百次了。具体有多少财产我没好意思问，不过上流社会不都是花钱如流水的有钱人吗……

原来只要有钱的就够了，没想到无双的想法还是那么简单。总之，无双可以尽快脱离危险了。

那么接下来的时间基本上是闭门不出静候佳音了，免得出去乱逛被搜寻的人发现。公理原想把无双藏到别的地方去，但这边又担心慕容秋找不到无双，只得守在原处。期间，他也不是什么都不想，他会想这么多年来他和无双之间发生的事。自己穷，没有用，终究留不住她。她虽然比较笨，但永远可以闯入广阔的天地。当年她决定进入王家——那个她刚逃出来的地方——而离开自己时，公理是意料之中没有反对。无双想的，都是对的，只要是无双想的自己都会全力支持，因为他真的只是希望无双幸福而已。现在也如此，即便有全世界的痛苦伤心，他一人承担就好，而无双只需无所顾忌地寻找她自己的幸福就行了。

而期盼着未来的无双，看向公理，目光也满是试探。或是胭脂香粉，已然隐去了她的心痛。

而当他们各怀心事期待着慕容秋的早日到来时，日子也很快地溜去了。次日清晨，又是一阵敲门声，公理欣喜地以为慕容秋又来了，急忙打理了一下仪容赶去开门，顺便吩咐无双警惕。无双今天穿了一条雪青闪蓝如意小脚袴子，一件品蓝小银寿字织锦缎袍，头发梳得光可鉴人，首饰却还是那几样——因为她只偷了那几件出来。既然要警惕，无双就反复思忖要怎样弄一个又可爱又端庄的出场，需不需要装作准备早餐弄得贤惠一点，顺便让慕容同学尝一下自己做的煎鸡蛋？虽然自己的鸡蛋煎得没有青菜好，但应该还是上得了台面的。一边公理已来到门边准备开门，但他的手却不自觉地停住了，因为这敲门声有些诡异，和慕容同学温文尔雅的轻叩有些不同。这是很粗暴的敲门声。

公理马上做好最坏打算，他忙转头叫无双把她这几天带出来的所有值钱的首饰都戴好，随时准备跳出后屋的窗子逃跑。无双去了，但她还是转头问公理，你怎么办？

我怎么也要帮你争取时间啊。真的出事了你只管跑，跑得越远越好。

待无双去准备了，那敲门声也渐次狂烈而不耐烦了。周公理故伎重演，绕到一边的窗户，小心翼翼地探头出去张望，只是没想到，他的头刚伸出去，就被一双粗大的手给握住，整个人直接从窗户里活生生地被拖了出去，然后被重重地摔在地上。

感觉脖子都要被扯断了，周公理坐在地上捂着脖子休息了好久才反应过来，他发现自己现在正被一群彪形大汉团团围住，王四少爷则高傲地站在一边。见公理已恢复神智，四少爷一脸坏笑地走上前来，用手掐住周公理的脖子就把他提了起来。

你知道我来干什么的吧。

大人你在说什么啊。小的只是早上开窗呼吸一下新鲜的空气，就被你们给拖出来了，完全不知道哪里冒犯你们了啊。

你还是老实一点的好，这些打手也是花钱请来的，总不能什么事都不用他们做吧。

四少爷一句话甩下后就把周公理扔回原地，然后周公理被一顿暴揍。其间，四少爷指派了一名最雄壮的打手从周公理出来的窗口进屋搜寻。

打手进去好久都没出来，四少爷只好重新审问周公理。

还是招了吧，你把她藏哪儿了。

公理想这么大动静无双应该已经跑掉了。她？它？什么东西啊，我一个人住，也没什么宝藏。

绝无双啊。王四少爷凑近了一些，表情令人发指。

绝无双？是人吗？我不认识。

装傻很有意思吗？还嫌打得不够过瘾？王四少爷抓着公理的耳朵把他拎了起来，周公理已然是鼻青脸肿，鼻血如注，却还是倔强地装傻。

你知道吗，明明清楚别人一定知道自己在撒谎，却还在撒谎，有多么可笑吗？

公理不语。

你就不想知道我是怎么找到这里来的吗？

公理忽然有了一种中计的感觉。

告诉你吧，全城的媒人都被我收买了，就连那个慕容秋，也是我派过来刺探情报的。

什么！连慕容秋都……此话虽极轻佻，却有如五雷轰顶，公理一时震惊得不知说什么好。那个那么让他欣赏、那么让他以为会给无双幸福的慕容秋，竟然是个彻头彻尾的骗子？枉他生得一张好人的脸庞。一瞬间公理觉得世上的一切都无法信任了。而他转瞬苍白的脸庞，也暗示着他知道一切，装疯卖傻只不过是欲盖弥彰的伎俩。

好了，现在可以说了吧，绝无双在哪儿？王四少爷一字一顿，语气里满是戏谑。

我不认识什么绝无双。

公理的表情冷冰冰，表示无懈可击。王四少爷摇了摇头，退开几步，表示无可奈何。他转头对身边的一个打手说，先废掉他的双手，再从脚趾开始一刀一刀地割，割到他说为止。然后王四少爷就捂着眼睛叹着气走开了，仿佛场面太过悲惨血腥，自己不忍直视。

不至于吧，这会出人命的吧！公理始觉有些惶恐，正想说些什么，肩膀就被两个打手给按住，然后他的两臂就被很不自然地向后扭去。喔嚓咧，这痛得要死啊！公理本来还想装出一副大义凛然的样子，高喊“要杀要剐随便你，反正我是什么也不会说的”，但剧痛让他几乎没有任何矫饰的余地，只剩下哭爹喊娘痛到极致的狂吠。

啊——只是我真的不认识什么绝无双啊！

骨骼碎裂的声音已将可闻，却只是一瞬，一个巨大的黑影破窗而出，把那两个打手都撞翻在一边。王四少爷有些惊愕，周公理则抓紧时机，趁乱逃脱。他揉着自己的肩胛，赶忙踉跄地闪到一边。好险好险，再晚一点真的就残疾了。正欲定睛看去，又是一把小刀从窗中急急地飞出，刺向王四少爷。四少爷一个躲闪，刀锋刺入地面。另一边地上几个打手还在“哎哟哎哟”地蠕动，残破的窗户的阴影里，现出无双的身影。她头发凌乱，身上有几道被小刀划出的血痕，不难想象，刚刚她并未逃走，而是在屋内与打手发生了冲突。因为父母早亡没有人给她裹小脚，无双的战斗力极强，而且有小时候小偷小摸的优秀经验，无双的反应极为敏捷，和打手周旋，三下两下就将其制伏。只是未曾料到这肌肉男竟然还携带了武器，大意之间无双被小刀暗算了几下，状况不是很好。但最后她还是夺得了小刀，并在听到公理惨叫时，及时地举起半死不活的大汉，将其丢向窗外。

此举可谓英雄无双。

公理看到无双流血了，有些傻了。

无双……

还愣着干什么，还不快跑啊！失血已经让无双有些无力了，伤口正紧紧地发疼，她大声喊话，每一声都牵扯着伤痕的振动，痛苦得扭曲了脸庞。公理是第一次看见无双痛成这样，他以为无双有能力收拾掉那些家伙，应该还可以马上飞身跃出窗口，和他一起于市井逃亡，所以他竟然很听话地转身跑掉了。

只是跑着，跑着，公理才发现无双并没有跟上来，再回头，谁也不见了。

无双已经被带走了。

无双受了很重的伤。

无双公然把小刀掷向王四爷，回去以后肯定要被虐待了。

无双要被卖掉了，无双再也不会幸福了。

之后是一个人下着寂暗大雨的夜，周公理孑然一身在屋里想着无双的事情。其实那个时候如果不是自己自作主张地把头伸出来，无双可能就不会因为要救自己而留下来了，更不会受那么重的伤被抓住了。那个时候，无双已经是根本跑不了了。小刀的血痕，成为了周公理脑海中最恐怖的色彩。或许无双还能跑，但也许她是为了让王家的人放掉自己，而自愿跟他们走了。所以公理跑出去后，没有一个人追上来。

总之，无论如何，都是自己的错。如果没有自己那么碍手碍脚，无双翻窗而出早已逃之夭夭。她没有裹小脚，跑得那么快，没有人可以追上她。真的，小时候她只要拿了包子就跑，那包子铺的老板一点办法都没有，根本追不上，就是放狗追也没有用。啊，即便是那时候，日子也不是很苦啊。如果当初自己劝阻无双，让她不要走上现在这条路就好了，那么根本不会遇到现在这样的事情。

无双……

公理觉得好苦，他想，这个时候应该要喝很多的酒才对，可是他好穷，根本没有酒，他只好喝做菜用的醋。他又想学无双的样子做菜，便竭尽全力地把绿色植物烧成乌焦的暗黑物质，然后流着眼泪把它们一口一口全部吃掉。

晚八点三十分，却又起敲门声。本来面对敲门声周公理应该很警惕的，但现在他可以失去的都失去了，便坦荡荡无所畏惧地走去开门。门开了，却是无双。

赶紧收拾一下东西，我们走。

啊？走？去哪儿？什么情况？公理抬头，见无双身上原来满是伤口的地方都缠上了绷带，她整个人站在雨里，浑身湿透，首饰依旧闪闪发光。太好了，无双没事，再见到无双的惊喜，在无双没事的宽慰面前根本不值一提。

没时间了，你先收拾好了我再解释。

好。公理连忙回屋收拾。其实，他只要再见到无双就已经很满足了，根本不需要考虑无双让他做什么了。公理很穷，屋子里空空荡荡，除了些许粮食、厨具、被子等生活必需品外，再没有多余的东西了。他只是去取所有的钱，用一个布包袱收拾了几件换洗的衣服，带上一些儿时珍贵的纪念品，大都是和无双有关的，再拎起一把雨伞就可以走了。无双在门前的雨幕里等到公理收拾好出门，再和他一起把门锁上。白天那个伤痕累累的窗户已经被公理补好，不用担心有强盗。虽然无双只是叫自己收拾一下东西，但公理几乎是即刻就领悟到了这一走便是永别。只是他对这间孤独的小屋并没有多少眷恋，才能潇洒地背起包裹就走。

公理撑起雨伞，和无双在大雨里渐行渐远。

一路上无双并未和公理解释什么，很沉默，捂着绷带，公理猜得出她现在一定很疼。贫民区的夜，即便是在上海也没有夜歌朝天也不会有灯红酒绿，沉眠的安静来得很早。浩浩天宇下，只有雨声如注，还有公理和无双粗重的喘息声，在鞋子溅踏雨水的足音里响得格外绵长。

大概是怕被人发现。

无双体力很好，虽然受了重伤，但还是带着公理很快地走了很长的路。路很黑很静，没有行人。也不坐汽车，也不乘黄包车，怕有王家的眼线埋伏，伪装成车夫；行踪让车夫知道，也很容易被打探出来。公理这样想着，眼见无双一言不发地带着他走到了火车站。

无双付钱，买了票，和公理一起坐上了火车。付钱的时候，无双让他觉得难以想象的有钱。坐在车上，无双还是一句话也不说，而是很警惕地扫视着四周、窗外。待得列车出发，才轻轻地松了口气。

说吧，怎么回事。

唉。无双叹气。你在外面被拷问的时候，我本已准备好逃走，但终觉得不义。略一迟疑，便有一大汉闯入，我和他周旋了几个回合占尽优势，但还是被他的利器所伤。那个痛啊，你还在外面乱叫让我好是分心。还好我功夫了得，硬是顶着伤制伏了他，来救你的急。用力过猛，血流了好多，那之后我几乎再做不了什么了。本想直接杀了王四爷好了事的，没想到被他躲过了。错都在我，都怪我才把你给卷进来了，所以我无论如何也要让你平安地离开，我便劝你快走。当时我是真的跑不了了，便跟王四那伙人说，可以跟他们走，但前提是放过你。他们答应了，我便随他们去了。

那王四带走我后没打我也没骂我，没想到他在你面前那么威风，实际上已经被债逼成狗了。他现在只想赶紧把我卖掉，不然就要抵房契了。这样他也不好把我毁容，也不能割我舌头，不然就卖不出去了。或者说，他再动我一下都不敢。为了让我卖相好一点，至少不能死掉，他们立即把我送去了医院，还办了住院手续，消毒缝针注射缠绷带输血，让我恢复了许多。然后我就躺在病房里休养了，休息到晚上，体力像我这么好，差不多已经能跑能跳了。王四要回家睡觉，便只留了一个打手在这里看我，别的都打发掉了。请打手毕竟要花钱的，王家暂时经不起这样大手笔的折腾，这对我来说是个机会。王四走后，我养精蓄锐，逮着那打手开小差的档，飞起一腿直踢他脑门。伤口猛地拉了一下，很疼，这一脚没把他踢昏，但他已完全处于下风。我趁势要了他的命。我赶紧把他整个人丢到床下去，便迅速离开了医院。

伤口没好透，很痛，我还这样脱力，简直难以忍受。但我知道今夜我必须立即逃得远远的，便赶去了最近的当铺，当了最恶俗的绿宝石戒指，换了一大笔钱，便立即辗转来寻你。因为我不可能丢下你一个人远走高飞，王四发现我不见了，找不到我，第一个想到的肯定就是你。他会马上来拷问你，但你又着实不知道，那时候就没人来救你了。所以，我必须带你走。

公理不语。

无双把手放在公理的手心。只要我们两个人一起，离开上海，就没事了。

他们先在嘉兴下车，再步行去了嘉兴另一个车站，继续坐火车，目的是彻底甩掉可能跟踪他们的人，让别人误以为他们的目的地是嘉兴，就是问售票员也只能被告知他们去了嘉兴。他们依然南下，并在雨晴的清晨抵达了杭州。

无双有伤，现在到了杭州，总算可以彻底放松一下了，之前一直紧绷着，伤口好疼。公理扶着无双慢慢地下了火车，无双到此为止总算用尽了所有的力气，乖乖地让公理搀扶。她真的很累了。

坐在路边歇了一会儿，伤口有些缓和了，无双提出要去玩一玩。她现在身上有很多钱，可以适当地挥霍一下。自己虽然过过小姐日子，但公理一直穷酸啊。于是他们乘车去西湖，在楼外楼吃了顿饭，那真是公理这辈子吃过的最好的饭菜了。无双不吃，只是看着公理狼吞虎咽，似笑非笑，仿佛还有点抽泣的样子。

吃完后他们就在西湖边散步。和风吹拂，雨后的清新不由地让他们想起了苏轼的“水光潋滟”。公理忽然发现这是他第一次和无双像情人一样在光天化日之下散步，但浩劫的惊魂未定，他并没有觉得特别开心，只是觉得有幸福的暖意。

无双一直和公理并排走，但忽然，她像下定了决心一般，走到了公理的前面，转头，一脸严肃地对公理说：

好了，到这里，我们可以分别了。

什么？！为什么要分离？

接下来我要去寻找我自己的生活了，你也开始自己的吧。我真的，不想再麻烦你了。你的过去，都是我的错。

真的一点都不麻烦啊。

我真的不应该再打扰你了。好在你在上海也没一个固定的工作，在这里重新开始也没什么两样。总之，你答应我，你一定不能再回上海去。换住处也没用，他们既然能收买全城的媒人，也就一定能找到你。然后……

无双低头解下自己的金项链，脱下玉手镯，把它们塞给了公理。这是我身上两样最值钱的首饰，现在送给你了，它们比你原来家里所有的东西合起来都值钱，现在给你让我不至于太愧疚。重新开始吧，一切都会很好的，忘了我，忘了一个叫绝无双的女孩，你会活得更轻松。答应我，上海一定不能再去了。住你爸爸妈妈那里也没用，只要你在上海，就一定会被找到，别连累你爸爸妈妈了。不过你爸爸妈妈可能已经忘了我，或者根本没记得过我，他们应该没事的，不用担心。只要我们两个不在上海就行了，他们就是找到你爸你妈也无可奈何。

公理怔怔地看着无双，一言不发，只是接过了手中的项链和玉镯。无双的话是如此连贯，她可能很早就开始这样打算了，自己阻止不了什么。无双想的，都是对的，只要是无双想的自己都会全力支持。只要无双真的觉得这样会幸福，就够了。她将来的日子里，没有周公理也罢。

无双的眼睛已经有些红了，但她还是强装笑颜地看着周公理，一副无所谓的样子，好像自己从来都没有爱过他。快要忍不住眼泪了，无双赶紧拍了拍公理，笑道：

好了，朋友一场，就此别过。希望我今生不再打扰你。

然后无双便转身，走开了。她有伤，走不快。

无双想的，都是对的，只要是无双想的自己都会全力支持。但，唯独这次例外。为什么劫后余生还要亲眼看着无双离开？一点也不打扰，所有的痛，都是我自己选择的！公理没有追，他只是站在原地，冲着无双的背影大声喊出了他这辈子都不曾有勇气喊出的话：

可是绝无双，我爱你！

无双一个劲地往前走，到这里，还是停了下来。到此为止，她已经彻底决堤，背对着公理泣不成声。她颤抖着，她痛苦，她也不想走，只是她再也不想把公理卷入这一切。以前她走，是自甘堕落，是贪慕富贵，公理没有阻止；而如今，她为了保护，为了这么善良的目的，却让公理痛心。但她还是不能被情感左右，此时此刻，她必须走。任眼泪纵横挥洒，无双忍着伤痛，用尽全力向远方跑去。那是更甚于她小时候偷完包子逃跑的速度，公理不可能追得上。而公理，则只是站在原地泪如雨下，眼睁睁地看着无双消失在杭州的烟波。

这是公理最后一次见到无双，他手里还有无双送他的项链和玉镯。

无双，你长大后嫁给我好不好。

才不呢，你那么穷，我一定要嫁给有钱人，每天吃糖。

那你等我，我一定会富到让你肯嫁给我的。

其实那时候无双没说出口的话是：

跟着我你只会受伤，以至于我再也不敢把你带在身旁。因为我爱你，所以我们永远不能在一起。

湘妃

当时珠泪知多少，直到于今竹尚斑。

——［唐］高骈

在城市的公交车上，我遇到了一位老朋友。她面色阴沉，在公交车内标准女声的“上车请当心，下车请走好”的循环播放中，迅速地从前门上车，刷卡，见到我，就坐到了我旁边。在此，她想请我先为她做一个简单的自我介绍。

有一奇女子，名曰学霸。坚信智商与情商成反比的教条，并且情路十分波折。虽然一直刻苦读书，但一直没忘了恋爱。年已大三。

本来我想继续帮她介绍下去的，因为读者肯定还不了解她的情路究竟如何波折，但是面色阴沉的她却固执地坚持要自己说。我为她准备好面巾纸，因为这样的场景我已经不是第一次碰到了。学霸在情感面前脆弱得要命，我有时真的会奇怪这么脆弱的她是怎么把那些那么难的题目做出来的，明明写这些题目更能要人命。但是我与她毕竟不同，她作为一名资深学霸，在题海面前永葆大无畏的精神，只有情感可以击溃她、所以只要她面色阴沉，就是情路上又遇到了一次波折。而每每遇到波折，她就要消耗掉好几包抽取式面巾纸。

学霸阻止了我的介绍自己却没有马上开始，这让我有时间回忆起前几次我的面巾纸惨死的经历。首先不要对我随身携带抽取式面巾纸感到质疑，其次我很早就认识学霸了，也见证了她的无数次面色阴沉。学霸小学六年级时情窦初开，爱上了一个男孩子。择校考和毕业考正在不远处召唤着她，她却在夕阳西下暮色柔和的时分和男生约会。那个小男孩我见过，杨梅头从小学一年级留到了六年级，五官一塌糊涂，应该是学霸审美独特才会喜欢上他。学霸含情脉脉地说她要上市里最好的初中，让小男孩和她一起去。小男孩摇了摇头，说他成绩太差了，家里叫他读完小学就去种田。学霸傻掉了。

后来毕业考后，那个小男孩果然被她妈妈叫回家种田去了，但是学霸不负众望，以全市第一名的成绩进了市里最好的初中。从那天起学霸就学会了面色阴沉，她整天抱住我在那里大哭大叫："你给我变成锄头让我去种田啊！"我第一次牺牲的不是面巾纸是衣服。但学霸毕竟有学霸的逻辑，想自己的将来是很远大的，怎么能去种田呢？只能告别小男孩去上初中了。

学霸上初中后平均每年恋爱一点三个人，数学像你这么好的一定知道她三年喜欢过四个人。其实我有时候会忍不住暗骂几句：老天怎么会让这样的人活着，天天谈恋爱照样当学霸。但学霸之所以面色阴沉，主要还是因为她的成绩。像小学那个种田的小男孩一样，每一个学霸喜欢的人成绩都比她差，谁让她占据了考试食物链的顶端。既然是市里最好的初中就会频繁的分班，因为相爱的两个人成绩永远相差悬殊，所以每次分班学霸的男朋友总会被分到差一点的班去，然后两人就分隔两地了。再根据感情和距离平方成反比的牛顿万有引力定律的变式，两人的关系总是挣扎着削弱，直到断了。每每了断，学霸总会面色阴沉，然后像大自然的定律不可违背一般，此时我总会因为各种原因碰到她。然后她就哭，再把她的故事告诉我，换取我一包抽取式面巾纸。初中，高中一直如此。

今天，她又到了我身边，我知道自己的面巾纸已经性命不保了。然后学霸缓缓开口：

“这次和以前都不一样。不是分班，是他死了。”

我有些讶然，这么多年了终于改一下原因了。然后我看见她迅速地夺取我手中的面巾纸，开始哭：“我给你那么多故事了，今天我要换你一个故事。”

“为什么，你都换我那么多面巾纸了！“

“我作业写完了。“

然后我缓缓地开始给她讲我的故事。那是关于湘妃的故事。

上古时期，黄河中游流域，中国最早的政治文明发祥地。阿房宫还没有修筑，西部大开发的号角也没有吹响，黄土高原上植被茂盛，气候宜人，水土流失并不严重，黄河还很清澈。

这是我们的故事开始的地方。

帝尧有两个女儿，长女名曰娥皇，小的叫女英。身为上古帝王的女儿，她们的生活一定非常幸福。在这里，我有必要向大家介绍一下她们。

民间传说本就多样，存在截然不同的分歧。流传较多的，说娥皇是一个朴素的姑娘。在这里，娥皇的确朴素，即使身为公主，也只是穿着一般丝制的衣服，不喜欢搞杀马特的发型，平时也就用藤蔓给自己扎一个简单的髻鬟。女英则不然，喜欢化浓妆，喜欢用烧热的陶棒给自己烫波西米亚大卷，或者一般炫酷的发型，土制卷发棒已经运用自如。还有野史记载女英曾尝试用紫罗兰花瓣浸出液给自己染发，还好没有成功，不然我难以想象要是她成功了会是什么样子。

那天娥皇和女英正在看《上古日报》，互相讨论着帝俊派后羿杀了他自己九个太阳儿子的轶事。娥皇对此感到十分震惊，帝俊这是什么心态。女英想了想，说："私生子吧。"正讨论着，帝尧把她们叫过来，说："我打算把你们嫁给舜。"

那时母系社会的光辉已经褪去了，婚嫁之事也完全由家长决定。为什么要把自己的两个女儿嫁给舜呢？这会涉及到中国古代禅让制的真相，但这毕竟与我们的故事无关，我也不便多加叙述。总之，帝尧是要把自己的两个女儿当作间谍一样嫁到舜的身边，去试探他的情况。尧之二女嫁作舜之二妻一事，是中国古代和亲史的发端，也是中国古典爱情史的滥觞。

女英惊叹，一定是因为自己天生丽质难自弃，才这么早就等到了婚嫁的时刻。但是，舜是一个什么样的人呢？他能给自己终生的幸福吗？女英忽然觉得这桩婚事草率得和自己烫发的行径一样。

然后她们的父亲尧也开始同样草率地向她们解释这件事，说自己正在寻找继承者，但是共工等人都因为一些乱七八糟的原因无法胜任，这时有人举荐舜，说他德行很好，于是尧就决定让自己的两个女儿去他身边看看这个人德行究竟如何。

虽然看起来娥皇、女英好像成了政治的牺牲品，但即使是喜欢恶搞自己形象的非主流女英，也很听父亲的话，便默默地答应了这桩婚事。她们心里也没有什么委屈，因为在鸦片战争的坚船利炮敲开中国封闭的门扉以前，根本没有“婚姻自由”这个词汇，更不必说王室的婚配，总是由帝王亲自决定。

讲到这里我忽然觉得情节有些发展得太快了，真是不符合我平时的个性。但尽管我省去了较多的铺垫，尽快地引入了这个故事，学霸还是狠狠地杀戮了厚厚的一叠面巾纸。她对于我的叙述好像有些纠结，不过不用问我也知道她在质疑女英是中国杀马特的鼻祖这个情况。我想在面巾纸被杀戮完之前结束这个故事，所以也不去在意她诧异的眼神，快马加鞭地驱策着我见长的故事。

得知马上就要结婚了的消息后，女英坐卧不宁，朴素的娥皇却依旧面容宁静。女英忽然觉得有些不平，就算西方的民主思想还未涉足华夏的黄土地，结婚之前怎么连对象的脸都没给我看啊！女英愤怒地在屋子里跳跃着，但父命难违，即使非主流看起来样子很拽，也无可奈何。这时，女英想到了姐姐的超能力。

讲到超能力希望你不要觉得震惊，其实上古时代的人没有超能力倒会觉得不好意思。看人家女娲能用泥土造人，后羿可以射日，有点超能力没什么奇怪的啦。娥皇的超能力是预知未来。她拥有强大的瞳力，只要气运丹田稍稍准备一下，她就能在瞳孔的一角看见未来的色彩。但是这能力很不完全，她一般只能看到未来的一幅静止画面，或是一个短暂的情景，有时候未来的图案也会不受控制地出现在她眼前。

女英请求姐姐施展瞳力，娥皇便盘坐起来，气运丹田，双目紧闭，女英感觉到姐姐身上有种洪荒时期神秘的力量在涌动。娥皇猛地睁开双眼，陷身于未来的世界。娥皇还控制不了自己能看见的未来有多远，她只能看见，周遭是一片苍茫的白色，正在悄渐地恢复色彩。终于，她看见了，雨后清新湿润的空气里，走出一个青衫长袖的诗人，目光正对着自己的双眼，神色孤伤，正轻吟着什么。娥皇迅速地把自己的听觉也扯入未来的世界，她听见了，诗人正面对自己，吟着：“当时珠泪知多少，直到于今竹尚斑。”

幻境结束，娥皇的意识返回洪荒时期。唉，一定是这次用力过猛，看到了太远的东西，因为娥皇感觉到那个诗人所处的朝代有很多自己叫不出名字的物质。但娥皇能看见的未来都是和自己有关的，所以不难肯定那诗人描述的就是自己。

她把情况告诉了女英，女英虽然一直忙于杀马特功课文学素养不高，但凭这句诗她还是感觉到了自己的将来是一场悲剧。窗外的夏天摇曳着，水汽蒸腾，两人陷入如夏天一般冗长的迷惘。

学霸预感到我的叙述又要开始文艺了，狠狠地同时使用两张纸巾擦眼睛提醒我。我因为太专注于自己的故事，所以没注意到学霸其实也在边哭边讲自己的故事。在这里我想说其实我也不知道尧提出这个想法究竟在怎样的一个季节，但原始非主流都出来了，时间上的一些小小偏差也请大家不要在意。

在尧提出这个想法后的很长时间里，女英和娥皇都显得有些忧郁。每日必备杀马特功课暂停了，娥皇和女英，总是沉静在夏天的阴影里，做一些原始的工艺。说实话，新婚玫瑰红的喜悦根本没有染上她们的梦境，舜究竟是一个什么样的人呢？娥皇一边制着显示心灵手巧的陶器，一边神游，有时也会展示瞳力观测未来，但她实在看不太清，只是时有看见茂密的竹林，竹竿上红斑点点。这些竹林有时不需预见也会自己闯入视线。女英则无暇制什么陶器，她在用蚕丝制自己结婚那天穿的丝袜，哼，不管舜是不是大帅哥，结婚那天我都要非主流气息十足。她还亲自冶炼一些金属，来制成一些精致的锁链，以坠在腰间或缠在脖子上，来显示杀马特风格。娥皇有时候会刻意地预测一下自己和妹妹同时存在的未来，看女英有没有被锁链缠死。日子平凡地过，没有人看见舜的脸庞。

终于夏天的影子撤出了这个世界，娥皇和女英守在窗边瞭望夏天结束。那些过去的忧伤都在这一天埋伏下来，那些冗长的白色都在时光面前失落。帝尧手里捧着一堆别人送给娥皇、女英的礼物来到女儿们面前，原始工艺悄悄地停止运转。娥皇抬起头来看向父亲，瞳孔里还有未来残留的色彩。女英把视线从窗外收回，黄河上的夏天已代谢得毫无痕迹。帝尧高兴地捡着这些礼物给女儿们看：

“今天你们要结婚了，大家送了你们好多礼物。”

结婚。关于舜的种种猜想袭来，裹挟住她们的大脑。女英低头祈祷，舜一定要是个帅哥，最好还有点杀马特。帝尧开始向女儿们展示礼物。他拿出祝融送给女英的三昧真火，交给女英。祝融知道女英喜欢烫发，于是送三昧真火以把土质卷发棒加热到较高温度，收获较好的卷发效果。但后来不知为什么几经转手到了红孩儿手里。尧把共工送给娥皇的立方体龙珠递给她，可能是因为龙珠和水有点关系吧，共工凭借自己的力量产生了一颗，但后来去了东海龙王那里，再被石姬派妲己夺走，又被少年英雄小哪吒抢了回来，总之是让商末的历史变得曲折了一些，不知道共工有没有因此而自豪。尧最后捧出了一个精致的木匣子，里面装的是最让他骄傲的一样东西。大神帝俊取了自己一个太阳儿子的干尸包成木乃伊送给了这两位姑娘，用最好的木匣子装着。尧用双手捧着这具尸体献给娥皇、女英，两人却迟迟不接。

“怎么还不接啊？”

娥皇愣愣道：“会烫死的吧。”

“他已经死了，余温不高，那是烫不死人的。拿过来暖一下被窝倒是可以的，听说还有夜明的功效！”

“果然是私生子。”女英嘀咕着。

礼物分配完毕。尧让两位姑娘去打扮一下，午饭过后就准备去舜那里。女英一想到打扮自己就很兴奋，她穿上蚕丝黑丝，裹上黑色的丝绸大衣，在腰间缠上一圈锁链以代替腰带。脖子上挂了三圈细锁链，杀马特着装完成。之后她开始给自己做杀马特最重要的发型。使用三昧真火烫了一个完美的波西米亚大卷，并尝试用紫罗兰花液给眼睛画了一妖媚的眼影。原始杀马特出现了！娥皇没做什么准备。她其实一直在研究那个龙珠有什么用，后来实在想不出来它能干什么就拿去当香皂洗澡用了，一洗，果然效果甚佳，并且觉得自己功力大增。她无暇施展瞳力检验效果，只得赶忙挑了一件华丽的丝绸婚纱穿起来，和妹妹一起去吃饭了。

吃饭时尧坐在女英的对面，欣赏自己女儿的新形态。我不知道尧是一个怎样的父亲，看见女儿把自己弄成这样都能活得下去。女英一直陶醉在自己的造型里，唯一美中不足的是没有成功地把自己的头发染成紫罗兰色。娥皇在吃饭时偷偷地施展了一下瞳力，龙珠让她功力大增，她一下子看到了公元二十一世纪的未来，看见了一个男生坐在公共汽车上，给旁边一个小声啜泣的女孩讲湘妃的故事。

午饭结束，两人心中其实还是有点忐忑的。马上就要见到舜了，马上就要结婚了，自己被时代裹挟，不明不白，没有一点自主的余地。其实两人心里一点也不开心，但是娥皇还是看着妹妹那让人不忍直视的脸，笑着说：“你的大喜日子，高兴一点。”

尧已经用原始的方法通知好舜那边的人了，娥皇和女英也准备往舜那边赶去。这时面临一个重大问题。你聪明的，我从故事开头一直讲到现在，舜一个人娶两个妻子，你都没觉得奇怪吗？其实，那在古代是合法的，不过虽然二女都是舜的妻子，但两人仍要有正侧之分。那正宫究竟花落谁家呢？在这个问题上二女的父母探讨许久，但最后终于想出了一个办法，那就是让两人同时各选一种交通工具，前往舜的住所，先到者为正宫，后到者为偏妃。两人中没有会神行之术的，相对较公平。

什么，结婚前还要做运动！我身上全是锁链啊！女英得知这个消息很是不爽，但朴素的娥皇话却不多，即使穿着婚纱还是二话不说就接受了这场比试。帝尧命人牵来一匹骏马和一辆木车，供娥皇和女英选择。女英想自己身上全是累赘，骑马肯定不方便，所以就理所当然地选了木车。朴素的娥皇也没多想，车马都差不多嘛，于是就选了那匹骏马。据说那匹马是赤兔马的祖先。

女英坐上车后觉得自己乘坐的交通工具也应该和自己一样富有杀马特气息，所以派人牵来了几匹骡子来拉车。虽然我实在不知道为什么骡子比较杀马特，但女英就是觉得这样比较符合自己的品位，史书中记载“甚是气派”。准备完毕两人就上路了。娥皇驾着赤兔马的祖先，跑起来有如过隙的白光，“唰”的一下消失在视野里。女英也不闲着，她已掌握了祝融的三味真火，玉指轻轻一弹就有火焰飞出，鞭打着刺烫的骡子的身体，那效力，胜过所有的鞭子，骡子带着车飞奔起来亦毫不逊色。据说，女英用来拉车的骡子是乌骓马的祖先和一清纯毛驴妹子偷情产下的多胞胎，脚力也很不错。

其实两姐妹也无心争什么正宫偏妃，那样反而会伤了家庭和气，两人心中应该也没有抱有对胜利的渴望或者彼此较劲的心态，只是娱乐一下罢了。刚开始，车马并驾齐驱，难以分出胜负，行至车马皆渴，两女便让牲口们停下来在泉边饮水解渴。一直到这时候，两人都是同步前进，而马骡饮水的泉，现在被称为“娥英泉”。

饮水后两人继续赶路，不料这时女英的骡子临盆生产，女英前进的步伐便停了下来。我没有见过动物生产会是什么样子，总之应该比较痛苦吧。骡子表情麻木，跪坐下来，阵痛侵蚀着它的身体，它发出一些哀怨的声音。见车子不动，女英赶忙从车里下来，见姐姐没有等自己已经骑马远去，而自己的骡子却在痛苦地分娩，站立不能，觉得有些慌张。虽然自己也无意争个正侧，但本着杀马特的狂拽好胜心，女英也不想比姐姐晚到。见骡子分娩无法赶路，女英有些气急败坏。怎么办，骡子生产会耽误很多时间，产后还要坐月子怎么可以赶路，那自己岂不是要落后了吗！正紧张着，女英想到了自己的超能力。

女英的超能力，诅咒，是上古部落里最恶劣的超能力，至少在我所知的超能力里是最恶劣的。因为女英本身的杀马特，她的能力也染上了一些鬼魅而暗黑的色彩。所谓诅咒，成功率百分之百，并且只能下一些并不良好的咒怨。女英盯着痛苦挣扎的骡子，忽然发现骡子正难产，这更坚定了她使用超能力的决心。帮帮它吧，就算不为自己的私利考虑，也要体察一下骡子难产的痛楚啊。女英开始解放对自己能力的封印，刹那间风云突变，天地间暗黑的阴气向女英聚拢来，天色开始发昏，大风掠过树梢。其实女英一点也不喜欢自己的超能力，因为这能力太过邪恶，不像是正派人物该使用的，于是就找颛顼帮忙，给自己的力量下一个容易解开的封印，不到万不得已，绝不使用。

女英所处之地，已陷入黑夜。策马而奔的娥皇抬头看见天上的乌云迅速地往自己的身后拢去，猜到妹妹要发动超能力了。她有些担心，妹妹不会是怕我成为正宫而诅咒我吧。尧抬头看见天上的乌云排列出罪恶的形状，开始为女英捏一把汗。世界都看向女英，不过女英没有那么邪恶，她运转体内的力量，阴气在她身边缠络放射。忽然她双目放光，紧盯着骡子，说了一些乱七八糟的咒语，喊：

“世间至暗之阴气，为我诅咒骡子，使它没有怀上这个胎儿。”

她以为诅咒骡子没有怀孕就能避免这一切发生，也能让骡子脱离苦海。但她万万没想到，这么良好的内容根本算不上诅咒，天地间的阴气根本没有回应她，骡子依然痛苦地哀叫，血泪齐发。她咬了咬牙，再次发功：

“世间至暗之阴气，为我诅咒骡子，使它们世世代代永不得生育。”

这次内容好像比较邪恶，得到了阴气的赞同，它们牵扯着暗黑的邪念，拉开哮声涌入骡子的身体。骡子震颤着，任那些阴气带着善良的诅咒在自己体内冲撞，它喊着，却发现痛苦在渐次减弱。阴气在骡子身上刻下永恒的诅咒，便知趣地散去。天空中的乌云也如水波般散开，暗夜迎来黎明，空气中的压迫感渐渐平息。树梢再次安宁，阴气回到原来该住的地方游荡，仿佛一切从未发生。

骡子缓缓地站了起来，心中充满对女英的感激。

见天空再次放晴，而自己姗姗来迟，杀马特的她却用恶劣的能力做了一次好事。其实这也不能算是严格意义上的好事，女英为了救一只骡子，而使世上所有的骡子都不得生产。

我发现自己讲故事确实比较啰唆，用了大半篇的笔墨，连舜的脸都没有出现。而没有舜，娥皇、女英也不得称为湘妃。到了一个十字路口，正值红灯，我忽然开始奇怪为什么我经过的地方红灯都比绿灯长几十秒。窗外的景色在静止的路口停了下来，这座城市太过浮华，只有现在连日的雨水能把它冲刷。雨连着下了好几天，我看着这个世界唯一动态的雨，孜孜不倦地把灰色马路上的痕迹都冲进城市的下水道。

学霸在我变味了的神话故事里渐渐停止了哭泣，消耗面巾纸的可逆反应达到了化学反应的平衡状态。我松了口气，这样我才可以放心地继续连篇累牍。

经过一番并不激烈的比拼，娥皇成了正宫，女英只能落为偏妃。抵达目的地后两人在舜的家门口等着，等着这个故事的男一号粉墨登场。

史书上没有关于舜的外貌的具体记载，我也不好把他说的和刘备那样身形有些“特殊”。总之，作为一个上古的帝王，我赐他俊美的容颜。如果他相貌平平，杀马特女英又怎么会爱他爱到死心塌地?

在这里值得一提的是，舜也有点杀马特，只不过没有女英那么疯狂。女英和娥皇正站在舜家门口的篱边，迎亲的队伍还在屋里吵吵闹闹没有出来，黄昏的暮色把二女的身影泼洒得温柔，安静得如篱间的花草。终于，屋子里不再吵闹，也没有走出热闹的仪仗队，只有一位少年面容精致，在夕阳的渲染下，从屋里缓缓走出，他就是舜。舜留着一个三七开的斜刘海，暮色在他化了浓妆的眉眼间打下柔和的阴影，晚风掠起他的鬓发，遮住耳朵。他信步走来，在这个美好的黄昏，走向篱边的两位姑娘，腰间挂的细锁链随着他的步伐铮铮作响。在这个一切都在残红里调和的黄昏，世界显得安谧而温柔，少年穿过庭院，走向娥皇和女英，像穿过人生的幸福。

我想从那刻起女英、娥皇一定不再忐忑，女英更是惊喜得有些嗫嚅:“不仅帅，他还是个杀马特！”

娥皇和女英都不再猜测舜是一个什么样的人，面前这个在夕照里微微发红的纯净少年就是她们梦寐以求的好相公。她们觉得从今以后生活一定会很幸福，女英更是觉得自己找到了一个知己。舜杀马特的发型在风里飘摇，他微笑着把两位妻子迎入屋中，接下来的情节用《圣经》里的话来概括，就是“并且爱她”。

新婚生活很幸福，具体情节没有史料可考，再加上我要加快叙述速度，就一笔带过了。总之夫妻生活相当融洽。娥皇和女英并没有因为自己是帝女，而且有祝融、共工、帝俊的礼物而显得高高在上，反而表现得平易近人，看起来已融入了这个大家庭，并且对舜一家人都很好，包括杀马特女英，虽然依旧穿着奇装异服，烫着怪异的发型，但为人还是不错的（其实主要是因为女英都没怎么和家人碰面）。司马迁在《史记》里称赞她们“甚有妇道”。

但一切并不如表面上看起来的那么融洽。虽然夫妻关系一直很好，但二女在相处中发现舜的家庭关系其实非常变态，她们察觉到这一家人对舜都抱有很强烈的敌意，全家人都想杀死舜。

舜的父亲叫瞽叟，如果可以的话，我很不想讲这个人。因为这个人是舜一家人里脑子最有问题的，他是最没有理由对舜有敌意的，但玩得最起劲的就是他了。他非常糊涂，而且是个瞎子，可瞎子也就算了，还那么身残志坚频繁地参与“家庭谋杀”事件，我很奇怪女英怎么能忍住不用三昧真火烧死他。舜的亲生母亲很早就过世了，他的父亲就给他娶了一个后妈，不要质疑这么糊涂的瞎子也能娶两次老婆，因为娶到的这个老婆也非常恶劣，绝对是嫁不出去了。正是因为有了这个后妈，狠毒的后妈，舜的家庭生活才变得那么暗藏杀机，听到这里希望你不要以为我在讲什么白雪公主类型的后妈Boss童话，这和西方的公主王子罗曼史还是有很大差别的。后妈又给舜生了两个同父异母的孩子，男的叫象，女的叫敤手。弟弟象和妹妹敤手，连同瞽叟和后妈，一群人都因为一些利益极力地想杀死舜，但舜的生命力十分顽强，一直活到娥皇女英走入他的生命。

娥皇率先察觉了这个家庭里浓郁的火药味，其实不需要察觉，是个人都能感觉到，只不过是因为女英一直忙着和舜交流杀马特文化没去注意罢了。因为这家人实在有些不愿意掩饰自己的杀意。为什么这么想杀死舜呢？主要因为这个后妈，比较排斥不是自己亲生的儿子，整天想方设法要把舜给弄死，然后把家业都继承到自己的亲生儿子象身上。讲来讲去还是后妈不好，财产继承问题引发的争斗也和现在的社会有些类似。在舜的后妈的指导思想下，象、敤手都加入后妈“反舜联盟”的旗下，瞽叟脑袋有问题，觉得想方设法一起杀人一定很有意思，于是就不假思索地加入了“反舜联盟”。于是，一家人都虎视眈眈，处心积虑地要杀死舜。

我真的有点佩服舜的生命力，一家人都那么想杀他，他还能活到成年。要是哪天夜里瞽叟趁他睡着了拿菜刀来砍他的头他肯定马上挂了，可见其警惕性很高。妹妹敤手有巧手，但是巧得不是地方，她不喜于制陶，也不擅长织衣，而是长于制作毒药。她总能把毒药做得精彩绝伦而又天衣无缝，让人吃上一口就绝无生还的可能，绝没有漏网之鱼。在当时社会生产力极为落后的情况下，三聚氰胺奶粉、瘦肉精、毒胶囊什么的都没造出来，要是想让人一吃就死可是极为困难的。但是敤手总能用一些金属、草药按最恰当的比例调配出毒性最强的毒药，下在饭菜里，或泡在茶里让舜食用。巧手敤首下的药无色无味，根本发现不了，但舜吃下去后却从来没事，这让敤手很是不爽，因为这动摇了她“洪荒毒师”的地位，打破了毒药一吃即死的记录，所以尽管她不怎么恨舜（反正财产抢过来也不是她的，她只是服从母亲的命令下药罢了），但却因此想抹杀这个打破自己记录的人，并不断修炼制毒的能力。可为什么舜一直没事呢？原来舜的超能力是百毒不侵，完美地克制了妹妹的能力。

但是生活如此恐怖而紧张，舜为什么不离家出走呢？这就是尧选舜作为帝位继承人的原因了。舜有极其宽仁厚美的德行和孝道，尽管一家人对他的杀意从来不加掩饰，他也多次差点死于家人的毒手，但他依然很爱自己的家人，爱同父异母的弟弟妹妹，爱脑子有根筋被绊住的父亲和恶毒的后妈，对他们没有一点恨意，反而省察自己究竟做错了什么让家人这么想杀他。正是这美好的德行感动了尧，尧才会想到给舜这个机会。虽然从我们现在的观点来看这已经是扭曲的孝道了，但我们又不得不承认舜心中那永远诚挚的爱和玷污不了的胸怀。

娥皇发现了家里可怕的阴谋，却又不知该做什么好。作为新婚儿媳，怎能当面制止长辈对自己丈夫做出的事，尽管那些事都坏得过分？如若起正面冲突，就是破坏家庭和睦，虽然这个家庭已经没有什么和睦能被破坏了。再之，若日后舜继了帝位，自己的一举一动都是给天下人示范的，哪能叫天底下的妇女都在那扰乱家庭内政，还因为第一夫人的模范作用而显得义正词严？她觉得很痛苦，只能眼睁睁地看着舜凭着自己的力量躲避着阴谋的来袭。如果都能避开也还好，善良的舜有时候会选择逆来顺受。如果家人的袭击不至于危及生命，舜会默默承受；除非那攻击足以致命，他才会选择逃离。娥皇不知所措，只想沉溺在爱情的甜蜜里忘却烦恼。

相反地，好不容易找到知己了的女英太过喜悦，根本没去在意这些东西。她整日窝在屋里不出去，在里面专心研究杀马特文化，舜一回房间就马上冲上去和他讨论。她在想，怎样才能让自己显得更加杀马特，因此要给自己做什么发型，在身上挂多大的锁链。她不光为自己考虑，还在为舜设计造型。她觉得舜身上的杀马特气息实在太微弱了，必须给他弄一个醒目的造型。于是她拿来龟甲，指尖点燃三昧真火，在甲壳上画着舜的造型的草图。火焰划过龟甲，留下焦黑的痕迹，埋入时间的沙尘，就成了最早的甲骨文。因为舜，结婚以后她没有出过房间，饭菜都是娥皇送进来的，所以她对这个房间外的风浪毫不知情。娥皇很羡慕女英，这就是沉溺于爱情忘却一切吧。尽管自己也能和舜含情脉脉，讲着酸溜溜的情话，但她心中永远保留着化不开的结。

终于有一天，女英为舜的面庞量身定制了一个发型，决定为他理发。因为不能把屋里弄得都是头发，所以决定把舜带到院子里去理发。三昧真火和卷发棒已经操控自如的女英胜过现在理发店里的每一个洗头小哥，她坚信自己的手艺。女英终于有了一个理由走出房间，她牵着舜的手走出屋子，后妈看到她还奇怪屋里什么时候有了这个人。那个时候正好是中午，后妈叫敤手做午饭，顺便给舜特制一份剧毒午饭。女英走出来看家里正准备午饭，想自己好歹也是这个家过了门的媳妇，都不在大家面前吃顿饭实在不好意思，就坐到桌边，准备吃过午饭再带舜去理发，舜也坐在她旁边。敤手准备好午饭，在桌子中央摆上两盘大家吃的绿色食品，再把两盘舜专吃的菜推到舜的旁边。意思大家都懂的，但大家都安静地吃饭，心照不宣，瞽叟在窃笑，娥皇也没有多说。但女英对情况完全不了解，见有两盘菜推到舜面前，自己也想吃，那都是什么菜啊，板蓝根煮丝瓜，黄连炒菠菜，一定还加了什么致命的毒药，在当时社会生产力如此低下的时代能做出这样两道杀气浓郁的菜已经很有创意了。但女英想都不想，站起身来，凑到舜的身边，抓起一块丝瓜就往嘴里塞，脸上微笑漾起，已经准备享受浸泡过板蓝根的丝瓜的美味。可惜她没有机会了，丝瓜刚一入口中，她的表情就僵住了，然后白眼一翻就四仰八叉地仰面倒地。

不愧是“洪荒毒师”，骰手惊叫着站了起来，大喊：“哇，毒性已经这么强了！”但是她又看见舜正表情恬淡地吃着黄连，一点事情都没有，又觉得异常的气愤。娥皇尖叫着扑过去抱起女英，在那里慌张地哭泣，骰手摇了摇头，叹气说：“没用的，吃过我制的毒药的人，几乎没有一个活着的。”

娥皇几乎要崩溃了，家里人也为这场意外的变故而感到震惊，赶去围住女英，想把她救活，毕竟他们没想过要杀死舜的妻子。舜也冲过来把女英抱起，在那里哭。

“亲爱的，刚刚你还说要给我做新发型呢，怎么就这样走了啊……”

故事开始变得悲哀。

学霸明显被这个意外情节吓到了，而此时漫长的雨天也已结束，我看向窗外，发现了一瞬久违的晴明。公交车驶过肮脏的街道，溅起两排水渍，而水渍又将溅湿多少人的世界。

你可能会觉得这班公交车很长，没错，因为坐这班公交车的人都有点神经质，而这班公交车的路线也设计得有些神经质，绕着城市的边缘荒唐地绕了好几圈。幽幽地听见有人说这样可以避开路堵，我和学霸坐在这里，就是为了避开路堵，避开城市的路堵，避开生命的路堵。我想谁都一样，谁都在想方设法地躲避生命的堵塞，包括娥皇和女英。我下意识地瞟了一下后座，因为我忽然觉得两位帝女也坐在这班公交车上，穿过窗外雨后泼洒的阳光。

我这故事的冗长超出了学霸的预计，尽管在我叙述的同时她已讲了自己的故事，但我讲了这么久她都没开始向我倾诉她的苦楚。

我看她欲言又止，她一定觉得自己现在发言像在肥皂剧中插播广告。

三天后，女英躺在床上复活。

只见她惊坐起来，觉得有一丝寒意。复活理由有二：一、体内的三味真火有涵养身体的功效，增强了她的抵抗力，和毒素做斗争；二、舜坚持不懈的人工呼吸，先像白雪公主吃了毒苹果而死，被王子亲吻时吸出毒物一样，舜在亲吻时吸出了丝瓜，但“洪荒毒师”太过强大，女英没能苏醒。但是舜长时间的亲吻向女英体内注入了一点百毒不侵的能力，使她战胜毒素复活。

女英一醒来几乎要大叫，这都是怎么回事啊，为什么我吃了一口丝瓜，就死过去了啊！那时候舜正好外出，娥皇见女英醒了，眼眶红红的脸上又漾起了微笑。她赶紧过来向女英解释原因，顺便把舜的家庭内幕以及自己的一些想法都告诉了女英。

原来娥皇在女英昏死过去之后就一直哭，她极力克制自己去杀掉这恶毒的一家人的欲望。舜帮她把女英抱回房间后，她就一直待在里面看护着女英。舜也面色阴沉，但毫不放弃，不停地通过亲吻向女英传递着自己的力量。这恶毒的一家人也终于觉得自己做得有些过火了，这几天就不干什么坏事了，也只是静静地待在房间外面哀悼。

但是好在女英因为舜的帮助复活了，也没什么关系。但是女英很愤怒，她要和贱手拼命。她猛地一拍床想跳下来去杀人，无奈体力根本没有恢复，只能狼狈地摔到地上，身上一大串锁链让她的动作更显笨拙。女英的复活让娥皇很是高兴，泪迹风干也放下了仇恨，她俯身把女英扶起，对她进行苦口婆心地劝说。

女英啊，将来小舜要是当上了天子，你的一举一动都是向天下的示范教化啊。你怎么能教天下妇女都在家里打打杀杀啊。

女英啊，谨记母仪天下啊，能忍则忍啊。虽然这种事情发生我也快被愤怒吞噬了，但是理智教会我隐忍啊。如果你没有复活的话，过几天我就要走了，但你现在好好的，就算了吧。

女英啊，我说话你有没有在听啊。

……

当天女英复活的消息就传遍了整个家族，紧张的氛围解除了。舜展开了明媚的笑颜，虚弱的女英也硬撑着给他做了杀马特的新发型。敤手为表歉意，给女英特制了一份杀马特风格的黑椒酱牛排，虽然我不知道怎么让牛排也变得杀马特，但是吃到杀马特的食物让女英一下子就变得非常振作，并且原谅了敤手。敤手开始反省自己的行为，在女英面前，她在考虑是否要退出“反舜联盟”，停止对舜的谋杀，因为她实在不想伤害无辜了。

但女英惨死一事并没有给这个罪恶的家庭敲响警钟，财产争夺战还在继续，尽管没有之前那么炽热了。女英中毒事件平静以后，一家人又开始策划谋杀的行动了。为了杜绝此类事情再发生，敤手申请退出了“反舜联盟”，“洪荒毒师”的离去让这个组织折损一员大将，尽管敤手的能力对舜无效。敤手退出，在后妈的指导下，象和瞽叟决定亲自上阵。

而这段日子里，夫妻三人生活大有进展，尽管“夫妻三人”这四个字讲起来让人觉得特别别扭，好像对家庭小三势力特别纵容的样子。女英因为舜的救命之恩，对他恩爱有加了，娥皇和舜依然含情脉脉地目送秋波。初见知己的兴奋劲淡去，女英开始走出房间，和娥皇一起加入家庭生产劳动，和敤手建立了较为良好的友谊。

女英和娥皇在洗衣服时，时常会想到舜家庭矛盾的事。娥皇很担心有一天舜会死掉，女英也觉得那样非常可怕。尽管舜已经活过了那么多春秋，但两位妻子还是担心他。因为现在敤手退出了，谋杀就不停留在下毒那么简单的地步了，象和瞽叟将会亲自上阵，残忍配脑残，二残组合天下无敌，难以想象会生出怎样的谋杀剧情。二女也时有瞥见他们两个在隐秘地谋划。娥皇叹了口气，因为“母仪天下”的束缚，自己根本帮不了舜什么，只能眼睁睁地看着舜苟延残喘。

谁也别想夺走我的杀马特老公！女英坚定地想着，忽然她灵机一动，想到了姐姐的超能力。她告诉姐姐可以不停地预知未来，寻找舜死去的场景。只要发现了舜死去的原因，就可以轻易避免。这样子只要把舜会怎么死告诉他即可，而不需与家人起正面冲突。那么舜就能长久地活下来了。

娥皇面露喜色，却旋即黯淡。要知道，娥皇预见的能力还很不稳定，根本无法控制自己看到的未来有多远。于是她暗下决心，要为舜精修自己的能力。

自此，以后妈领导的“反舜联盟”和娥皇、女英的守卫派之间的斗争便拉开了帷幕。说到底还是婆媳之争。

娥皇开始从龙珠中吸取精华。她把龙珠拿起来，贪婪地吮吸着它蕴含的能量。因为上次用龙珠洗澡后娥皇预见的能力大增，看到了二十一世纪，所以她坚信龙珠能帮助她掌控瞳力。

女英也想请敤手帮忙。敤手退出“反舜联盟”后决定金盆洗手，不再干下毒的事了，所以也不计较杀不死舜这件事了。但是当女英寻到敤手，叫她帮忙打听象和瞽叟的邪恶计划时，敤手却面露难色。原来自从她退出联盟后，联盟内部的谋杀机密就没向她透露了，她遭到妈妈和哥哥的排斥。无法利用敤手这个间谍，也罢，二女可以专心地自食其力。

象和瞽叟却迟迟没有动静，他们一定在酝酿一个绝妙的陷阱，能让舜死无葬身之地。而实际情况却不是这样。原来女英惨死一案让后妈这个幕后Boss动了恻隐之心，她想只要杀了舜就够了，没必要伤及无辜，况且自己的儿子对娥皇、女英也有爱慕之心，等舜死了还要把她们送给象的，不能把她们牵连进来。顾及到二女的安危，后妈并没有下令马上行动，尽管象和瞽叟杀人心切，一直在不停地策划。直到有一天，舜因为政绩突出得到了帝尧的赏赐，奖品有衣服和琴，还有一个帝尧帮忙建的仓库和牛羊，最重要的是，有一张帝尧特制的“5A级女婿”奖状，反面还有帝俊的亲笔签名！这些礼物让后妈非常眼红，尤其是帝俊的亲笔签名，自己怎么要也要不到。于是后妈的杀心因为这些礼物而变得坚定，她看舜也愈加不爽，所以决定无论发生什么，都要尽快把舜给解决掉。得到这个指示，象和瞽叟兴奋不已，于是，正式的谋杀就轰轰烈烈地展开了。

可惜女英、娥皇对此却毫不知情。娥皇依然努力地从龙珠中吸取精华、气运丹田、施展瞳力，对预见的把握能力也逐渐增强，但还没增强到能预知象的谋杀的程度。她现在还只能预知到一些较远的未来，但和以前相比已经近很多了。她已经能控制自己的眼睛，尽量往一些较近的时间看，最近的已经是哪吒传奇的时代了。她看见一片竹林中，竹枝上洒满点点血斑，哪吒挥舞着乾坤圈和别人战斗。她已无数次看见一片竹林了，有时不需预见竹林也会自觉而来，竹子究竟和自己有什么关系呢？

在娥皇的能力修好之前，象和瞽叟就展开行动了。有一天夜里，敤手敲开了娥皇女英的房门，小声地告诉了她们自己刚刚在窗边看见的东西。她说她看见瞽叟趁着月黑风高，躲避猫头鹰的注视来到了那座谷仓前，鬼鬼祟祟，为自己没被人发现而暗爽。我正奇怪一个瞎子是怎么知道自己没被人发现的，只见他匍匐在地，鼓起两腮，身子剧烈颤抖，然后仰头对准谷仓的屋顶，喷出了一些可怕的汁液。那汁液，就是瞽叟因为脑子抽筋而得以分泌出的一种特殊的、有强腐蚀性的暗黑宇宙液体，它们落在谷仓的屋顶上，房顶马上就飘出一些充满恶臭的蒸汽，同时茅草泥土凝成的屋脊也迅速地溃烂。在瞽叟大脑分泌物的攻势下，屋顶马上被腐蚀出了一个明显的缺口。瞽叟得意一笑，起身，悄悄离去。这项因脑残而得以施展的技能经过漫长的发展，演变成了后世为人所畏惧的“蛤蟆功”！

为什么要破坏爸爸送给小舜的礼物！女英很是愤怒，但娥皇马上意识到了这是一场谋杀的开始。她拼命使用瞳力，试图看清几天内会发生什么，却只能看见染着红斑的竹林永无止境地摇曳着连缀出一片绿色的海洋。怎么办，什么也看不见，为何现在的我会如此无力！

敤手看出了娥皇的心思，并且她这几天也偶有看见娥皇在吸收龙珠的精华，说：“嫂子的能力是预见吧，是不是能力还不够？如果龙珠可以帮到你的话，兴许我可以帮你迅速地提升力量。”

“你怎么帮我？”

“不要忘了我制药很厉害。”敤手狡黠一笑，一把拿来娥皇手中的龙珠，来到厨房，抄出菜刀“唰唰唰”地把那个立方体的龙珠削成了球体，然后把球体的龙珠还给了娥皇。后世的龙珠都仿照这个球体的形状来制造的。身为“洪荒毒师”，敤手不负众望，她把那些龙珠裁剩下的边角料浸入一些可怕的溶剂将它溶解，再加入各种毒药打散龙珠的分子使它的能量易于吸收，最后加入一些适当的毒药用以毒攻毒的原理消除毒性。娥皇饮下了敤手特制的龙珠毒茶，顿觉双目明亮，力量充斥肌体，她迫不及待地张开瞳力，甚至能看到自己下一秒在干什么了。

娥皇的瞳力已经达到了炉火纯青的地步，对戮手表示了感谢，她就开始观察明天将要发生的事情，并在心中拟定了一个主意。

第二天清晨，女英用巴掌扇醒了舜，并严厉告诫他，今后家里人不论做什么都要先向她们汇报。舜有点莫名其妙，但还是乖乖地答应了。果真那天早上象就一脸纸包不住火的坏笑走到了舜的身边，瞽叟也眯起那什么也看不见的眼睛故作自然，凑到舜的旁边呵呵地坏笑。这谋杀的意图已经暴露得很明显，但舜也没猜出他们要干什么，也只得摇了摇杀马特的发型抛下顾虑和家人共进早餐。吃完早餐，瞽叟就克制不住欲望狂笑起来，把舜叫来，告诉他昨天晚上自己发现谷仓的屋顶被什么东西腐蚀掉了，叫他拿泥土去补一补。舜欣然同意，却忽地脸颊一热，那还是女英早上扇他耳光的地方。他记起了妻子的叮嘱，就赶去向她们汇报。

回到卧室，舜就看见娥皇、女英摆着 Pose 站在屋子正中央，很明显地在等他。她们好像早已知道舜要说什么，不耐烦地听着他的汇报。听罢，娥皇邪恶地笑着，一副对一切都了如指掌的样子，说："去吧，只是……"

"带上这个！"女英迅速接话，从身后抽出两个斗笠，"为你特制的，有杀马特风格。"

女英不容分说地把那两个斗笠塞到舜的手里，便向他指明这两个东西上体现杀马特风格的细节，她的手指顺着竹条纹理，把那些系在缝隙里的小锁链一一拎出来给舜看。不仅在编织好剩下的小孔里坠满了标榜杀马特高贵身份的锁链，斗笠的尖顶上还有一个奇形怪状的可以旋转的东西，有几个叶片象征着杀马特怪异的发型。

舜指着那个奇形怪状的东西："夫人这斗笠顶上的东西为何物？

莫不是怕我热着，在斗笠顶上装了风扇吧。”

女英认真地摇了摇头：“错矣，只是臣妾想，夫君爬上屋顶，让四处的人看见，不来点杀马特标志，臣妾内心甚是不爽。对了，这东西由竹子制作，不如叫它竹蜻蜓吧。”

二人双目传情。

娥皇咳嗽了一声，“那个，你们可以讲白话文的。”

总之，舜就乖乖地带上了装有竹蜻蜓的斗笠前去修补屋顶，二女透过窗户紧张地观望。只见舜摆好梯子，头上顶着两个斗笠，一只手拎着装有黏土的小桶，矫健地窜上屋顶。瞽叟和象站在屋子前观看这一系列的动作，一肚子坏水发酵，散发出一股恶臭，从他们邪恶至极的坏笑中展露出来。

舜在屋顶上站定，开始用黏土修补屋顶。他俯下身来，仔细观察屋顶的腐蚀情况，一惊！残留在屋顶上，微微闪烁着脑残光芒的恶臭汁液，不就是老爹的分泌物吗！难道这又是一计！意识到情况不妙，舜转身欲逃，可院子里象和瞽叟却瞬间爆发出一阵足以掀翻屋顶的奸笑，他们迅速冲来，想要把舜的梯子抽走，让他留在屋顶上无法下来。说时迟那时快，竹蜻蜓的制作者敤手迅速冲到了娥皇、女英身边，手里拿着一个竹盒子，勘察战况。那个竹盒子，看似简陋，实则美其名曰：“遥控器”，是心灵手巧的敤手制作的，可以操纵竹蜻蜓。舜迅速地冲到梯子边上，但象却快他一步，抢先触到了梯子，轻轻一推，梯子便无助地扶着墙壁缓缓地倒下去。只剩下舜一人绝望地站在屋顶上，斗笠中的锁链悬挂下来，随风飘落，诉说着杀马特无尽的哀伤。

把舜困在屋顶上以后，瞽叟和象着手谋杀。他们想舜站在屋子顶上已远处可逃，跳下来也得摔个半死，于是，就放心地点上一把火，引燃谷仓，想把舜连同谷仓一起烧作灰烬。大火迅猛地蹿起，把仓内的粮食烧作灰烬，茅草引出炽烈的花火，一瞬间，整座屋子化作一片向上冒进的火光，烟熏火燎。火焰的色彩温暖而明丽，迅速地包裹了舜的世界，而舜只能眼睁睁地看着自己周围的世界在火海里化作残垣断壁而不知所措。大火已蹿至舜的脚下，舜根本不知道能做什么，只能看着院子里兴奋得狂叫的父亲和弟弟，露出别扭的表情。是的，他们的肆笑如火舌，炙烤着舜的身体。他们放诞的表情，仿佛确信自己能看到舜乌焦的尸骨。瞽叟虽然看不见，但他听见象那撕碎一切的笑声也能知道舜离死不远了，也爆发出一阵更加欢欣的笑声。他一定是享受到了家庭谋杀的乐趣，幸福得不能自已。

火光映红了娥皇、女英的脸颊，但她们并不担心，只是看着舜有没有被火烧到。

敤手已开始着手救援了。她摆着那个遥控器顶上戳出来的几根棒棒，舜头顶的竹蜻蜓就开始了旋转。舜忽觉头顶有一种清凉，抬头一看，感觉斗笠快要飞起来了。没错，竹蜻蜓的旋转产生了巨大的升力，用它带着舜飞起来，就能让舜脱离火海，这是娥皇根据自己预见的场景制定的对策。眼见大火快要烧到舜了，敤手娴熟地操纵了一下遥控器，竹蜻蜓就乖乖地飞起来，但是，只有竹蜻蜓连着斗笠飞起来了！舜还站在火海里！娥皇忍不住惊呼，这是她的预算失误。而舜呢，看到头顶的两个斗笠飞了起来，一开始有点被吓到了，但是身为一个有逻辑的杀马特男人，他迅速地凭借本能伸出手去，想抓住飞天的斗笠。他跳，在火海里伸着身体，挥舞着手臂，推却身边火焰的舞蹈。看到舜这个动作，敤手忽然想到了办法，她调整了斗笠飞行的高度，让舜能够一只手抓住一个斗笠，再用两个斗笠牵着他飞出火海。而我们的舜，就这样抓着斗笠，飞出断壁残垣，飞出火光冲天。史书中记载，舜一只手拿着一个斗笠，从屋顶飞出，像鸟张开翅膀一样，其实际情况是这样的。看到舜拿着斗笠从屋顶上飞出来，飞出那片焚烧一切的火焰，象的笑容僵住了。而看不到状况的瞽叟却依然在那里尖声大笑，舜就当他在嘲笑一计阴谋的破产。

舜的身影掠过天空，掠过象失意的笑容。火焰却依然在燃烧，到最后，只有谷仓化作了灰烬。

瞽叟花了很长时间才让自己相信舜没被杀死的事实，大火之后乐颠颠的状态也终于结束了，取而代之的是忧郁和愤怒。为了泄愤，他每天都要往舜的饭菜里呕入一些脑残汁液，不停地把最难吃的菜夹入舜的碗。舜没有计较，毕竟他有百毒不侵的能力。

除了娥皇、女英、敤手三人，没有人知道舜竟是凭借什么躲过那场谋杀的，包括舜，连他自己都不知道那是娥皇预见的结果，只是感谢妻子送他两个会飞的斗笠。夫妻三人继续和和美美。

女英想要和舜一起弘扬杀马特文化，于是，他们决定谱写一首只属于杀马特的歌曲。一想到这个念头他们就异常激动，但是在那个连宫商角徵羽都没确定的时代，要想谱出一首杀马特风格毕露的歌是很有难度的，他们最多也只能陶埙吹奏出一些简单的旋律。他们给这首歌填词，填了好几个月都没填出来。但是夫妻生活如此美满的同时，“反舜联盟”也没有闲着，他们一直在策划下一个阴谋。因为考虑到舜有会飞的斗笠，所以有很多阴谋对舜来说都没有了施展的余地。终于，瞽叟和象策划出了第二个阴谋。

娥皇每天都会张开瞳力观测未来，所以对瞽叟和象的行动一直了如指掌。可惜瞽叟和象还不知道这一点，他们深思熟虑，避开会飞斗笠的防御范围，制定了阴谋二：活埋计。一想到这个含金量很高的谋杀计划二残组合就激动得颤抖不已，忙不迭地去实施了。他们赶紧找到舜，叫他去挖一口井。

舜转头看了一下黄河上水汽充沛的纯净夏天，有些不解。上古时期，黄河中上游流域水草丰美，舜不觉得有挖井的必要，而且自家已经有一口井了。

象认真地说，挖两口井，可以让院落富有对称美。

啊，对称美！舜整个人都有了一种焕然一新的感觉，由内而外地对象充满了敬佩之情。啊，象在美学方面竟然有这么深厚的造诣，已经知道对称美这种东西了，这让爱慕杀马特发型弄得永远左右不对称的舜佩服得五体投地，于是他不假思索地就答应了。而正当舜跑去拿铲子准备挖井时，他又脸颊一热，想起了女英的告诫。

原来是毂手帮助娥皇精修瞳力的那一夜，女英在屋子的角落里发现了一只阴气小精灵。因为房间的这个角落很久没人打扫，蟑螂横行，所以就有阴气滋生。女英用这只阴气小精灵的力量给舜下了一个诅咒：只要舜答应“反舜联盟”让他做的事，他就会脸颊发热，想起汇报这件事。

舜连忙跑去汇报。走进房间，娥皇马上迎上来，搀住舜的手臂，说：

“小舜，我用香草洗衣粉洗的衣服如何呢（香草洗衣粉是她自己做的）？”

女英马上过来搀住舜的另一只手臂，说：

“哼，小舜肯定是喜欢我用百花洗衣液洗的衣服（百花洗衣液也是她自己做的）！”

“哦，亲爱的，我不是来跟你们讨论洗衣粉洗衣液的，我是来汇报的。爸爸叫我去挖井。”

“呵呵，”女英巧笑道，“定是令尊嫉妒你有百花之香的霓裳，才叫你去挖井脏了它的。”

“你怎么又讲文言文了。”娥皇提醒。

“罢了，你且放心去吧，待数日吾辈另有吩咐。”

“你其实古文讲得很恶心。”娥皇再次温馨地提醒。

但不管女英古文讲得多恶心，舜都能听懂。于是舜就屁颠屁颠地去挖井了。

不过挖井并不是一日能为之事。舜为了践行象所谓的对称美，每天都很刻苦地挖井。他很认真地用铲子把井底一层层地挖深，还不忘用一些工具把井壁修得平整。这几天日子也平静地过，瞽叟和象默默地等待时机的成熟，以便谋杀万无一失。舜每天挖井果不其然地脏了他的衣服，可是在百花洗衣液和香草洗衣粉的双重夹击下依然保持着扑鼻的异香。这期间娥皇和女英一直在为洗衣粉洗衣液何者效力更好而争论不休。女英的观点是姐姐只用了一种香草，而自己用了百花，在效力上自己绝对占优势。而娥皇也不示弱，她说你用的都是什么花啊，泰坦魔芋、绣球花、大王花、臭海棠花，都是臭不可闻的花，还好意思做成洗衣液。女英低下头去很委屈的样子，这样子比较杀马特嘛，是戮手教我的，以毒攻毒，臭臭生香，不用些奇怪的原料怎么异香扑鼻嘛。两个人闹来闹去闹了好久，一直闹到舜刻苦地把井挖了两米深，瞽叟和象坏坏一笑。也正是这一天，娥皇在舜的身边耳语了几句。

尽管杀人心切，但为了确保舜死，瞽叟和象还是按捺着杀意继续等了几天，等舜把井挖得更深了一些。终于执行谋杀计划的那一天来临了，舜下到井的最深处挖井，瞽叟和象就迅速地跑去了谷仓。

就是原来被象纵火烧毁的那个谷仓，后来重建起来了，虽然化作灰烬施工难度极大，但毕竟是帝尧赏赐的礼物，一家人还是刻苦攻坚把它重建起来了。为了配合这个谷仓高贵的身份，它就被用来贮存威力堪比核武器的化肥——金坷垃！

趁舜在井的最底部，两人赶紧用手把堆积如山的金坷垃推到了井边，想用金坷垃把舜给活埋了。唆，把你活埋也算对得起你了。即便你有会飞的斗笠想从井底飞出，但从上抛下的坷垃必能阻碍你于两米之下。舜，这一招让你必死无疑了！

舜还在认真地挖井，象已解开一包金坷垃的包装袋，把里面的坷垃朝舜的头上倒去。舜忽觉情况不妙，但并不惊慌。可万万没想到的是，暴露于空气的金坷垃散发出一股浓郁的气味，吸引了两队人马而来，一队来自东方，一队来自西南。瞽叟和象被吓到了，引来的都是些什么人！西南的黑色若焦炭，东边的呆滞若木鸡，是以瞽叟坷垃之气诱蛮夷于千里之外乎？瞽叟和象不知所措，愣在原地，只等那两队人马冲到自己身边，高呼“金坷垃，我们的”。

莫非他们想要我们的杀人凶器金坷垃？

黑色之邦抱住瞽叟说：“我要金坷垃，非洲农业不发达！”

木鸡之夷挽住象说：“我要金坷垃，日本资源太缺乏！”

“金坷垃，不流失，不蒸发，零浪费。”

“金坷垃，能吸收氮磷钾。”

“全世界肥料都涨价，用了金坷垃，一袋能抵两袋撒。”

“用了金坷垃，小麦亩产一千八！”

一个个都说得非常好听，瞽叟在想把金坷垃给谁比较好，还是象猛拍了一下他的脑袋说：“金坷垃是我们杀舜用的，没理由给他们好不好！”然后他就命瞽叟喷射脑残汁液吓退闲杂人等，继续活埋舜。

被无关人员拖延时间，但还是不能阻挠他们的活埋计划的进行。黑色之邦与木鸡之夷一走，象就迅速地拆开了所有金坷垃的包装袋，把坷垃之山推入了深井，一下子就看不见舜了。瞽叟有些惊讶，这么容易就杀掉了，从坷垃的表面根本看不出舜有任何挣扎的迹象。舜就这样死掉了？一丝难以置信的喜悦在瞽叟的心头冉冉升起。象冷笑着，就算活埋都杀不死舜，以堪称核武器的坷垃之力，必能榨干舜体内的氮磷钾，非死也残。

如山的金坷垃酝酿着怪异的气味，黑色之邦和木鸡之夷还在不远处觊觎着，但有惮于脑残汁液的强腐蚀性，不敢靠近。尽管金坷垃威力十足，活埋计也非常成功，象还是决定等待一下，细细观察，虽然他觉得舜并没有生还的可能。等了半天坷垃都没有一丝震颤，确信无疑是舜已暴毙，象和瞽叟就乐滋滋地跑去向后妈汇报。幸福来得如此突然，“反舜联盟”终于取得了抗战以来的最大胜利，一家人十分高兴，决定开个 Party 以示庆祝。后妈的奸计终于得逞发出坏笑，瞽叟因为成功地杀了儿子而万分高兴，象的喜悦更是溢于言表。他说：“活埋计这一妙计可是我出的，可谓功劳最大，但是既然我是一个那么慷慨的人，那就把牛羊和谷仓送给父母吧，尧赐舜的琴和娥皇、女英就归我了。”

在门缝里观望这个可耻的派对的娥皇、女英不免有些紧张。舜怎么还没有回来，莫非以他筋骨之力，血肉之躯，难以抗衡金坷垃对他体内氮磷钾的诱杀？难道娥皇失败了，没有预料到对手竟拥有如此强大的坷垃之力？只见象跑出狂欢的派对，跑到舜的房间里玩弄舜的琴，娥皇女英更加紧张。可正当象发现这只琴的每一根琴弦上都有帝俊的微型亲笔签名而对它爱不释手时，舜却带着百花的香味出现在了象的身后。

象忽然觉得异香扑鼻，转过头来，直接吓了个半死。为何舜还活着，且身上没有一点坷垃之气？莫非是诈尸，或者——姑且不管他做了什么，先找借口搪塞吧。

舜表情诡异地看着象，看着他面色惊愕又旋即镇定。原来娥皇预见到舜会被活埋，于是叫舜提前在井侧挖了一条暗道，趁蛮夷与二残组合讲话拖延时间的机会经由暗道逃回地面。回到地面舜觉得自己被坷垃弄臭了，就换了一件有百花香味的衣服回来。

舜等着象为自己的阴谋辩解。不可否认的是象的智商比舜高，尴尬的他马上编好借口，装作自然地说：

“初有蛮夷自西南与东瀛来者，以坷垃困君于深井之中。吾念子当死，思君方郁陶，弄琴以叹惜。”

什么！舜原本平静的表情一下子就被扭转过来了，象已经将文言文掌握到这种程度了吗！不仅古文成绩如此优异，还懂得对称美的美学原理！舜一下子就佩服得五体投地，完全原谅了象的所作所为。

狂欢派对也因舜的复活不欢而散。

学霸可能已经有点听傻掉了，在这个似真似假的历史故事面前。就算成绩像她这么好，肯定也搞不清楚那段时期的历史，也只得任我自由发挥。我忽然觉得自己有些过分，把这个故事弄得这么面目全非又不合逻辑。其实我也只是想让学霸不要那么伤心了，我相信这个故事有点洗脑的功效。但无论如何我都要向真实的故事致歉，向金坷垃致歉，向竹蜻蜓致歉。但是也请大家不要质疑古代的科技，那时没准有一些我们现在没有的东西。

公元前好多年的一天，象正忧郁地坐在栏杆上暗自神伤。唉，活埋计都失效了，究竟怎样才能杀死舜呢？天色不如他的心情忧郁，晴空万里，蓝得让人心情格外的好。天空已经干净得没有一点杂质，以至于小虫子飞过都看得清清楚楚。

这只小虫子径直飞向象的庭院，从极高远的天角而来，随着距离越来越近也逐渐增大。象渐渐地能看清了，它椭圆形的身体上没有翅膀却有苍蝇似的大复眼闪着黄绿色的光，应该是某种自己没见过的昆虫。它已能被看清，但它依然固执地变大，象意识到这是一只很大的虫子，但未免也太大了吧？只见那只昆虫急冲向舜的院子，然后摇摇晃晃路线不稳地一头栽进黄土地。

这下象看清了，那不是昆虫，而是一架飞碟！很明显这架飞碟坠机了，它狗吃屎一般重重地砸在地上，与地面相撞处飘出缕缕黑烟，有很浓的汽油味。飞碟已损坏严重，象看着飞碟的门也摇摇晃晃，不免一阵寒战，难道有外星人出来了啊，太可怕了，象马上想到那种皮肤蓝色、秃头的矮子，脑袋比较大，长眼睛的地方只有两个深深的坑，没准还有一条尾巴，要是划破它的肌肤肯定有很恶心的汁液流出来。象起身欲逃，却只见飞碟的门在几道金光闪烁之后化作碎片，一个高大的人从飞碟中走了出来。

“你好，我来自半人马座的比邻星，我叫吉尔伽美什。”

说话的是一个金光闪闪的人，不，更准确地说，是一匹俊美的半人马。他留着金色的头发，瞳孔红色，面容精致，皮肤和下身的白马一样白皙。他手里拿着一把金色的长戟，威风凛凛地看着象。

“你好，我来自地球，我叫象，你来这里干什么？”见到飞碟里走出的是一个大帅哥，象也放松了警惕。

“哼，”吉尔伽美什神秘一笑，“问我来这里干什么，当然是为了得到全宇宙最强大的化肥——金坷垃啦！”

“竟然连外太空都察觉到了金坷垃的存在，果然是纸包不住火啊。尽管根本没有想要包住这团火，但离太阳最近的恒星都知道了，看来整个太阳系都知道了。算了，反正也杀不了舜，要就拿去吧。”象暗想。

吉尔伽美什走向那填满金坷垃的深井，略一作法，就把它们转移了。正想离开，忽然想到自己的飞碟已经报废，没有办法，就向象申请住在他们家里。初，象略一迟疑，但吉尔伽美什马上把长戟架在他的肩上，随之而来的是一阵巨大的压迫感，害怕的象只得答应。

然后舜一家人就莫名其妙地接纳了这匹半人马。瞽手在屋子的西南角给他收拾出了一个客房，吉尔伽美什就住进去了。第一次看见半人马，女英被深深地吸引住了，天，这才是真正的杀马特啊。若不仔细观察，就不会发现他的马蹄上挂了很多很多的铁环，马身上因为没有马鞍，所以为了装饰就文了一个很美丽的刺青。耳环一长串挂下来，这让女英终于想到体现杀马特不局限于在身上挂铁链，吉尔伽美什是世界挂耳环的鼻祖。更让人嫉妒的是，吉尔伽美什有一头金发，而女英不管怎么染，头发依然乌黑亮丽。一阵不爽之后，女英就回房间给自己穿耳洞去了。

要说这吉尔伽美什住进来之后，一直和这家人相安无事。他每天和大家一起用餐，但都没有中毒，有空的话就去修飞碟，以便及早回到比邻星。一段时间待下来，也没有什么奇怪的事发生，让人怀疑外星人除了外表，和地球人几乎没什么差别。而这段时间里，女英已经给自己和舜都穿好了耳洞，挂上了自己精心设计并冶炼出来的耳环。那些耳环大小不一，错落有致，环环相扣，足以和吉尔伽美什的耳环相媲美。

见家里多了一个名字很长、外形怪异的人，但却没有给家里带来多大的影响，沉默了一些时日的谋杀计划又展开了。哼，既然你舜百毒不侵，但总能把你灌醉吧。象又心生一计，决定灌醉舜再把他杀掉。虽然在外星人面前杀人影响很不好，也很破坏地球人的形象，但是这个外星人好像根本不会修飞碟，修了那么久那个破飞碟都还是那个样子，大概只能一直住下来了。既然这个外星人不走了，舜又迟早要死，还不如早点杀了算了。

只是象这点小心思逃不出娥皇的瞳力。在敤手的帮助下，三人制成了中药沐浴露，在女英的执意要求下，又在沐浴露中添加了一些百花的成分，成了中药百花沐浴露。娥皇预见到联盟令舜饮酒的时间，这次不用舜去汇报，她们直接把舜拉过来，说是让他试验一下新制的沐浴露，实则是让他洗药浴。洗完之后就放舜出去了。

那舜一出去，就遇到了瞽叟。象已将自己的全部计划传授给了瞽叟，因为他觉得瞽叟是父亲，舜应该听瞽叟的话。那瞽叟一来就把舜搀去了厨房，说他们父子俩自舜诞生以来关系一直不怎么好，所以决定趁今天一起喝点酒，讲讲心里话，尽释前嫌。舜的脸马上开始发烫，他想去向妻子汇报，但那瞽叟却不容他脱身，直接把他按到了椅子上，拿出一罐度数超高的白酒就往舜的嘴里灌。舜想挣脱，不料瞽叟如此有力，那白酒一瓶一瓶地往下灌。其实这样喝酒舜一直觉得自己会被呛死，但一直担心的事却没发生。虽然我没有喝过酒，但我知道白酒一定很难喝，就算没有被呛到，一直喝也会被恶心死。但白酒就这样一直灌，从早晨灌到晚上，女英用百花洗衣液洗的衣服都晾干了，不会修飞碟的吉乐伽美什也进进出出好几回了，家庭其余成员也吃了好几顿饭了，舜却依然很清醒。象站在一旁真是万分着急，怎么可能，这样喝酒都不会醉。不好意思的是白酒已经被灌完了，瞽叟也坐下来休息了，舜依然太平无事地靠在椅背上。

见状象便拿着度数极高的工业乙醇过来了，哼，这样还灌不醉你！然后他和瞽叟就坐在舜的对面，这次采用了文雅一点的方式，他们一杯一杯地倒酒给舜喝，哦，是乙醇。尽管乙醇非常难喝，一定还夹杂着一些甲醇，但本着百毒不侵的专业素养，舜还是一杯一杯地喝了下去，一直喝到夜色透明，娥皇女英终于撑不住不再监视而去睡觉。瞽叟已经一天没吃饭了，但为了杀死舜，还在咬牙坚持。坚持着，坚持到第二天早上，瞽叟趴在桌子上沉沉睡去。而象接班，要把战役进行到底。可舜已经喝了一天了，就是不醉，原来多亏了中药百花沐浴露，有防止醉酒的功效，酒精一入人体就在中药的作用下分解。因此，趁舜醉酒而杀之的阴谋也难以得逞。

见舜喝了一天都没醉，象只得放弃，起身悻悻地离去。舜心满意足地靠在椅子上，感叹自己的酒量竟然这么好。这时娥皇女英正好已经起床，就来到厨房迎接丈夫。又一场危机被化解。

但是另一场危机又开始了。象颓丧地走出厨房，穿过过道，正欲走回自己的房间，却猛地发现自己的面前有金光一闪，吉尔伽美什凭空出现，倚住房门，挡住象的去路。那吉尔伽美什本想背靠住房门，装出一副很舒适的样子，但他是一匹半人马，你懂的，整个姿势就有点别扭。他身上金光不散，手中握着长戟，让象想起了他初次登场的样子，眉清目秀怎么也不能跟飞碟修理工联想到一起。只听那吉尔伽美什缓缓开口：

“你想杀人，我知道的。”

什么，意图被看穿了！这不是让外星人知道地球人很邪恶了吗！怪不得接下来几千年里都再没有外星人敢来地球了，只是象根本没想到吉尔伽美什觉察力如此高超，再一次纸包不住火了。他的从容淡定不见了，面对金光闪闪的吉尔伽美什，象已经不能像应付舜一样用一句古文便草草敷衍过去了，他想不出理由，脸上淌下汗珠。

看到象这么紧张，吉尔伽美什略有几分得意地说："不要掩饰了，别以为我看不出来。我好歹也是为了得到金坷垃，苦练中国话而来的，对中国的文化有一定了解的。"

怎么回事，虽然吉尔伽美什洞察力如此高超，但他给出的理由似乎驴唇不对马嘴，对中国文化有所了解就能看出我想杀舜，别开玩笑了，这一定是半人马的逻辑。但是意图如此恶劣被人得知，吉尔伽美什能力又如此高超，看起来是个大好人，该不会被他代表正义制裁了吧？

吉尔伽美什继续，"既然你是第一个见到我的地球人，那我就帮你实现一个愿望吧。你这么想杀了那个人又屡试屡败，我就尽我所能帮助你杀了他，要知道，半人马可是非常好斗的。"

象又惊呆了，这吉尔伽美什讲话真的是颇有艺术感，一波三折，每一句话都让象惊讶不已。象反复确认，没错，吉尔伽美什要帮自己杀舜，那再好不过了，赶紧杀了他吧，于是象就微笑着答应了吉尔伽美什的请求。

得到象的认可，吉尔伽美什马上认真起来，直起身子，面向厨房的方向长戟一挥，一片金光射去。适逢娥皇每天早晨例行预见，马上就看见舜被金光射杀在厨房的场景，便立即回到现实，面向金光即将射来的方向，叫女英尽快打开防御屏障。女英心领神会，玉指一弹，凭空燃起几团巨大的三昧真火，及时抵挡了金光的射杀。

怎么回事？女英很是惊讶，而且那金光的功力似乎还胜过三昧真火几分，火焰朝着夫妻三人的方向节节败退。那个一直在称赞自己酒量好的舜也终于意识到情况不妙，站起身来。三人见火焰已抵挡不住，便迅速地逃出屋子。

而正当三人逃出屋子，屋子的一面墙壁已被光和火焚毁殆尽，金光和着火焰气势汹汹地冲出屋子。三人正庆幸逃得及时，一片光芒落定中，金光闪闪的吉尔伽美什提着长戟走出。什么，是吉尔伽美什，他要做什么。

吉尔伽美什面向舜，傲慢地说："那个你，别看，就说你呢，是叫舜吧。我为了实现某人的愿望，要杀掉你。"

这某人，用得真含蓄，不用想也知道是"反舜联盟"吧。但已经正面宣战，娥皇女英也只得应战。二女把舜挡在身后，毕竟舜没有战斗用的超能力。那娥皇已经开始预见了，瞳力一张开就看见舜在一秒后被半人马斩于戟下，连忙叫女英保护舜。而女英刚一转头，就看见吉尔伽什已经站在舜的身后了。竟然如此迅速，难道是瞬间移动？但容不得女英多想，她马上手一挥，一团三昧真火烧向吉尔伽美什的脸，舜趁机跑开，而那吉尔伽美什仅是用长戟一砍就让那团火焰消失于无形。实力差距竟然如此巨大。

哼，来个恶棍，那就让我用诅咒来消灭他吧。终于找到一个名正言顺的理由使用自己的超能力，女英解开封印，开始召唤身边游离的阴气。吉尔伽美什，虽然你很杀马特教会了我戴耳环，虽然你身上有美丽刺青还顶着一头金发，但如果你要杀舜的话我绝饶不了你！随着女英的信念渐次坚定，无数暗黑的气流从各种罅隙中汹涌奔出，汇上天空，用黯淡的姿态把天空包裹成夜色的一角。吉尔伽美什终于认真地看了女英一眼，区区人类，竟然拥有这等力量。而娥皇已经笑起来了，要知道，女英诅咒的成功率是百分之百，一旦她发动，吉尔伽美什就没有存活的可能了。吉尔伽美什静静地等待女英积蓄力量，而天空中的阴气也涣散成巨大的夜幕，树林中传出乌鸦厉声的怪叫，空气滞重，虫蛇迅速掩藏。这次阴气汇聚的规模比女英诅咒骡子时大了许多，想必吉尔伽美什也是一个难缠的角色。阴气汇聚完成，它们落至女英身边翻滚若沸腾的海洋，只见女英忽地双目放光，直瞪吉尔伽美什，念动咒语，喊：

“世间至暗之阴气，为我诅咒吉尔伽美什，使他死。”

阴气们忽然像得胜似的涌向吉尔伽美什，咆哮着奔流，牵扯着夜幕的挪移。一片黑色的世界如巨壁直推向吉尔伽美什，他却依然从容镇定。诅咒再强，毕竟也只是人类的能力，吉尔伽美什的眼中又拂过一抹不屑与嘲讽，他轻抬眼睑，看黑色的墙壁倒向自己，只是挥动长戟，身体便迸射出一团巨大的光芒，与阴气相抗衡，光与暗在边缘处挤压着，对抗着，光线把阴气一点点消磨，它们是两个截然不同的世界，却在碰撞中侵吞彼此。但论功力还是吉尔伽美什强上几分，那团金光迅速膨胀，阴气便没有了容身之地，曾经浩瀚的海洋如今只能如烟波一般耗散。

所谓诅咒，只有当阴气进入对方的身体才能发动，接触不到就没有意义。而阴气根本突破不了吉尔伽美什的防线，诅咒也只能失效。在吉尔伽美什绽放的光焰把那盛大的黑暗摧毁得不留一点痕迹后，金光也散入空气，天空重又明亮。娥皇女英被惊得目瞪口呆，最强大的诅咒都被轻易地阻挡下来了，那么就几乎没有战胜他的可能了，难道人类和半人马的差距就如此巨大？惊吓之余，娥皇依然不忘紧紧地把舜掩护在身后，就算尽最后一点力量也要保护好舜。

而女英，因为使用了一次大规模的诅咒，力量几乎耗尽，马上就累得倒在了地上。象却刚刚走出屋子，扶着那个遭受了元火重创却依然昏沉的父亲站在破烂的屋檐下，看见了吉尔伽美什摧毁诅咒的一幕，也是吃惊不已。天啊，竟然强到这种地步，他的威力果然不是盖的。而此时后妈和瞽手还在屋里睡觉，没有被外面的战斗吵醒。

具有战斗力的女英已被摧毁，现在只需要踹走娥皇，就可以收割舜的性命了。吉尔伽美什慢慢地走向娥皇，娥皇也马上张开瞳力观测吉尔伽美什的动向以避开攻击。而此时舜的内心却百感交集，家人不择手段地想要杀死自己，女英为此耗尽力量，娥皇现在还在死死地守护自己，都是因为自己，才让自己深爱的人受伤。舜变得很自责，他在吉尔伽美什走近时猛地推开了娥皇，大声说：

“杀了我吧，别伤害无辜的人了。不能再有人因为我受伤。”

“小舜。”

舜坚毅地站在吉尔伽美什面前，长风拂过，撩起杀马特的发型，露出了他挂在耳垂上的那串银光闪闪的耳环。他的表情因决然而坚固得纹丝不动，目中流淌的是燃烧的焰火。女英倒在地上，但还是顽强地抬起头来观望战况，喊：

“你这个笨蛋，我们这么拼命还不是为了让你活下来，你现在在做什么！”

被推倒在一边的娥皇也赶快回来，要把舜拉走。

“那好吧，如你所愿。”吉尔伽美什被这个缠缠绵绵秀恩爱的场景弄得有些不爽，他横执长戟，欲刃取舜的人头。舜满眼泪水地仰起头来，坚决地不后退。吉尔伽美什也毫不心慈手软，光芒迸出，长戟挥动。

天地间只剩下娥皇和女英悲哀的喊叫。

这情节已经发展到令人发指的地步了，学霸三观颠覆，泪迹也已经风干。这是恶搞吗？金坷垃出来就算了，为什么连吉尔伽美什都跑出来了？后面该不会发展成舜爆发获得新力量的情节吧？面对学霸的重重疑问，我依然从容淡定。应该说洪荒时期的故事是一个很容易发挥的话题，没有人知道它原来的模样，但是我已经很认真地在控制这个故事的类型了。我忽然想到自己用那么夸张的故事没准只能换到一份离谱的答案。

阳光照进车窗，晃亮我们的生命。所有的形象都不只在故事里捉襟见肘，两位帝女一定藏在某个地方窥视我们，或是娥皇在用她跨越千年的瞳力预见着我们的一切。

吉尔伽美什的长戟即将砍到舜的脖子时，舜和吉尔伽美什中间的土地忽然破裂“噌”的长出一棵参天大树，承受了吉尔伽美什的攻击。它盘虬的根系延展开来，以至于土地上迅速地涌出一个巨大的土坡，把两人往相反的方向弹斥。而那株参天大树，因为承受了吉尔伽美什的攻击，坚持了一会儿便倒了下去。

见这突发情况使舜保留住了性命，二女停止了喊叫，拥有行动能力的娥皇赶紧跑到舜的身边，紧紧地握住他的手。而那吉尔伽美什在被弹斥后，重重地摔到了地上，还不清楚发生了什么状况，那株死去的参天大树的树桩上就迅速地生出了无数藤蔓，向半人马涌去，以应接不暇之势将吉尔伽美什紧紧地束缚。

啊，难道是我们紧密相连的心和感天动地的爱情打动了土地神，致使他向我们伸出援手？女英甜甜地笑着，虽然还不清楚发生了什么。娥皇也趁这个机会教导舜，叫他不要再这样自寻短见了，无论发生了什么，他们三个人也一定能一起活下去。舜也答应妻子不再做这种傻事了，二人双目传情时，天上忽地飞下一只巨鸟，落在他们身边，仔细一看，它还有人的头！

原来这就是传说中的木神——人首鸟身的句芒。话说此时正值春天，掌管春天的句芒正敬业地在云端工作。身为木神的他可以自如地操纵树木的生死荣枯，他正好看到地面上的这场战斗，便用自己的力量向地球人施以援手。

女英强撑着身子来到舜的身边，三人躲在句芒的身后。他们向句芒述说了事情的原委，对他刚刚的帮助表示了感谢，并请求他帮忙消灭掉吉尔伽美什这个混蛋。

“既然是外星人，理应被消灭掉的。”说着句芒就开始操纵植物，地底下马上钻出许多肥厚的仙人掌向吉尔伽美什逼去。

“自己也是只半人鸟，还好意思在这里说什么外星人。”吉尔伽美什出言不逊，当仙人掌逼至他身边时，他忽地化作了一缕光芒，逃脱了藤蔓的束缚，只一闪就到了句芒的面前。大家都还没反应过来怎么回事，吉尔伽美什就已变回原形，一身金光闪闪地站在句芒跟前。他英俊的脸庞上勾起一抹坏笑，不带一点怜悯地举起长戟，在句芒的胸前留下一道狭长的血痕。句芒的血液在斩击之下喷薄而出，吉尔伽美什还不忘凶狠地往他腹部再踹上一脚，直接把他踹到五丈开外。

“句芒！”

那句芒重重地摔在地上，表情痛苦，鲜血漫湿地面。竟然连木神都不是吉尔伽美什的对手。夫妻三人赶紧跑到句芒身边，查看伤势。句芒自己变出了一些止血凝痂的草药，请他们帮助敷在伤口上。女英还添加了一点中药百花沐浴露，多少有点治疗的功效。

在一边观战的象已经有些害怕起来了，强得如此不可理喻的吉尔伽美什，还分不清是敌是友，要是什么时候不爽起来把自己杀了怎么办。意识到情况危恶，象便赶紧背着老父亲匆忙逃离。

而那吉尔伽美什已心狠手辣到一种境界，打伤了句芒，他依然厚颜无耻地要杀舜。句芒马上作法，在他和吉尔伽美什中间设了一道树木构成的结界。无数枝干破土而出，密密麻麻地构成了一面巨大的墙壁，分隔了他和吉尔伽美什。而吉尔伽美什用长戟横着一斩，光焰迸发，就把那道结界摧毁得片甲不留。

什么！看起来已经存活无望了，四人紧紧依偎，而吉尔伽美什依然面不改色地向他们走去，杀气重重。这时云端传来一声大喝：

“竟敢打伤我的臣子，受死吧！”

天空中有一个人跳了下来，云絮在他身边划开凌厉的痕迹。来者正是伏羲，中华三皇之一，乃木之青帝，句芒为伏羲臣。既然是句芒侍奉的君主，实力必然比句芒强上许多，看来战胜吉尔伽美什很有希望。只见他从高空中做自由落体运动而来，长发飘扬，潇洒倜傥，脸上洋溢着必胜的笑容。他双手交叉，抱在前胸，一副很舒适的样子，仿佛可以轻松地打败吉尔伽美什。吉尔伽美什也抬头观望来者是何方神圣，正对上伏羲的视线，伏羲便猛地瞪大双眼，爆出一股威压，把吉尔伽美什压得动弹不得。见吉尔伽美什这么轻易地就被制伏了，地上四人开始欢呼雀跃。伏羲下落时扯开缕缕长风，给人一种强得要死的感觉，却只听见天地间传来一声凄惨的喊叫：

“啊！脚扭了！”

原来伏羲降落到地面时把脚扭了！他现在正抱着脚在那里哇哇乱叫。四个人忽然变得超级失望，伏羲也很颓丧，疼得在地上打滚：

“怎么回事，这样一跳就把脚扭了。”

句芒吐血大骂：“你是笨蛋吗！你又不会飞，从那么高跳下来干吗！只扭了脚已经很好了！”

中华三皇之一，木之青帝，从天上跳下来把脚扭了。夫妻三人忽然有一种很搞怪的感觉，而因为伏羲脚扭了，非常疼痛，束缚吉尔伽美什的威压就解除了，吉尔伽美什又开始蠢蠢欲动了。但因束缚了一段时间，吉尔伽美什筋骨异常疼痛，暂时无法活动自如。见吉尔伽美什恢复了自由，夫妻三人非常害怕，赶紧催促伏羲去把吉尔伽美什解决掉。但伏羲却说自己脚扭了，无法战斗。

这也是三皇之一吗，脚扭了手就不能动了吗！

伏羲接着说："虽然我无法战斗，但是没有关系，我可以请别人来战斗。大家都知道的，我创造了八卦，拥有八卦之力。所谓八卦之力，就是同时和八个人煲心灵电话粥的能力，你懂的，心灵电话粥就是心灵感应。我这里存了很多人的心灵电话号码，可以请他们来帮忙。"

嗯，请别人帮忙比你亲自上阵可靠多了。伏羲端坐起来，闭上眼睛，开始煲心灵电话粥。娥皇密切关注吉尔伽美什的动态。应该还有时间，现在吉尔伽美什还站不起来，本来可以趁这个机会去击败他的，但女英力量耗尽，句芒身负重伤，那道巨大的结界应该也耗尽了他的力量，自己和舜又没有战斗能力，以自己的肢体力量根本伤不了那么强的吉尔伽美什的皮毛，根本无法趁机偷袭！唯一有用的就是这个伏羲，明明只是脚扭了却无法战斗，肯定就是懒得打！

伏羲电话粥结束。他叹了口气："唉，祝融在和女孩子约会，共工腹泻难止，女娲几天前和我一样从天上跳下来不知怎的把手扭了，有些实力的都不肯来。"

这么恐怖的情况你还说得那么轻巧！

伏羲又说："但是别怕，我还有一招召唤术，可以强制召唤别人过来，不过需要有与被召唤者有血缘关系的人作祭以及被召唤者的亲笔签名。”

听到亲笔签名，娥皇忽然想到家里那些漫山遍野的帝俊的亲笔签名，顺着血缘关系又想到了那天尧送给她们的装在木匣子里的太阳。没错，可以召唤帝俊！娥皇非常欣喜，她就叫伏羲等着她，自己便马上跑回屋中取材料。

娥皇迅速地跑回屋中，而此时，吉尔伽美什已站起来了。舜和女英变得非常惊恐，吉尔伽美什也一脸胜券在握的表情说：

“哼，一个个讲话都那么大声，你们的计划已经完全被我听到了。也就是说，现在只要杀了那个女人，这场战斗就形同胜利了吧。”

什么！众人意识到情况不妙。但是你吉尔伽美什不是来杀舜的吗，趁现在把舜解决掉不就行了吗，还管那么多干什么！不过这也许是半人马的嗜血与好斗使然，这场战斗已激起了他破坏的欲望，他一定是想把这里的所有人都杀掉，所以才会想取得“这场战斗”的胜利。

说着吉尔伽美什转身举戟，想炸平那座房子。见情况不妙，句芒立即发话：

“没想到这么简单的障眼法就把你骗到了，真正目的你以为我们会说得那么大声吗？”

句芒说得一脸得意，吉尔伽美什也停下了动作。没错，这个句芒整天跟在那个很有槽点的伏羲旁边，吐槽一定非常厉害，只要好好利用他这项技能，发挥他健谈的本领，一定能为娥皇拖延足够多的时间。伏羲用赞许的眼神看向句芒。别看我，不然我又想吐你的槽了，你赶紧给我做召唤的准备工作！

于是伏羲开始使用自己的能力，布置召唤术所需的仪式。哼，毕竟是三皇之一，不给你点颜色看看这个名声都保不住了。伏羲双手合十，地面上就浮现出一个八卦的图案，八卦的八个角上开始积蓄光焰。身为木之青帝，伏羲也掌握木的力量。只见他开始念动咒语，那几团光焰就忽地迸裂，从八卦的八个角上斜刺出八条木枝，每根木枝上都刻着复杂的铭文。

“果然重头戏在这里吗？”吉尔伽美什转过头来，面向伏羲，准备迎接他的攻击，“放马过来吧。”

放什么马啊，我这里什么都没有，召唤什么啊！伏羲把求助的眼神抛向句芒。

“哼，没想到我们的障眼法还是被你识破了。”句芒低眼睑，很沮丧的样子。

什么被识破了，完全是你自己说出来的吧！没有槽吐只能吐自己的槽了！

“的确，像你这么聪明，一定会很轻易地识破的。我们派过去的是一个没有战斗力的女人，如果那是战斗的关键的话，肯定会派一个厉害的人去。”句芒讲话时高深莫测又异常自信。

“虽然我知道你吐槽很厉害，但是不好意思，我身上没有槽点给你吐，你只能吐自己的槽了。即使如此，若真的只是障眼法的话，你又有什么必要告诉我，我看你才是障眼法吧。不好意思，我还是要杀了那个女人。”吉尔伽美什分析得比句芒还要得意，说着就准备转身了。只见他举着长戟正欲挥动，只要他轻轻一挥，迸射而出的光芒就能把整座屋子连同娥皇夷为平地。

说时迟，那时快，伏羲迅速划破自己的大拇指，把自己的血液滴到八卦的中心。紧接着他抄出一张叶片，在上面写上一个潇洒的“龙”字，把它抛到那滴血的上面。然后随着伏羲的做法，八根木枝上的铭文都开始发光，整个八卦调融为一片金色的光焰，接着，从八卦中就飞出了一条巨龙！

要知道，中华民族的图腾——龙是伏羲取各种生物的一部分组合而成的。为纪念自己创造了龙，伏羲向龙的体内注入一些自己的血液。所谓召唤，需要与被召唤者有血缘关系的人作祭品，实则是需要被召唤者的血液。不需要完全相同，只要相近即可，但血量越多，血液越匹配，召唤也越持久。所谓亲笔签名，是为了区别要召唤的是谁，理论上说只有自己签的才有效，但龙不会写字，而伏羲又是龙的父亲，勉强可以代签，再凭借他们有一点点相似性的血液，就勉强地把龙召唤出来了！

龙一身金鳞闪闪发光，牵扯着巨大的威压，怒吼着，朝吉尔伽美什冲去。吉尔伽美什发现情况不对劲，一转头，镇定的容颜终于被扭转了。他只得不顾一切地往旁边跳去，才险险地避开了龙的撞击。而就在龙与吉尔伽美什擦肩而过的瞬间龙却凭空消失了！

“看来是召唤的材料纯度太低了，只能维持一秒钟。”伏羲像明白了什么似的微笑着。

“怎么又说得那么轻巧！还不是你太小气了，多用点血说不定吉尔伽美什已经被解决了！”句芒咆哮。

而吉尔伽美什跳开后整个人倒在地上，滚了半周马上翻身站起。与此同时娥皇捧着那个木匣子和那张“5A级女婿奖状”冲出了屋子，正好进入吉尔伽美什的视线。吉尔伽美什刚站起来就毫不停歇，执着长戟就向娥皇奔去。当他举着长戟正欲砍向娥皇时，舜却不知道从什么地方跑过来了。原来他一直担心娥皇遇害，就趁着句芒吐槽吸引吉尔伽美什的时机，悄悄潜伏到屋子旁边，准备在娥皇跑出来时为她掩护。只见舜跑到吉尔伽美什的面前，挡在他和娥皇中间，对娥皇耳语一句“永远爱你”就用尽全力把她往安全的地方推去，同时自己背对着吉尔伽美什，迎接斩击。

空气在那一刻凝固。

世界在那一刻静止若温柔的钻石。

你们美丽了我的整个世界。

学霸一定非常期待后面的情节，但是阴险的我肯定不会马上把结局揭穿。在此，我决定调整一下叙述的顺序，气死你们。

那场战役，被称为“家门口战役”。结局不管我怎么保留，学霸也一定是猜到了的。因为根据历史记载，舜不是死在家门口的，并且娥皇女英也比舜长命，再加上主角光环，这个结局是怎么藏也藏不住的。所以，我只能极不情愿地告诉你们，他们都还活着。

家门口的战役，劫后余生，夫妻三人有些惘然。要不是各路神仙出门相救，三个人早已不知死在什么地方了。娥皇忽然有哭泣的欲望，天空连着大地，开始变得潮湿。为什么，家人为了迫害舜，能做到这步田地。她蹲了下来，享受血战之后的宁静。虽说是血战，但因为有这么一些个有槽点的人，一点都紧张不起来。她搂住自己的身体，啊，因为舜在关键时刻的一推，使自己保住了性命，从而刻下了一些爱的伤痕。她抚摩着身上因为摔倒而生的绯红的创伤，觉得疼痛中带着美丽。

休息了很长时间，女英的体力也开始恢复杀马特气息开始向外涌。她对舜说：“你看，你的家人都做出这种事了，我们私奔吧。”

“结婚了就不叫私奔了好吧，再怎么样也是离家出走啊。”

“那就离家出走吧。”

舜却没有回答，他像忽然想起了什么，马上跑回屋子，跑回那个已破烂不堪的屋子。他打开厕所的门，看见共工在里面腹泻难止；去了妹妹的房间，看到她还在睡觉；跑到厨房，看到后妈刚起床准备给自己泡营养早餐茶，觉得有些放心。却忽然发现弟弟和父亲没有在屋里，舜又开始寻找，找遍了整个屋子都没有找到。他开始担心他们，尽管猜也能猜到是他们派吉尔伽美什来杀自己的。

见到舜一脸黯淡地从屋里走出，娥皇女英就明白了什么。舜走到了妻子身边，小声地说："父亲和弟弟不见了。"

女英马上反应过来，说："我好像看见象背着伤痕累累的瞽叟趁乱逃跑了。"

尽管知道了父亲和弟弟没有在这场混乱的战斗里阵亡，舜的脸上依然没有一点喜色，我究竟做错了什么，让他们这么想杀死我？一定是我的错，一定是我做了什么错事致使他们要不择手段地杀死我，到最后弄得他们都下落不明。舜是那么爱自己的家人，尽管发生了这种事，他依然在反省自己有没有做错什么，反而在担心爸爸和弟弟的情况。爸爸、弟弟，你们一定要平安回来啊。舜跑进田野，天色开始昏沉，巨大的雨珠斜着打落到麦田上，整片田野的麦子都在摇晃。舜跪在华北的土地上，泥土渍脏他的膝盖，和着雨水侵蚀他的肌体。他开始大声哭喊，雨水混合着泪水斑驳了他的脸颊，长风吹乱少年忧伤的长发。他呼喊苍天和家人，呼喊帝俊和伏羲，请求各路神仙保佑他那下落不明的父亲和弟弟的安全，唯恐他们在外受到伤害。他流着泪喊出对离去的家人的思念和爱，不管发生了什么，他的爱依然深厚不变。他的声音淹没在雨幕里，娥皇女英静静地站在田野的边缘，看着他，陪他一起流泪。

小舜，是个好人。

现在学霸一定嗔视着我，竟然这么随便就打乱了文章的顺序。于是她觉得自己有了足够的理由插播广告，就又开始叙述了。我忽然发现我的抽取式面巾纸还剩下很多，一定是因为湘妃的故事吸引了学霸大部分的注意力，使她停止了哭泣。现在她要开始向我诉苦了，我觉得我的面巾纸又要变得不长命了。

学霸抽起一张面巾纸，准备哭，却怎么也哭不出来。该死，都是因为这个毁三观的神话故事，把人家弄得一点哭的情致都没有了。然后她就慢慢地开始说了：

“关于他的故事，在你讲得正入迷时，我已经说了。”

我完全不知道啊！

“其实，和舜推开娥皇时一样，他也是这样做的。”学霸把头埋进面巾纸，该死，煽情的部分都要开始了，可还是哭不出来，“我不相信竟然有人会为我去死，但我就这样眼睁睁地看着他停止呼吸，看着他隔着输氧用的医疗设备给我留下一个模糊的表情，看着心电图上发光的波形变成一条不再颤抖的直线。”

可是舜没有死啊！

“那刻起，我觉得整个世界都很丑陋，我开始迷惘，不知道自己这样挣扎究竟为了什么。活着，究竟为了什么？为了一再地见证生离死别，为了从来都未曾避免的哭泣，还是为了承受苦难再带着沉重的记忆回去？”

这条公交线路非常混乱，公交车开着，又开始大雨滂沱。学霸的诉苦和雨声一唱一和，构成了单调的旋律。她忧伤的声音和舜的哭喊一样，淹没于雨声消失不见。

家门口战役使舜一战成名，方圆百里都知道有舜这个人，再随着人们口耳相传，舜逐渐享誉全国。自此，舜离继帝位又近了一步。家门口战役证明了他宽容大度，仁心厚美，再加上他广招贤士，做了很多好事，在二女的协助下破解了尧的一系列考验，最终，舜继帝位，称作天子。帝舜的二妻也得到了应有的善报，娥皇成为皇后，女英被册封为妃子。那不知下落的弟弟和父亲也被找到，舜让弟弟在有庳国当官，还和原来一样善待父亲。舜当上天子以后做了很多好事，被列入中华的三皇五帝，是历史上一位不可多得的明君。娥皇女英为舜做出的贡献也逐渐被人们所知，受天下人赞颂。后世在《列女传》里把她们列入《母仪传》,《诗经》里称她们“不显惟德，百辟其刑之”。

但是有心人忽然发现女英变成了妃子，地位下降了啊！不要担心，他们的关系依然好得要死，这么多年了，他们还在坚持不懈地为了弘扬杀马特文化而谱写歌曲，但始终未能如愿。

一般来说故事发展到这个层次应该要和和美美地大结局了，但遗憾的是“湘妃”二字仍未在文中出现，所以故事还要发展下去。地位从公主变成皇后以后，娥皇的生活也发生了巨大的转变。夫妻三人离开了原来那个破败的家，住进了一座简易的宫殿。失而复得的父亲和弟弟也不再想着杀舜了，毕竟谋杀天子好像很严重的样子，所以娥皇女英也不必再为“家暴”担心了。一切似乎都很美满。

凡是从很早以前，就改变不了的，常常有预见的画面自己闯入视线。视线中是一片茂密的竹林，随风舞蹈。它们连绵成绿色的海洋，贯穿了娥皇整个人生。她想起父亲告诉她要把她们嫁给舜时，她预见到的那句诗:“当时珠泪知多少，直到于今竹尚斑。”

到处都是竹子。

后来，她也会时常梦见无尽的竹林。但她一直以为这只是她一个人的事，直到有一天，女英告诉她，自己也时有梦见一片绿色的海洋中或红或紫的斑点沉浮时，她意识到了，这不是一件普通的事情。未来从来不会骗人，尽管那是可以改变的。

她现在还不清楚她和那长满斑点的竹子究竟有什么关系，但她清楚，那竹子把她和妹妹的生命紧密相连。

斑竹。

有关斑竹的谜团未曾被解决，但夫妻三人却先行老去了。耗尽一生，弘扬杀马特文化的歌曲还未被谱写出来，但女英已决定把金坷垃和烫头什么的放进去了。

这一年，舜、娥皇、女英三人都老了。讲起来是一件很悲哀的事，但还有更悲哀的。这个时候，湖南九嶷山有九条恶龙横空出世，住在九座岩洞里。它们关系十分好，经常约好一起出去玩。去哪玩呢？生性喜水的龙就去湘江里玩水了。你知道的，龙的体积很大，根据阿基米德浮力定律，引发洪涝灾害是很正常的事。再加上它们能操纵水之元素玩游戏，不得了啦，洪水什么的就非常泛滥了。于是湘江沿岸，时有洪水汹涌而起，毁坏田地，淹没房屋，人民叫苦连天。

一心为民的帝舜得知了这个情况，简直是茶饭不思，一心想去为人民除害。这时他的两位妻子来到他身边，见他如此忧伤，便询问原因，舜便如实相报。听罢，女英气得直跺脚：

“都是因为那个伏羲，创造了这么乱七八糟的东西，还不赶快叫他来收拾！”

娥皇幽幽地说：“没用的，他从天上跳下来，脚马上就扭了，无法战斗。”

“别说了，我决定亲自去征服恶龙。”舜的表情非常坚毅。

“你？”女英盯着面前这个顶着白色杀马特发型的老人，万分质疑。舜连战斗用的超能力都没有，还想征服恶龙？

“你且别急，待我先用瞳力观测一下。”娥皇开始预见未来，预见舜此行的结果。但是因为老眼昏花加上白内障看不太清，娥皇只看见了一片绿色的底色，想来也是那片不尽的竹林，不足为奇，就觉得舜此去应该不会有什么大碍。想想舜身为明君为民除害也是应该的，道德修养高的皇后也觉得应以民为重，娥皇也就没有阻止舜。

见姐姐预见后女英仍不放心让舜去。尽管二女万分依恋舜并且担心他年老上路会遇到危难，但本着“人民至上”的观念，还是依依不舍地答应了舜的提议。这之后，三人便紧紧相拥，舜保证自己一定会活着回来，像当年家门口战役三人一起活下来一样。娥皇女英行动不便，不能随舜一起去，就把他送到宫殿门口，含泪道别。

舜去以后二女便守在宫中等他回来。期间，她们也不闲着，女英继续深入研究她的杀马特之歌，而娥皇则在不断开发新的洗衣粉和洗衣液，赠给人民使用。日子在思念中一日日熬着，二女做事情的时候总会不自觉地出神，想到舜，想到她们匆匆逝去的青春年华和渐白的双鬓。娥皇坚信自己的预见结果，认定舜是不会出事的。于是她们便耐心地等，等过了绿春盛夏的轮回，等过了悲秋忍冬的交替，年复一年。花开花落且无可奈何，来去的燕子却似曾相识。这么久了，不会出事了吧？娥皇拼命摇头，否定了这个观点。九条龙，肯定非常厉害，舜必然没有办法将它们秒杀的嘛，应该是抗战进入了相持阶段。而女英则根本无法继续谱曲了，她觉得自己必须祈祷。祈祷谁比较好呢，就祈祷你伏羲这个始作俑者吧，让你的龙乖一点，别把舜给弄死了。于是日子在这种不安心的状态中继续着，洗衣粉、洗衣液不断更新换代，绿色的海洋也不停地闯入脑海，又是几年，仍不见舜回来，甚至连一点音讯也没有。

现在娥皇女英可真是坐不住了。最近绿色的醉梦频扰，吃着饭也会有斑竹林闪进脑海，遮住视线，挥之不去，并且经常是两人同时陷入这种幻境。“当时珠泪知多少，直到于今竹尚斑”的诗句也在耳边响得越来越清晰，到后来二女每晚必梦到竹林。与此同时，二女的梦境发生了变化，原来只是竹上的斑点，或紫或红，如今却像融化了一般流淌下来，俨然血泪。二女惊醒，交流后发现她们的梦境是一模一样的。

直到有一天，两人同时梦到斑竹上的血泪流淌下来，染红地面，又逐渐耸起塑成了一座巨红门。门上有一副对联，正是“当时珠泪知多少，直到于今竹尚斑。”那时梦里的二女正站在门前，看着彼此，发现各自都已是泪流满面。她们很困惑，正想踏进门去，却抬头看见门上的横批：

阴阳两隔。

她们无数次惊醒，内心非常压抑。竹枝摇曳着流淌的血泪又闪过脑海，二女发现现在她们的境况十分诡异。正担心着舜的情况，她们也不想去理这些竹子的破梦，但她们冥冥之中认定要想破除这些幻象，必须要见到舜。于是她们开始讨论舜的境况。

病倒了，迷路了，遇难了，真是越想越担心。百思不如一见，她们想与其这样担心着，不如亲自去找他，找到了没准还能当个屠龙的好帮手。可自己都已经这么老了，还是个妇人，长途跋涉怎么受得了。女英明显有些犹豫。

这时娥皇幽幽地说了一句“出轨了”，女英马上就蹦了起来拉着娥皇冲向了九嶷山。

寻夫心切，二女很快就到了南方湘江一带。风餐露宿地跋山涉水，九嶷山也终于展现在了二女面前。她们在这里殷切寻找，企图遇见舜熟悉的背影。她们顺着大紫荆河上山，又顺着小紫荆河下岭，踏破草鞋，寻遍九嶷山所有的郊村野径，曾经的人儿却还是没有带着明媚的音容笑貌闯入她们的眼帘，闯入视线的还是那些生着血泪的不知好歹的竹林。

后来，她们寻到了一个叫三峰石的地方。一到这里，她们就被怔住了。眼前是三块巨石，还有一座用珍珠贝垒成的壮丽坟墓，围绕它们的是一片翠绿的竹丛。不会错的，虽然一路走来也有见过无数竹林，但是这丛竹林，一映入眼帘，就不置可否地和那些不断闯入脑海的绿色竹丛完美地重叠了，出现了惊人的吻合，唯一的区别是，眼前的翠竹干干净净，没有被任何血泪染指。那么那些幻景不断暗示的地方就是这里了。可这墓究竟和自己有何关联呢?

怀着一种怪异的心情，二女走近了那座坟墓。女英发现了一件很奇怪的事，这个墓没有碑文和铭文，根本不知道这是谁的墓。见旁边有个老头，女英便问他：

“老头，这谁的墓啊，造得这么招摇，造型又这么奇特，还裸露在地表，给人盗了怎么办啊。”

糟老头心里暗骂，自己都已经是个老太婆了，还说别人是老头，骂虽骂，但讲到这个墓，他的表情马上就神圣起来了：

“这可是舜帝的墓啊！他一心为民做主，从北方千里迢迢赶来帮我们消灭了恶龙，我们安宁了，他却……”

她们还未听完臭老头的话，就已泪如雨下。

往事开始扑朔迷离。

娥皇和女英仿佛又看到自己变回了当年的小女孩，青葱得可以捏出水来。

那时她们还绕在尧的膝下玩耍。

她们也还看到那个她们看《上古日报》的清晨，尧缓缓地告诉她们，要把她们嫁给舜时，她们恍恍然的样子。

她们还会看到爸爸送她们礼物的样子，看到她们互相比拼争正侧的样子。

还在爸爸身边的时候多快乐啊。

然而她们也怀念邂逅舜的那个黄昏，湿润的篱笆和少年的美好。

忘不了的还有她们发现舜的家庭内幕时的惊讶，被戮手毒翻的苦楚。

当然会记住的则是她们为了守护舜的生命，提升实力，预测未来，安排出一系列对策委婉地摧毁“反舜联盟”的阴谋。

竹蜻蜓牵着舜飞出火海。

井侧的暗道让舜逃脱了活埋。

酒精也没有把舜灌醉。

还有家门口战役。

想起伏羲就让人想笑。

那时她们都还年轻呀。

后来她们帮助舜继了帝位，自己也在安乐甜美的生活中老去。

却发现人生如此不堪。

往事漫漶。

她们长袖如风，她们艳姿如火，舞动中她们也变回年轻的样子。却再没有人会去在意她们是否美丽，只剩泪迹缭乱她们精致的妆容。泣下胭脂如血，滂沱泪水如歌，凄婉艳绝的侧影最终只能用来装饰珍珠砌成的坟墓，华服轻纱的颤抖也最终平息在了湘江的淙淙水声里。

娥皇和女英哭了九天九夜，眼眶红肿，柔声喑哑。最终泣下血泪如注，遍染九嶷翠竹。

这便是湘妃竹。竹竿在娥皇、女英的血泪的浸染下，呈现出点点彩斑，或绛紫，或血红或雪白。那都是两位帝女抛下的泪水，染出的美丽的颜色。传说湘妃竹上有的纹路极似指纹，便是二女抹眼泪时留下的；而那些朱殷的血斑，不置可否是她们泣出的心血。

有的人说娥皇、女英最终哭死在了舜的墓边，有的人却说她们化作了湘江畔的湘妃竹，还有一说，认为二女跳入了湘江，化作了湘江女神。

帝女思竹千滴泪，哭向湘妃万事哀。
当时珠泪知多少，直到于今竹尚斑。
斑竹一枝千滴泪，红霞万朵洒重衣。

《山海经》载，洞庭之中，帝二女居之，是常游于江渊，出入必以骤风暴雨。

湘妃的故事轰轰烈烈地开始，到这里就算结束了。学霸听完了，觉得感情释放得有些不干净。我不知道最后湘妃到底怎么样了，但我知道，她们绝美的容颜和哀婉的恸哭，开启了中国美丽的古典爱情史。在这个悲剧的结尾部分，学霸一直捏着面巾纸喃喃着，却怎么也哭不出来。但是，到最后烘托出美丽神话的时候，她的眼睛终于有一些湿红。我当然知道她是为这个故事而哭，因为她的个人恩怨早已埋没在了湘妃盛大的凄婉里。

学霸准备做最后的讲话，但遗憾的是她已没有能力再残害面巾纸了。她说：

“生命就是一幕盛大而精致的悲剧，这是那些苦情人才有资格说的。而湘妃的故事之所以能被称作悲剧，还是因为她们拥有过美丽的曾经。那么照这样说来我确是幸福的，哪怕我有过一千次伤心，那也意味着我曾有过一千次幸福。”

原来学霸一直在努力地把湘妃的故事往自己身上扯，寻找联系。这可完全超出了我的本意，我本来只想把这个被我整容后的故事告诉她，让她放松一下心情，可没想到这家伙一直做深入的思考，不愧是学霸啊。

“我们的共同之处是我们的爱人都死了，我们都经历过悲欢离合。而每个人都必须经历悲欢离合，所以，对人类来说，最重要的，也是最复杂的便是情感生活。那些金钱功名堆砌起来的都是虚假的、看似繁荣的社会，而应征于社会学破脑袋又是多么愚蠢的行为。我，我这样学习有什么用，到最后也学不来幸福！”学霸说着变得有些激动了，到最后竟然又哭出来了！不过学霸那句“我这样学习有什么用”，真是听得我这个学渣十分舒爽。是啊，如果为了学习抛弃了一切情感和幸福，那这学习真的只能算是智商的退步，但这退步却是没有一个渴求幸福的人能够避免的。

我扯了扯学霸的衣角：“别哭了，再哭你也变成竹子了。”

后　记

二十一世纪，神曲《杀马特遇到洗剪吹》横空出世，终于了却了女英的夙愿，虽然这首歌和她半毛钱关系都没有。

现在回到家门口战役。

“你好，我是伏羲，我是上古卫视的战地记者，这里就是家门口战役的现场，由我来为你进行前情回顾。”伏羲拿着根黄瓜，一脸专业地微笑面向句芒。

“看我干吗！我整个过程都知道的好吧，不用给我回顾啊！脚扭了就一边凉快去，读者自己会往前翻的啊！”句芒咆哮。

先无视这两个人的脑残对白，回到娥皇与舜的感人场景。只见娥皇被舜推出去后摔在了地上滚了好几圈，远远地滚出了吉尔伽美什的攻击范围。但她身体稳定下来之后马上就抬头看向舜的方向，想看舜有没有受伤，却看见吉尔伽美什的长戟已经砍下去了！不慌不忙，舜和吉尔伽美什中间还站着一个人，那个人仅用手掌就抓住了长戟的刀刃，稳稳地承住了攻击！再细看那个人，身材魁梧，通体皮肤淡蓝，是共工！

共工承住攻击后马上闪开，抱起舜就冲到了伏羲等人身边，而那吉尔伽美什也明显被这突然的变故震惊到了，精致的面庞上愕然的神色还来不及流淌，整个人还一动不动地愣在那里，共工却早已完成了一系列动作。娥皇刚开始也没反应过来，但后来想想管他呢，舜活着就行了，便赶忙把召唤的必需品送到了伏羲那里去。

这时吉尔伽美什才缓过神来，面向共工，脸颊上自觉地淌下了一滴冷汗。这个男人，肌肉力量竟然这么强大，看来非常棘手呢。

这个时候共工在闲适地和伏羲拉着家常。他说自己正腹泻难止，但听到伏羲有难，就二话不说强忍便意冲了过来。句芒非常困惑，为什么伏羲这么乱七八糟的人都能交到这么仗义的朋友，但是他也不想浪费时间吐伏羲的槽，因为吉尔伽美什又有动作了。

只见吉尔伽美什把手中的长戟用力一握，那长戟就幻化成了一束金光，幻动着，又变成一把长刀。他面向共工说：“看样子你非常强大，那我就只好拿出我的看家本事来对付你了。”说着，摆好架势，长刀轻轻挥了一下，娥皇明显有觉得空气被冷冷地割裂，刀冰冷的触感几乎已经贴到了自己的身上。

共工见吉尔伽美什的气场有些凌厉起来了，不由得也认真了一点。他很自信自己的身体力量，他战斗一般只用拳打脚踢，凭借魁梧的身形战胜对手。可是，面对一把锋利的长刃，就算皮肤再坚韧，心里也会有些没底。娥皇有些担心，她问共工有没有武器。但共工还未回答就已经冲了出去，原来是吉尔伽美什已然先行出击，共工为了防止吉尔伽美什把战线拉得离大本营太近而迅速应战。但细心一点就会发现，共工的速度明显下降了，应该是便意有些难忍了吧。想到这儿娥皇担心得都要跺脚了，而两人也马上开始了第一回合的周旋。吉尔伽美什接近共工就是一刀迎面砍去，共工虽然强忍便意速度下降，但还是轻松地避开了。只见他一直冲，冲到吉尔伽美什面前，而吉尔伽美什一抬刀，他就一个敏捷的转向闪到了一边，对着吉尔伽美什的腰部就是狠狠的一拳。吉尔伽美什吃了一拳几乎要吐血了，但他还是做出了十分准确的判断：伸出左手马上就抓住了共工按在他腰上的拳头，然后一个扭身，那把长刀就撕裂空气狠狠地抡向了共工的头颅。那共工也不是吃素的，见状，马上抬起另一只自由活动的手掌，对准长刀就喷出了一团巨大的水花。那水花，如大海汹涌的浪头，又似高压水枪激射的洪柱，硬生生地把那长刀阻隔在半空中，任凭吉尔伽美什怎么用力，那刀就是砍不下去。两人就这样僵持了一会儿，忽然又不约而同地向两边退去，迅若闪电，还未看清他们退避的样子，扬起的沙尘和水花的迷雾就遮去了旁观者的视线。待视野清晰，他们都有了点疲惫的样子。

伏羲拿着黄瓜大叫：“等等，情节再这样发展下去不就成了很正经的热血战斗小说了吗，不符合前文的风格啊！”

无视上古卫视的记者和御用吐槽人，且看战况。吉尔伽美什脸上已淌了很多汗，共工身上也有了一些刀创所致的浅浅的血痕。他们正大口喘气，恢复体力，可见刚刚我们看不清的时候他们已交锋数次。休息了一下，两人又不约而同地向对方冲去。两人交战中，已经可以看出共工渐渐跟不上吉尔伽美什的步调了，也不难发现他的屁股夹得越来越紧，是忍不住了吗！舜等人越看越紧张，在吉尔伽美什面前共工渐渐地只剩下了挨打的份。

但共工远没有黔驴技穷。他的皮肉非常强韧，那锋利的长刀一直没给他带来较重的伤，就算他一动不动地让吉尔伽美什砍，也砍不出什么事来。然而臀部肌肉的动作已注定他无法再移动了，仅仅是站在那里，怎么有办法击溃吉尔伽美什！而吉尔伽美什见自己一直没给共工带来致命伤，也有些不爽，轻声地谩骂了一句：

“原来也只有这点水平啊。不过要击溃你我还是要动真格的了，不能再陪你玩了。”

正说着女英忽然发现了一个秘密：吉尔伽美什更换武器后就再也没用过那种金光闪闪的招数了，而没有使用共工就已经这么吃力了，那动真格的话……女英几乎要叫出来了，恨不得马上举起伏羲把他抛到吉尔伽美什身上去，让他解决掉吉尔伽美什。明明自己还有这么多力量为什么不去打，自己朋友为你两肋插刀都快死了，你还在那里抖抖脚，脚根本没扭啊！混蛋，你的脚根本没扭，就是懒得打！女英发现了这个秘密后简直想把伏羲给杀了，怎么会有这么懒惰的神仙！正在内心抓狂，伏羲却转过脸来看向她，一下子就从她愤怒的眼神中看出了她的内心想法，狡辩说这是健身操，有利于缓解韧带扭伤。女英想想自己打不过他，就没有揭穿他。但这时再转头看向战场，便发现吉尔伽美什的气场已经发生了质的变化，整个战场变得非常压抑。只见他身上光焰迸出，向共工疾刺而去。

共工并不慌，双手合十，一条由水聚成的龙便破土而出，绕着共工转了三圈，形成了一道防御屏障。吉尔伽美什长刀牵着光焰而来，所过之处，风声萧萧，空气悉数割裂，周围的树木也都为之一震。已经很接近共工了，吉尔伽美什直接跳了起来，挥刀向保护着共工的水龙砍去，光焰裹挟着刀熠熠生辉。可谁知那刀一碰到水龙，刀上的金光就被毫不留情地弹斥开去。吉尔伽美什意识到情况不妙，赶紧跳了回来一路退行，沙尘扬起，刚站定就使出了他们半人马的绝技——天马流拔刀术。只听着吉尔伽美什大喊出这个招数的名字，他的气场又是陡然一变，大家还没反应过来是怎么回事，吉尔伽美什又冲到了共工的面前。他挥刀砍向水龙，光焰万丈，源源不断地击入水龙体内，那水龙一瞬间就化作一团凌乱的水花，向四周破裂着溅开去。砍掉水龙后吉尔伽美什本想再来一招就取掉共工的性命，可是那水龙破除后，中间却是空荡荡的，没有共工！吉尔伽美什一惊，却听见身后一声大喊：

“对不住了伏羲大哥，我实在憋不住了！”

一回头却发现共工正捂着屁股发疯一样地冲进舜的屋子，没有几秒就听见一声一泻千里的妙音。吉尔伽美什皱了皱眉，提刀走近屋子，准备将共工斩杀于厕所之中。不用这么没人性吧，别人还在上厕所你也要……大家正准备为共工哀悼，吉尔伽美什却忽觉有人拍了一下自己的肩膀，一转头，还没看清那人是谁，就已被一拳打得飞了出去，撞进几里外的山崖中！

再细看来人，金发及腰，白衣飘飘，手中执着一把漂亮的剑，一转头又是一张迷倒众生的脸，没错，来人正是帝俊！无数少女的梦中情人，娥皇女英立即陷入花痴状态。句芒第一次对除伏羲以外的人吐血吐槽：“喂，舜还在旁边啊，你们两个稍微掩饰一下啊！”然后他转头看向伏羲的召唤阵，发现娥皇拼死拿过来的召唤必需品还原封不动地放在一边，而伏羲正怡然自得地抖着脚，显然是看戏看忘了，怎么回事，伏羲根本没有召唤，那帝俊是怎么来的？

帝俊转头直视句芒的眼睛，马上就读出了他的心里话，用温雅的声线冷峻地说："我只是路过，看他不爽而已。"

正说着吉尔伽美什已带着伤躯回到了这里。他用手掌罩住自己的脸，显然不相信刚刚有人一拳打在他的脸上就把他打飞了。怎么会有这么强的人？吉尔伽美什说服自己刚刚只不过是毫无防备才会被击中的，一边想着又觉得很恼怒，竟然被偷袭了，再细看帝俊比自己还帅！必须杀掉，于是他使出天马流拔刀术，跳起来朝着帝俊的头顶疯了一样地砍去。帝俊却面不改色，极其淡定地伸出手去，捏住刀刃，刀上的光焰就瞬间散作了虚无。他再就势一甩，吉尔伽美什连同他的刀都被狠狠地摔到了地上。

于是大家开始欢呼，帝俊依然一脸波澜不惊的表情站在那里，金发飘舞，俊美得惊人。吉尔伽美什正倒在地上因撞击产生的巨坑里，沉默了，应该是为实力差距过大而伤心了，可他却忽然抬起头来邪魅一笑：

"终于有用到这个状态的时候了。"

刚才说完吉尔伽美什就开始念一堆吧唧吧唧的超级幼稚的咒语，然后他整个人就被镀上一层淡淡的金色。金色的半人马开始幻变，大家看见他活生生变成了人，后来又长出了一对羽翼。金色的镀层褪去，俨然是一只天使！大家都忍不住"哇"出来了，帝俊却依然波澜不惊地站在坑外，居高临下地看着吉尔伽美什，看不出眼神里有没有一点蔑视。

吉尔伽美什已使尽浑身解数，他相信以自己现在这样的姿态必然可以打倒帝俊，于是就很傲慢地执起镀了金的长刀，拂破空气，周围的树木，直接就被划破的气流砍出一道生硬的伤痕。看到树干上突现一道窄窄的划痕，夫妻三人都为之一惊，但伏羲却依然没有太过讶异的表情，帝俊则更是一脸平静，白皙的脸庞上没有一丝涟漪。可是这已经很强了，仅仅是轻轻地举了一下刀，几丈外的树木就被划伤了。吉尔伽美什得意得不得了，就用了一副很自大的表情看着帝俊，却忽地扇了一下羽翼，便凭空消失了！待再看见他时，他已出现在了帝俊的身后，挥刀向帝俊砍去。

帝俊连头都没有转一下，十分从容地侧了一下身子就避开了，而吉尔伽美什一刀砍空，大地就惊现一条巨大的裂纹！吉尔伽美什便得意忘形地转头看了一下帝俊，可谁知映入眼帘的却是帝俊一记毫不留情的上钩拳！吉尔伽美什被直直地打到了天上去，紧接着帝俊便纵身一跃，飞入云霄，对吉尔伽美什展开了猛烈的攻势。吉尔伽美什根本来不及多想，马上就扇动翅膀稳定飞行的姿态，迎接帝俊的斩击。在地上的人就什么也看不清了，只能看见天空中有两道光影势若流星，正不停地震动。几次交锋后，便看见一只长着翅膀的生物从高空中直直地垂落，陷入大地，土块来不及崩坏就凹成了一个巨大的坑。紧接着帝俊又跳了下来，挥着他漂亮的剑向吉尔伽美什刺去。那吉尔伽美什马上就振作起来，连滚带爬地躲避，却总是避之不及，被刺得很难看，帝俊则一直都是优雅从容的态势。吉尔伽美什被逼急了，站起身来，使出了绝招——天马流拔刀术，奥义！

只听他大喝一声，挥起长刀就朝帝俊砍去。长刀燃起冉冉的光焰，舞作一片绚丽的白色，向帝俊扑了过去。帝俊却并不躲闪，竟然被那片火焰劈头盖脸地整个吞噬了，光焰勃发，洋洋洒洒染白了半个世界，还一往无前地朝前方燃去，所经之处悉数毁灭。

大家都以为帝俊必挂无疑了，可待白光散去，大地留下一道长长的深深的伤痕，却见帝俊仍站在原处一动不动，毫发无损，连白衣都还是那么干净完整，和着及腰的金发飘飘洒洒。他的脸庞还是纯净得没有一点尘垢，表情没有丝毫颤抖，平静，波澜不惊。

大家的下巴都惊掉了，吉尔伽美什也不敢相信。正面接受攻击，仍安然无恙，怎么可能！正惊讶着，帝俊竟然一闪就出现在了吉尔伽美什的身后，干净利落的两剑就削去了吉尔伽美什的两翼。吉尔伽美什还来不及做什么表示，那些四散的白羽还留恋在空中不舍落下，帝俊就使出了绝招——月玦斩！

所谓月玦斩，是郭敬明《最漫画》中《新·山海经》里泽夜完全解放成为帝俊后使用的一个绝招，因为不知道帝俊有什么能力，所以就直接拿过来用了，郭大侠一定会原谅我的！

月玦斩。三个字落地的瞬间，天地失色，山河改容。

一切平静后，帝俊依旧执着漂亮的剑，潇潇洒洒地站在一边；而吉尔伽美什却已浑身血污，伤痕累累，倒地不起。尽管如此，他依然艰难地支起身子，对帝俊说：

“你真强啊。”

“大招被写得这么简单，强个屁啊。”帝俊声线平稳冷峻。

“不过我之所以会被你打倒，是因为我之前和一个很有槽点的人战斗过，他一击就让我受了内伤。”

“很有槽点的人？”帝俊把目光转向大本营，搜寻很有槽点的人。这时伏羲对他摆了一个Pose，示意他那个人就是自己，帝俊很不爽地白了伏羲一眼。

“话说为什么到这里就只有对话了？”

“我刚刚不是白了伏羲一眼吗？”

“可是我们的战斗明明是重头戏，为什么篇幅这么小啊。”

“写到最后肯定懒得写动作了嘛。”

“你什么星座啊？”

“不告诉你。”

“你什么时候出生啊？”

“不告诉你。”

“你多重啊。”

“不告诉你。”

“你喜欢洗衣粉还是洗衣液啊？”

帝俊立刻容光焕发：“洗衣液，尤其是女英特制的百花洗衣液，精选泰坦魔芋芋、大王花、臭海棠花等一百种奇臭无比的花为原料，经历九十九道复杂工序精心制成，洗过的衣服异香扑鼻。用百花洗衣液，用完以后衣服就会像我的一样芬芳迷人，历经战火依然洁白完整。我用百花洗衣液，我为我自己代言！”

全场震惊。

然后帝俊就和吉尔伽美什一起过上幸福的生活。

神宇

台风中，我乱着发述说，述说我亲眼看见的神宇。

凛绮·兽界

狗是一种神秘的诅咒。

一

一只大白狗傲然伫立在我身旁，面向窗户无视着我。它一身洁白的绒毛，项上有一个蓝色的圈子。其体形大如骏马，在风中微微摇晃尾巴。我的记忆就从这里开始，忽然出现在我家，面向窗户而坐，旁边是一只大得我不敢直视的狗。天哪，它竟然还没有被铁链拴住，这么大的个头放出来是要祸害人间吗！还有，还有，这是个什么设定，为什么它一出来就要在我旁边，另外这么大的个头走过那么长一段楼梯到我家来干什么！更可怕的是，它巨大的身躯已经把我离开它的去路完全隔断了，我被它挤在了墙边走不了了！

这个大家伙一副非常清高的样子，一直尊贵地眺望着蓝天，头颅那么高昂，连转头微低眼睑蔑视我一下都觉得是给我的施舍。不就是一只狗吗，干吗自我感觉那么良好，我第一次被除人以外的哺乳动物伤害到了。它的身材很好，身体各个部位的比例如骏马一般飒爽而匀称协调，颀长的脖子微微仰起，使头颅与水平面相比微微上抬“蔑视最好角度”32度。它优雅的身段，微微晃着的尾巴已经告诉了我它心中的暗爽与享受，啊，看样子这家伙是不想走了！可它不走我怎么离开这儿啊！难道我要一辈子都坐在这儿吗？可怕的是我和它语言不通，不然我戳一戳它，以它清高的个性估计也不会干出什么粗野的事情，不耐烦地扭了扭身子就让我过去了。可现在我戳一戳它呢，我在想我的尸体会有几段。

可喜的是设定的最初我手中就有一块白切肉，哇，此殆上天所资我乎，我可要好好利用呢！让你那么傲气，我就不信不能用这片肉把你诱惑走。于是我开始故作津津有味地吃起那块肉来，我相信狗的嗅觉细胞很灵敏，可它依然理都不理我。那我也只能这样打发时光了，我小心翼翼地把瘦肉全部一点点地吃完，剩下一块完整的肥肉准备诱引它。可我已经没什么可打发的了，它却依然没有理睬我。于是，我再也忍不住了，用尽平生最大的勇气站起来，我一定要离开这儿！

可奇迹发生了，就在我站起来的那一瞬间，它忽然转过身子来朝向我，并故意把身子压低，仰头看我，摆出一副小狗讨好主人的模样，伸出舌头乞求食物。哇哈哈哈，我一时暗爽起来：让你刚刚那么轻慢，还是经不住食物的诱惑吧？但这么大的一只狗现在都快靠到我身上了。那献媚的表情让我高兴也让我有些慌乱了，没有任何小把戏就把那块肉扔到它嘴里，于是我只能抓紧在它咀嚼的时间逃离了。

我极灵巧地躲开了那只狗，然后迅速地离开那个房间，可我无意间的那个回眸告诉我，我错了，我不该喂肉给它的。现在它正拖着自己那巨大的身躯跟着我小跑过来，讨好地伸出舌头——它还想要肉吃，可我已经没有资源了啊！后悔了，没有看清哺乳动物贪吃的本性，它离我越来越近了，怎么办！我彻底慌了，焦急之中没有注意到汗液流下。我看见对面的客厅，爸爸正靠在藤椅上悠闲地看电视，电视里的光影在爸爸身后的光滑漆墙上流离，不同的声音喧腾，全然不管对面儿子的死活。仅仅几步之遥，只要我能跑到爸爸身边，那就安全了。可我的嗓子一瞬间哑然了，叫不出任何声音，而转头，它已离我很近，我，我，怎么办！

世界在一瞬间黑了，而我也在刹那下定了决心。

二

我的手狠狠握住了旋转着的楼梯扶手，猛地往上一冲，跑了起来。我，决定用自己的力量甩掉它。

我疯狂地往上爬楼梯，因为我觉得狗肯定很不擅长走楼梯，但它却完成得很出色。贪婪的力量是伟大的，它一直跟着我跑，跑得那么迅速。一只和马一样大的狗能在这么狭窄的楼梯回廊里奔跑，还向我不断紧逼，谁能想象我有多恐惧！

我已没了意识，麻木的双腿只能带着我茫然地在无数台阶里奔跑。

我一向在狗狗面前表现得很矜持。不能在狗的面前跑，它会咬你的。这个道理谁都知道，但我今天只能疯跑。

就这样一直跑下去，它庞大的身躯内贮存的能量一定比我充沛得多，很明显，总有一天我会被它追上。我慌乱，我害怕。

我的世界在瞬间坍塌了。

转头时，它已离我越来越近了。庞大的身体，不懈地奔跑，痴呆的双眼里流露出来的全是贪婪，讨好地伸长舌头——

我真的觉得我完了。

在一个转角处，我已决定放手一搏了。我用尽所有的力气，迸发出一生最快的速度，向这层楼尽头的一个房间狂奔而去。我知道这个房间的门上有一个机关，可以把门紧紧反锁——这是我唯一的救命稻草了。

我为什么逃呢？只为了生命吗？

门开着。

房间里一丝温馨而明亮的光线流溢着，是净土还是天堂？我加快了脚步，冲进了房间，每一个毫秒都要好好把握——冲进房间的同时已经开始转身，并把一只手抓在门把手上了。回过头来时它已出现在狭窄回廊的那一端了，正在飞也似的冲过来。真的是速度的较量，每一次心跳都不知要澎湃多少血液才能提供我足够的力量和勇气。

抓住门把手的右手微旋——它已迈出了一步。

我用力地把门拉上，我看见门框里的它只剩一半，一点了。赶紧地，我似乎已听见了门关上时发出的巨大的声响，我苍白的脸上却没有一丝笑意。

在我即将看不见它时，它撞到了门上。我用力把门关上。

它开始撞门，那么疯狂。我的神经却在一瞬间松弛了，自然地扯出了一抹笑，很淡定地——把门反锁了。

我把自己反锁在房间里，倒在床上，任它在外面乱撞。虽然每一声响都足以把门撞碎。

我也忽然想到门被它撞开后我该怎么办。在封闭的空间里，没有出路，逃不掉了。坐以待毙吗？不。我拉开了窗户，咽了口唾沫。

我从楼上跳下去了。

三

似乎是这样，我坠落了。

不如天使堕落得那般华丽，我四周是浓得割不开的黑暗。我挥动双臂想划开它，做不到。

我睁开眼，发现自己站立在地上。哦，从白天落到了黑夜，我竟然还没有死，是那团黑暗盛住我了吗？

事实上我已把它摆脱掉了。我站在妈妈身边，妈妈站在一条无人的街上。街道两边倒是灯火辉煌，弥补了这条街上没有路灯的可怕，只是空无一人还真有些冷寂。于是我想起了我那段遇到鬼的经历。

你也许不会相信，当然你也一定不会相信。那天晚上我独自一人走到一条古街上，街上当然没有路灯，只有一排暗红的灯笼映着沉重的黑夜。街临江而建。当时是星期六晚上，全街的居民都站在江边眺望，在浓夜里，等着一艘艘红船归来。我看见围在江边尽头的是些老人和妇孺，他们在等自己家的男人回来。

夜的江水和夜一样黑，在那浓暗的交接处，几叶红舟漂来。等月已经中天，陆续而来的红船断流了，于是几家人带着男人高兴地回家去了，而家里男人还没回来的人就怔怔地站在江边，看看泊在码头的红船，又看看停在江里动不了的船。

我发现他们的眼睛是红色的。

他们带着红色的眼睛在街上四处游走，后来有一个人好像发现了我，径直向我走来。我吓得动不了，他却与我擦肩而过。

我的眼睛也变成了红色。

这时一个黑色眼睛的女孩来到了我的面前，告诉我他们都是鬼。

我很奇怪地问她，为什么他们刚刚还好好的，忽然就变成了鬼？

她眨眨眼睛，依然黑得发亮，说他们的眼睛变红了，就变成了鬼。她还说这里只要月至中天江水就会停流，来不及靠岸的船只就会被禁停在水中。男人都出海了，剩下的人每天都在等他们归来。每个周六的晚上，全街人都会聚在江边等。月至中天前，男人回来了的人家什么事都没有，而家里男人没有回来的，眼睛就会变红，变成鬼。而与鬼接触过的人，眼睛也会变红，变成鬼。

她顿了顿，说我的眼睛也是红的。

我说我知道。

她指了指街尽头的一座大古宅，全是蛀迹的朽木，“那里就是我家，我会调配一种治鬼病的解药，跟我来吧。”

我跟着她进了那座古宅，在她转头的时候，我发现她的眼睛也是红色的。

四

这段经历让我不禁颤然一惊。

但毕竟周围都是些正常人吧。

醺红的灯光和街两边店铺里的明亮使色彩的阴暗里多了一点浪漫。看天色也知道已经很晚了，街道两边都是小吃店。

哦，原来我们是来这里吃晚饭啊。

街道看上去很长，在我现在站的这一端，就朝着我们面向的这一端往前走。

玻璃墙里微黄的色调，木制的地板，木制的墙，连原本是白色的天花板都被映成暖黄。木屋里的小吊灯很有情调，白色的海报贴在玻璃墙的内侧。

街道两边都是这样的小店而我都没有进去。因为街道很长，我想逛到底再做决定。我想起我在厦门逛“台湾小吃店”的情景，走到底也只买了八个章鱼小丸子、一杯抹茶奶茶和一个挤了蕃茄酱的油炸冰淇淋。那里有一个个可爱的小摊位排成一队，站在街中央，灯色流明而烟熏也不少。想必这里和那儿差不多，只是远没那里热闹和拥挤。

我们沿街走下去，一路上各种诱人的香味杂在鼻际，举目四望，有花生卷冰淇淋、吸引茶饮、烤肉串什么的，各式香味诱惑着我的嗅觉中枢。

我们再往前走，发现一家理发店竟然特别不和谐地开在这堆饮食店中，理发师也在购置晚饭，她买了两大袋浓汤，微黄的色调，里面有红红绿绿的大块食材在沉浮。汤汁装在两个塑料袋里，涨得满满的，一看就知道她一个人是吃不了那么多的。不管她，我们继续向前走。

灯光还在炫白，食物还在飘香。可这一脚踩下时，所有味觉都丧失，我们茫然地四顾，发现这条街在以超高速缩短——我们已经到尽头了。饥饿着，却没有任何食欲。

妈妈这时忽然摸摸口袋——钱丢了！我们苍白的脸相对视。

我说现在就回家做饭吃吧。妈妈面无表情地摇了摇头，说现在回家再走一天也走不到。那怎么办，要饿死在这儿?

妈妈提议说那个理发师有很多汤，她一个人喝不掉的，并且我们和她也挺熟络的，要不向她要一点解决晚饭？

不，决不能低头做讨饭这种事。我赌气地撒开妈妈的手，再远我也要走回家，就算要整整一天！

我沿着街原路返回，回到最初的起点，不做任何方向性的选择，就笔直地往前走。因为，实在也没什么方向好选择的，起点再往前走就是一片黑暗，一片浓得化不开、什么也看不见的黑暗，但我深知只有穿过这片黑暗才能回家。

我走进了那片黑暗，随后就失去了知觉，不知道是什么时间和空间，但我坚信我的双脚一定还在走，不知道走了多久。在彻底的黑暗里，没有视觉，没有听觉，但脚下的依然还是土地，所以我还是会不停地走。我觉得我是在一段没有恒星的宇宙里沉浮。而我不知何时走出了那团黑暗，也不知道过了多久才适应，才渐渐恢复了视力。

当我的身体恢复了知觉时，我看到了暗红色的天空。我正走在从小学回家的路上，走在那座必经的石桥上。如今桥上安了很多路灯，发出红色的光。整个家乡的路灯发出来的都是红色的光，和浓重的夜之黑色相融合，熏出一种笼罩天地的茫茫暗红色。

我有些怕，想起了鬼，就加快了脚步。很快就走到了我家附近。这是一个野狗地带，各种巨大的流浪狼狗每天晚上都会把我家团团围住，在外面吠叫整整一夜。每晚我隔着有色玻璃看到它们的影子我都吓得要死。如今已值深夜，我不敢走近。

它们在暗处用可怕的眼睛盯着我，小声地吠叫。

红色路灯晕开。

我绝望地转头，却看见母亲正骑着单车，在暗红天宇下，从那座桥上向我骑来。

五

妈妈来到我身边，拍着我的肩膀，叹了口气说："我说走回来要走一天，没说一定要走回来呀。"

好吧，不过我已没有时间观念了，我不知道到底是在当晚，还是已过了一天。

我向妈妈提出要离开家乡去远方的决定。

其实我不是那种叛逆得喜欢离家出走的孩子，我想离开这儿，不过是为了永远地躲开这群野蛮的狗。

妈妈像是早已料到似的，点了点头，"你长大了，该独自去旅行了。"

想起来我就有些激动，去远方，去哪里呢?

我撒腿就往车站跑去，一定得是一个人去，从现在起就要一个人去。去哪儿，也不知道，心潮澎湃之际，我想去车站打听一下票价。

我想去远方，一定是很远很远的地方。我向往那些未知，我一定要去那里，把那些陌生的土地踩在脚下。我要去一些很奇怪的地方，拥有一些神奇的经历。

那么，现在我已经起程了。

我高兴地奔跑，从暗红之夜跑进了白天，我已没什么好畏惧的了。我熟悉这一带的地形，也很明确路线和车站的位置。但我按捺不了内心的激动，一定要眺望一下那个车站才肯安心。我已到河边，临河的小巷一面只有安全石栏而空无一物可阻碍视线，而且不远处就是高地很适合眺望。很好，我意已决，我一定要进这条小巷眺望一下车站。我兴冲冲地摸了摸口袋，自信十足地走进了巷子。

它是忽然出现在我面前的，一只黑色的看门狗，就这样霸道地占领了这条小巷，把原本就狭窄的小巷挤得水泄不通。可恶，竟敢挡我的路。虽然它被锁链锁住了，但那铁链长得足以让它在小巷里自由移动，我可要小心一点呀。我鼓起勇气走到了它面前。

它漆黑着脸色，用阴郁的眼神藐视着我。我不慌不忙，从兜里掏出了两根棒棒——准确地说，是两根棒棒糖，只不过有一根只剩下棒棒了。哼哼，这次我可不会犯第一次的错误了，两根棒棒我一定会好好利用的。一切我都事先计划好了，我既要进去又要出来，并且如果第二次的“贿赂”不如第一次的话，它肯定不会轻易放我走。所以，我先把那根只剩下糖渍的甜蜜气息的空棒在它的鼻子底下晃了晃，然后就丢在了一边的地上。它极不情愿地挪了挪位置，撅了一下屁股使我有了穿过它的足够空间。我抓住了这个时机，招摇地……

可惜我的腿没有那么苗条，在穿过它的时候，蹭到它的“美臀”。黑狗脸色突变，瞬间暴跳若沸腾的闪电，抽搐着吐掉口中的棒棒，在空中翻滚着，跃动着，跳转向我来了，疯狂地吠叫着，张口就想咬。我被它突然的反应吓到了，赶紧向它出示手中那根完整的棒棒糖，以示讨好。它狂躁的状态断然停止，一口咬下那块糖，用一百二十万分鄙夷的眼神加斜视瞪了我一眼，示意我快些撤退，否则等它吃完这块糖就下场不好了。

我心领神会，回望了一眼远方。

四野·奇迹

旅行的脚步，有几个是“奇迹”。

一

我确定我已经踏上旅程。

在火车上颠簸了多久，我不知道，睡一觉就过去了。此后的每一步，才是奇迹，才都刻骨铭心。

是啊，一步步都刻不容缓，遍布四野，可等我睁开眼时，我发现我身处一座大宅邸之中。天哪，真的是大宅邸，这是只有在外国古典电影或童话里才能见到的大城堡呀！我在城堡内部，这里的一切都那么崭新，可见这不是流传已久的欧式古宅。全是金丽的色调，珠光宝气的感觉饰在华丽的锦墙里，琥珀色的琉璃光滑着装饰了整个大厅，我甚至有一种错觉——这整座大房子都是由黄金筑成的！

像是五星级酒店的内部，流丽着光华，若不是间间都是卧室，任何人都会产生这种感觉。金色的大厅，旋转而来的宽楼梯盘亘在这儿。我醒在二楼大厅的一角。

这个大厅真是比我们学校的操场还大上好几倍。我因站在一个很有利的位置，得以遍观整个大厅。哎呀，没想到旅行到这种奢华的豪宅，真是有些不好意思呀。我有些不自在，就怔怔地待在那个角落。

这里一个人都没有，可金辉依然在闪烁。很干净，不是很久都没人居住的感觉。这不是什么高级会馆或是王宫名宅，我的脑子一刹那通电——这是我一个远房亲戚的家。他家该多有钱啊。可我只是旅行到了这里，并没有事先和他打过招呼，并且这是个远房亲戚，我忽然觉得自己莫名其妙地出现在这里很不合适。

当我这么觉得时，那张金黄色的玻璃门瞬间盈满阳光，浑然成一片白色，微启，一群和我差不多年纪的初中生排着整齐的队伍走了进来，一个个染发、烫发，身穿奇装异服，表情异常屌丝。走在最前面的那个深蓝头发的嚣张男吼了一声：

“把外来入侵者给我找出来！”

咦，外来入侵者？外来入侵者不就是我吗？！怎么办，这群不良少年要把我找出来干什么？海扁一顿吗？不行，那太可怕了，我要躲起来。我正躲在二楼的一个角落，前面有一面纯金的防坠护栏可以挡住他们的视线。对，他们暂时看不见我，我要找准时机躲起来，还是……逃比较好？我一转头，就是一个用黄金砌成的厕所！真是天助我也，六面用黄金封闭的一个巨大的立柜式坑位！我躲进去他们肯定看不见我，并且如果我把门反锁，金制的东西他们也打不开吧。于是我得意地压低声音，悄悄地藏进了那个坑位。金板在六角的连接处留有一条很小的缝隙，我可以在此处观察他们的动向。

深蓝头发的嚣张男向前飞跑了几步，一脚踹在金柱上，然后就垂直于金柱上跑了上去，一直奔到二楼的高度，双脚释力一蹬，来了一个后空翻。整个身体飘浮在空中，身体微微后仰，双脚微微弯曲，表情虽然静止，但是屌丝风韵犹存。身段优美，急翻了好几周，最后用力着地，溅起鞋底的灰尘。然后潇洒地一甩头，深蓝色的头发下面还是那种屌丝的表情！

可可、可、可他们都好厉害啊！一个个都像是跑酷能手，我要是被他们看见，肯定会被瞬间追上，然后就是一记重拳或被抛出屋子。怎么办，想想都好可怕，看来只能躲在这里，不能逃跑了。

正想着，他们就开始分头行动了，有几人已经踏上宽楼梯了。他们离我越来越近了，我屏息不动，紧张不安，尽力保持安静，可心脏却不安静。慌乱间我往后一靠，“轰——”后面的墙被撞开了！

二

那面金墙徐徐后退，发出巨大噪声，我相信他们此时肯定都在不约而同地朝这看。既然藏身之处已经暴露了，那么待在这里不跑岂不是束手待毙吗？金墙的退后，打开了足够大的空间，足以让我来到金墙后的房间。我赶紧跑了进去，又撞了一下墙，金墙就又退回原位了，而此时他们一定在向这儿飞奔。

房间里更显金碧辉煌，金漆粉饰的手绘墙华贵，房间很宽敞，可这么高这么大的宅邸房间很多，未必每间都有用，就像现在这一间一样，房间很大，里面却是空的。那一端有一扇木门，我冲了过去，我现在唯一能做的事就是不停地跑，进入一个房间再离开，进入下一个房间再离开。

门是虚掩的，我过去一撞就打开了。眼前是金子铺就的楼梯，楼梯一侧靠墙。哦，看来我刚才通过撞开那扇金墙，来到了楼里的秘密空间，那可是不走撞墙之路就不能到达的秘密空间。我窃喜，还好我刚刚把厕所之门反锁，这样的华府谅他们也不敢大肆破坏金器，所以说我现在是相对安全了。

按理说往下跑更安全，可以马上离开这儿。但我却本能地往上跑。那种楼梯盘亘而上，我随着它竟然来到一个房间里，这个房间更大，有一张双人床，还有红木雕作梁，我来不及欣赏，穿过它，推开门，不停地跑。

金黄的大房间错综复杂，毫不整齐地排列，每一间房子的大小都不一样，高低也不一样，甚至连地板的海拔高度都故意造得不一样。因此使走廊也造得别有个性，同一层楼的走廊上还建有楼梯，长短不一，甚至直接建成斜坡。有些房间用走廊连接，有一些直接靠一扇门隔开。在这么有艺术感的建筑里奔跑，实在让人兴奋不已。这么个大宅邸，没有编成几个排的女仆队是料理不过来的。为了使这个金子铺就的巨大宫殿每天都金光闪闪、微尘不染，她们，开始行动了。一样的制服，把头发扎成一样的模样，化上一样淡淡的妆，捧着一样金制的盆，在盆里盛上同样体积的水，在水里放上一条同样的白毛巾。她们每日的工作，就是把这座大宅邸里里外外地擦个遍。

我在十楼遇到了她们。她们正从楼梯上走下来，看见我在那里卖力地奔跑，一定以为我是驱除入侵者的跑酷队的队员，对我一笑，就让我过去了。

旁边是一扇火红的巨大圆门，金制彩漆，有蓝绿龙纹绘其上，紧锁，半径约三米，想必那些不良少年也进不来吧……

穿过那扇门，我跑了很久，终于到了顶楼。那里有一个波澜壮阔的巨大游泳池，拥有海水的颜色，一个小海湾的规模。我靠墙而立，背后传来脚步声。什么，跟踪到这儿了！我看一下游泳池，有些向往，便跳了进去。

水，溅起。

三

意识在水中清醒，我清楚地记得我在水中漂浮。轻轻地睁开眼睛，海边的日光透过水层依然耀眼。我不知道那个游泳池究竟有多大，它的内部究竟连通着怎样的水域，让我顺水而流，到了海里。但我确信，我已经离开那座大宅邸了。

离岸很近，不远处还有人在戏水。头离水面很近，我努力抬头，使鼻子露出水面，我看见沙滩离我很近，我现在还待在很浅的水域。

动动身体，很不自在，还有与金属物质磕碰的疼痛。我没有感觉到我的身体有与海底礁石接触的感觉，包括我的双脚——我没觉得它们踩在那种令人疼痛的地面上，但它们着实与什么东西接触了。我低头，才发现我正坐在一辆自行车上。

我开始蹬动脚踏板，机械和水战斗的声音很清晰。满是增大摩擦的花纹的轮胎碾过粗糙的礁地，摩擦力很大，再之在水中，我行动得很艰难。满眼水花乱飞，我的头顶被水濡得湿透，逐渐露出水面。车轮绞动着海水，我的整个身体从水里露出时，身后爆开巨大的水花，在空中喧腾成极其张扬的形状，最后散成迷蒙的水雾。声响巨大，宛如炸弹在水底爆炸。车轮浮出海面时，如咆哮的车轮在高速公路上直冲过水坑，激起两道宛如翅膀的白涟。我就这样跌跌撞撞地挂着满身的水冲出了浅海。

我站在沙滩上，把那不知道从哪里来的自行车废弃在这里，太阳把我身上的海水一一蒸干。熟悉的阳光，我在——厦门。

好了，把这些奇怪的经历都抛开吧。我只是来四处游玩的。可我就这样莫名其妙，没有任何准备地出现在一个陌生的地方，怎么会不茫然呢？好在我是来过厦门的，对这里的一切还算比较熟悉。

这里是白城沙滩。我慢慢地穿过沙滩，走到公路边上。在这里我是换乘过几次公交的，坐什么公交我都很熟悉。厦门公交很便宜，永远只用一元，不管你坐一个小时还是几分钟，还是优质空调车待遇。我茫茫然地坐上了一辆公交车，没什么地方想去，只是脑中清晰着“珍珠湾”这个名字。

在这里坐上公交车实在是享受，把你和外面的夏天完全隔开。坐上车后，看着那熟悉的道路、地形、建筑渐渐移动，我也有了睡意。哎呀，上车后还没付钱呢，身上的零钱很难找。可我，可我，就这样昏睡过去了。

车子还在颠簸。

迷迷糊糊醒过来时窗外已不知是什么景色，我本来就是一个路痴，遇到这种乘车不知道乘到哪的情况就更糟糕了。但是没有关系，我本来就是出来闯荡的，遇到这种情况最应该做的就是——找钱付车费！

我翻遍各种口袋、各种包包，终于找到两个五角钱硬币。天，怎么有出来旅行带这么点钱的！不管了，赶紧把钱付了。我站起身来，把硬币抛入投币箱，司机告诉我已经到终点站了。话音刚落，身后一声机器的巨响攫住了我的注意力，我一转头，才发现车上只有我一个乘客，车尾的巨大卷门正在缓缓开启。

从卷门下车后我有些漫无目的。或许这就是漂泊时最无助的时刻，也是它特有的底色。曾经有关浪迹天涯的幻想都拼命地扇着青春的翅膀向我飞来，猎猎捕风。它们奋力地喊着："行走吧。"它们奋力地喊着："行走吧。"

然后一切都被塞进记忆的抽屉，等待着发酵出更温暖的滋味。

无意中瞥见了路边的公交站牌：珍珠湾。骗人的，肯定是放站牌的人发烧了，这里绝对不是珍珠湾。

我继续自己的旅行，拐入路边的小巷。走着走着，我忽然发现自己的头发变成蓝色的了，蓝得跟之前那个跑酷队队长的一模一样，一瞬间我的大脑通电，各种凌乱的静止的画面出现在眼前，像黑白的老旧默片在我想象的空间里流泻着分割。色彩恢复，我看到的全是水，色彩不一的水，在光线垂直的角度变换着水色，从阳光的颜色到碧蓝再到沉没的昏暗。那是海洋的世界，是我跳进那个超大游泳池后的事吗？画面闪动，嚣张男正奋力地朝我游过来，之后是一片水花混乱了我的视野。等视线清晰，我看见深蓝头发的嚣张男正紧紧地握着我的手，嘴唇微动，说：

“情绪吞没文字。”

之后他摘下了他深蓝色的假发，把它戴到我的头上，便飘然而逝。

“呃……”忽然觉得头好痛，赶紧蹲到地上。刚刚遗失的记忆现在被我马上拾起，快得好像走着走着丢了一块钱忽然意识到并马上折返回去把它拾起一样，但拾得太快感觉身体负担不了。是因为脑子进了很多海水吗？

我试图重新站起来。用右手扶住身边的墙，缓缓地直起了身子，身体有一种空荡荡的感觉，像是各种精神力量都被抽去，然后强迫你去连着跑好几次一千米一样。腿、手臂没有任何力量，取而代之的是源源不断的酸痛感。我没有任何力量行走，取回记忆后人显得非常疲惫。

但我还是振作起来取下头上的假发把它扔掉了。

凭着本能我在这条小巷子里行走。扶着墙彳亍，随着路面的弧度伸屈。巷子很窄，只能容二人并排通过，两侧是高高的、灰色的水泥墙朝我压来，让我压抑，让我喘不过气来。巷子里没有人，我却听见墙壁的内侧有人在放汪苏泷的《某人》。巷子的尽头是一排通向高处的楼梯，我扶着墙，踩着楼梯，走向接近天空的地方。

可体力不支，我昏迷在了路边。

四

再次醒来时担心失去好不容易得来的记忆，像朝圣者担心失去信仰的光芒，所有虔诚都淡褪。怕往事只能变成多色的光，无力地流淌。但庆幸什么也没忘记，尤其是那句话记得格外清晰。

情绪吞没文字。

发现自己醒在一个莫名其妙的地方。一个大大的空房间，墙壁是水泥的，没有窗。靠着墙有两张床，也是水泥制的。它散发出坚硬而冰冷的质感，从我的肌肤传达我的骨髓刺入我的血肉。床和墙一样不平整，除此以外房间里没有任何东西。

我挣扎着从床上坐起，思绪在犯困。用手掌压着水泥床面，一团血红迅速涨起，那些凹凸不平的水泥块像要刺进我的身体。我睡的这张床靠门，或者说我现在正坐在门边。说是门，那也不算是门，只是在厚厚的水泥墙上开了一个矩形的洞。

像年少莫名其妙的温暖，光线从那个洞里闯入。

我的清醒度保持在较低水平，是组织语言还有些困难的程度。我倚着和床相同质感的墙，体会着身体腐败的颓废感。门洞充满了光，让我莫名地向往，像穴居的小虫奋不顾身地扑向灯火，但我没有再挪动一下身体的力量，看那门，如通往天堂的门扉，绽开百合花瓣般纤尘不染的白色。

密室里，因为这光，让我窥见了它的全貌。我也是忽然发现这个房间超级脏，它的墙壁，连同它的床，都是粘满油腻的黑色。像是经历过一场火灾，四壁、天花板、地面像被黑色的火焰灼热，留下斑驳不均的痕迹，那些焦黑，是火焰不屈的尸体。这么脏的地方，我躺在这里干什么？

我一转头才注意到另一张床上也躺着一个人。她是我的初中同学，身边有一个大包裹。我也刚刚恢复了表达能力，见她也一直醒着，就问她包里是什么。她说她中奖了，奖了100个面包。我又问她我们现在在哪里，她回答我在火车上。

思路开始颠簸，各种各样的东西咆哮着要涌入脑海。我像尸体一般徒劳地挣扎，眼前滑过干净而略带诡异的风景，不受控制，那些有着紫色叶片的树木，在空寂的山坡上招摇；风车旋转，洒下魔幻的诗篇。当视线昏沉，一路走来的痕迹仍没有变得清晰。只是大脑又被时间和空间随意的组合冲得发昏，留下凌乱的印记。

房间的油腻与肮脏侵入身体，让我浑身不自在。头脑随着火车开始颠簸，眼前黄黑色的墙越发不能坚持它的色彩，我试图让自己保持清醒，不要再昏昏睡去，也是多么渴望能看清侧身的光，和那里风景迷蒙的样子。

年少的梦想拼命挥动着青春的翅膀向我飞来，奋力地向我呐喊。它们的羽翼里夹杂着流言蜚语，一脸脆弱的样子。它们没有勇气表达，还害怕被嘲笑。它们在乎别人的想法，胜过自己憋屈的痛苦。总有一天，它们会萎靡了模样，埋葬在逝去的年少。所以它们现在这么奋力，迫不及待地鼓励我，“行走吧。”它们怕错失了自己。

但在行走之前，千万要记住，别让情绪吞没文字。

我必是又睡着了，梦见了许多长着白色翅膀的小东西向我飞来，我身边一片聒噪。它们兴奋地做着自我介绍，带着小学生入学时幼稚的兴奋。它们说，它们叫梦想。

但那都不管了，我这次醒来又出现在了一个奇怪的地方。我正坐在一辆急速行驶的大巴的司机座位上，一回头，车里坐满了乘客。天啊！我不会开车啊！这是要杀多少人啊！看看眼前的方向盘、仪表，右手边一根可以随意转动的棒棒不知道干什么用的，脚下不知道哪个才是刹车，比考试时发到一张一道题也不会做的试卷更痛苦！我再转头把求助的目光抛向乘客，乘客竟然没有一个觉察到不对劲，一个个泰然自若，镇静到了令人发指的地步。喂，这辆大巴没人操纵横冲直撞了这么久都没有感到危险来临吗？可为什么运气这么好，一个人一棵树一堵墙都没有撞到？我这才抬起头来看一下大巴那巨大的前窗外的风景。第一次坐在司机的位置往前看，感觉就是好，跟看电影一样，等等，这叫运气很好吗？刚刚已经冲破公路护栏，闯入水泥筑的小村庄，正直奔着只容得下一辆车通过的小巷！不行，必须控制这辆发飙的车！我再次回头抛洒求助的目光，可一个个的乘客竟然比刚刚更加镇定几分，看到我楚楚可怜的眼神，还极富同情心地回以了一个个标准的柜台小姐的招牌微笑，那种场景我的无助感不亚于一群人笑容灿烂地把我从悬崖边缘踹下去。我就剩下喊出“有谁会开车的帮我开一下啊”，可，为什么喊不出。

像一开始被“骏马牌”大白狗追逐，看到父亲正在悠闲地看电视时，嗓子喑哑，无法发出声音求助一样，我再次发声失败了。那现在只能由我来操控这辆“死亡战车”了，硬生生地把我和一车智障还是反射弧长达一千米的乘客从生拽向死亡。

五

我的手紧紧地握住了方向盘，所有的东西都凭借直觉动一下，于是车子开始了致命的颠簸。路面开始变得坑坑洼洼，在我的控制下，原来就有几分疯狂的大巴现在更狂暴了。车子几乎是一蹦一跳地冲到了小巷口。水泥质地的村庄，和我曾昏迷在的那条高墙窄径的灰色怪巷是同一种类型的。相信自己，我一定能顺利地冲过这条小巷的！车子开始畸形地摇摆，各种偏侧，扭曲，擦着粗糙的水泥墙面冲了进来。整个路面兀自地忽高忽低，房屋造得也是别有心机，带着锋利的棱角，流泻僵直的分割，倔强地让灰色的小巷不自然地拐着弯。

只是，一切都只是凭感觉在运动，反正能碰到的东西我都动一下，车子不停地跳跃，屡次与墙擦肩而过。运气太好了吧。灰色的、突兀的、不平的，在我面前迅速地推倒，穿过。我不禁有一点点骄傲和小激动，心想只要再这样坚持下去，等到汽油耗尽，我就能活下来了。可好景不长，冲了没多久，灰色的小巷就展现了它的尽头，前方是一条浑浊的江！

于是方位感开始错乱，那浑黄得那么熟悉的水色，正是我的故乡——东瓯的象征。我半睡半醒地辗转了这么久，难道又回到了起点？哦，不可能，难道这是海市蜃楼或是什么相似度极高的地方？江边有一排脆弱的栅栏，一扇可以开启的小铁门连接着通往码头的路。我不知道怎样让车停下来，难道就这样冲破铁栅、坠死江中？不可以。而正当此时，镇定自若的乘客终于发生了质的变化。我一转头发现他们的脸开始锐化，表情略带兽性，然后俨然一张张我熟悉的脸庞。没错，像极了那群每晚围住我家的房子狂吠整夜的狼狗。

我发觉我已无法脱身。

猛地记忆抽空，嚣张男紧紧地握住我的手，微动嘴唇：

“情绪吞没文字。”

回到现实，江水已经越来越近，那群乘客身上开始抽出大把或黄或黑的狗毛，他们站起身来，步步向我紧逼。情绪不能掌控你的行为。我强迫自己跟刚刚的乘客一样镇定，猛甩方向盘，把他们甩到与我异侧的车厢。可喜的是我系了安全带，没有什么大碍。受到猛烈撞击的乘客瞬间炸裂了身体，那群桀骜不驯的狼狗用齿爪残忍地切割开他们的肉体，扯着鲜血从他们体内迸出，向我扑来。接下来我还是凭着直觉胡乱地操作，让车子集中狼狗的一侧撞向旁边的房子。

然后热浪排空，车子和着鲜血一起爆炸。

被炸得狗血淋头，我挣扎着解开了安全带，凭着自己的力量从车子燃烧的废墟中钻了出来。我没想到我跑得这么远，这群狗还会追过来。虽说没有什么生命危险，但这爆炸也给我带来了严重的伤害。我现在浑身上下都是恶心的动物的血，从头到脚散发着让人作呕的气息。身体又变得无力。跌跌撞撞地走出废墟，让空气清除我身上的污渍。

本以为一切都已归于平静，但忽然身后传来一声翻开废墟的声响。我猛一转头，发现在那些燃烧的废铜烂铁里，有幸存的生命在不屈地翻动。一定要斩草除根。于是我拖着滞重的身体走回那盛满血肉模糊的尸体的车厢，捡起半张还在燃烧的椅子，狠狠地砸向那块不停翻动的铁片。打砸声未落。我又捡起一根爆炸后车子残存的长形碎片，疯了一般地朝狼狗尚存处敲打。敲着捶着，那最后的生命也停止了活动。正当我松了一口气，放下手中的武器时，车子的另一端又有什么东西在动弹，动得极为剧烈。这次不容我反应，一只浑身是血的黑狗就从那废墟里钻了出来。尽管沐浴着血，但我认出来了，这是那只吃我棒棒糖的狗！它也立即发现了我，向我猛扑而来，但毕竟经历过一场生死浩劫，极为虚弱，只能重重地扑倒在地上。但由于害怕遭到我的攻击，马上缩了一下身子站了起来，用最快的速度向我扑来。我的体力也没有恢复，见状只得慌忙地往回走。

已经使尽所有的气力了，我与它的距离却在渐渐缩短。浑身是血的人和狗在进行着追逐战，彼此都用最快的速度，弓着背走着，缓慢地走着。这样下去不是办法，我看见了前面的码头有很多人，我兴许可以向他们求助。于是我用尽所有的力气（可能早就用尽了）走向那扇小铁门。啊，已经近了，为什么还不到啊？笑容可掬的服务小姐站在铁门边用扩音器讲着：

“要进来的人快点进来啊，最后一分钟了，进来了就别想出去了！”

声音是那么响，分明已经很近了，只是狗离我更近了。它像是有魔力一般，体力恢复得极为迅速；可我依然踉踉跄跄，撑不住了，只能在地上爬了。一瞬间昏天黑地，天空被牧师染上黑色，阳光变成微醺的昏黄。马上就到了，只有十米的样子了。可体力彻底不支了，口水已经不想控制地任其往下淌，狗血流入眼睛，都不管了。累得扑倒在地上，不管了，像虫子蠕动一样地也要蠕动过去。每一分每一秒都是极为艰涩的流淌。近了，但此时身后却传来一声发狂的吠叫。

我猛一转头，那只黑狗虽然在爆炸中负伤，身体虚弱，但体力恢复得极快。它正向我狂奔而来，助跑之后脚一点地便向我扑来，像能扑到我的样子。此时我正像在听到《某人》的那条小巷里行走时那样无力，却不得不奋力地扭转身子，背部朝地地躺着，当黑狗扑到我正上方时，提起腿来朝它的腹部猛地一踹。黑狗瞬间被踹了出去，在地上痛苦地打滚。这是我以前在书上看到的防御狼的办法，知识就是力量，耶！对手只是一只狗，没什么可怕的。但我像是花掉了很多力气，这样让我抵达目的地更加困难了。喘了几口气，正准备继续爬时，那狗竟又发动了一轮攻击。它的自愈能力惊人，这次我还来不及攻击，它已狠狠地着陆在我身上，两只前爪按在我的肩膀上，嘴对着我的脸呼呼地喘着热气。带着动物特有的血腥，意识已接近迷茫，但我还是立即抬起我的一条长腿，“唰”的一下劈斩它的腰部，把它侧踢到一边，然后赶紧爬起，开始体力透支前最后的奔跑。那狗尾随而上，轻轻一跃，咬住我衣服的后摆。我没有惊慌，一边扯破自己的衣服，一边从裤兜里掏出一张校讯通电话卡，直直地刺入它的眼睛。它狂吠一声后退。与此同时我开始最后的飞跃，扑向了那扇可推动的小铁门，在推开铁门的同时扑进了码头。正要庆幸时，瞎了眼的黑狗再次暴跳若沸腾的闪电，奋力一跃，要从铁门之上跃入码头。怎么办！

我转过身来，面朝它，坐在地上往后无助地挪移。这时身着制服的服务小姐“唰”的横到了我和黑狗中间，从腰间抽出一把日本武士刀，一个漂亮的居合斩，就让那黑狗暴死在铁门之外。空气被刀割裂，狗血淋漓。服务小姐甩去刀上的血腥，将刀收入刀鞘，微笑着说：“时间已到，禁止入内。还要进来就是这个下场。”然后她锁好门（其实锁了也可以从上面爬进来），进入码头内部工作。

留我怔怔地瘫坐在原地。

六

激战之后，疲惫吞噬了全身。我现在真的像尸体一般，想就此倒下，失却意识。浑身是血，带着动物那种黏甜而又有些狂暴的血腥味，渐渐的，像天上下起了红色的雨，渐渐侵染我的视野。让我作呕的东西挥之不去，将我包裹成令自己厌恶的存在。尽管累，我依旧挣扎着不让自己失去意识。

我又开始爬，我要爬进轮船，找一间浴室洗个澡。现在的我真的比浑黄的瓯江还要肮脏。

疲惫地躺着看天，很美。像中考跑完一千米后仰躺在操场上看天，享受肺炸掉了的感觉，任乳酸侵蚀肌肉，天空格外蓝，云的游移也带着诗意。只是现在不同，时已暮，天空灰蒙蒙。

记忆通电。这个码头给我一种很熟悉的感觉，我曾来过。记忆里，记忆里的天空不曾亮过，记忆里一切都像是世界末日来临，对现实认识不足的孩子在灰色的世界里苟且偷生。那些空穴来风的好奇与渴望，顶着头上永远不会白天的天，一切都是昏暗的挣扎。像是欲雨的表情，永远是暴雨将至的暗，没有晴天的暗，将暮的暗，从浅灰到深灰到浓黑。如同战争来临而被和平暴弃的流浪儿童，光脚、短裤，还有“吱呀”响的单车，争先恐后，在迫近暮色的时候在灰白的怪异的扭曲的小巷里穿梭，“叮叮”涌向即将关门的码头，推开小铁门，进去转了几圈，天已是浓黑。想回家了，小铁门却已上了锁，身着制服的服务小姐腰边挂着一把日本武士刀，对你浅浅地笑。

“进来了就别想出去了。”

然后和与我同样的孩子在废弃的轮船上度过一个又一个月明星稀的夜，可却永远都没有晴天。那些随风漂泊的日子，唯有废弃的轮船在浑浊的江水里不会流动，变相地惩罚童年顽皮的日子。

关在码头里一个又一个浓黑的夜。

我拖着满身血迹进入一艘即将启程的轮船。我找了一个上乘的客舱，径直走入浴室。我脱去那身混有狗血、火车脏房间的油腻物质、浸过海水、沾染上地面灰尘等各种脏东西的衣服（还被我撕破了），很解气地把它们扔进垃圾桶。然后放好一浴缸的温水，很幸福地睡了进去。

在水底睁开眼睛，看到了只在水中见过的东西。深蓝头发的嚣张男紧紧地握住我的手，嘴唇微动：

“情绪吞没文字。”

周围的阳光很灿烂，水色弥漫成阳光的颜色。日光从海面打入海中，我知道自己现在离海面不远。幸好我还是会游泳的，这次我果断地采取了行动。我紧紧地握住了嚣张男的手，用双脚拍打海水，让自己连同他一起浮出海面。

水花四溅。

海面无遮拦的阳光下一切都酣畅淋漓。海面上只有我们两人的头颅，头发湿漉漉地粘在脸上。四望都不见陆地。

我质问嚣张男，“你是谁？”

嚣张男却立即撒开了我的手，让自己沉入海中。

不会让你得逞的。我也立即钻入水中，去拉他的手。可是当我把头伸到水下睁开眼睛，却发现在阳光的照耀下那么明亮的一片水域中，嚣张男已消失了身形。

“情绪吞没文字。”

茫茫的海上，只剩我一人。这样撑了一会儿，觉得体力渐渐不支，将要溺死海中，天色渐暗。

我猛地把身子探出了浴缸。

嚣张男，你究竟是谁？

把自己洗得干干净净后，我继续自己的旅程。我穿上一件紧身的加绒白衬衫，一条黑色弹力紧身牛仔裤，蹬上一双带铆钉的牛仔皮靴。这样要是再有狗敢侵犯我，我就飞起一脚，准能把它踹个半死。我现在体力已经彻底恢复了，并且装备好，战斗力大大提升。我又披上了一件秋冬男士英伦呢大衣，就走出了客舱。

轮船载着我，已驶入黑夜。浓稠的、划不开的黑夜。我惧怕黑夜，是因为惧怕黑夜里的一切。于是，在轮船靠岸时，我向服务小姐要了一把日本武士刀以防身。

七

下了轮船，在腰间挂着长刀，摇曳着一身黑色的我走入黑夜。我走下了轮船走出码头，一回头那码头、那轮船、甚至那浩浩的水面都消失不见。我身后，只有一片浓郁的黑暗。

走着走着，前方不复黑暗。在单调的黑色中隐隐地开始渲染红色，色调与那条我撞鬼的古街相仿。近了，看清了，这也是一条古街。古老的气息像是穿越了无数王朝，从古墓里爬了出来。红漆的木柱，搭建成这条长长的古街。木屋，木回廊，没有灯笼，它们的红色不带一点光彩，与浓夜之黑调融。我感到有些害怕，紧了紧手中的刀柄。

我在想我为什么总是要到这些奇怪的地方，而我也总是停不住脚。像是冒险深处自有一种吸引人的东西，吞噬了人的意识，让人盲目地向前走。我走入了木制的回廊，握着刀，沿着墙，在暗红色的夜里往前走着，看到了一扇宽阔的红木门扉。我正看着，忽然发现情况不对，也根本没有反应的时间。那扇高大的门被推开了，从门里走出了一个脸色苍白的人。

他的脸上已没有肉了，眼眶凹陷，穿着一件长长的黑斗篷，戴着帽子。见了我，伸出他那已是骷髅的骨骼般的手，猛地向我扑来。我立即抽出了腰间的武士刀，“唰”的一下把那人拦腰斩断。天哪，一滴血也没有流出，他看起来就是一个僵尸啊。不，他就是一个僵尸！

然后，看着那扇半开的巨红门，我充满了好奇。如果是以前的我，现在一定会慌不择路地跑掉，但是如今的我无所畏惧。我提着刀，推开了那扇门。

熟悉的气息裹挟着混乱的射线袭来。红木门的后面仍旧是昏红的夜，黏稠的、夜的汁液，是风景永远的底色。沉重的、揭不开的夜幕下，是一派熟悉的景象。不是幽深的古宅，不是沾血的鬼穴，不是红木的古老建筑，而是——我的初中校园。

我在这里生活过三年，却从未在这样的深夜出去过。没有见过如此浓重的暗夜，丧失瑰丽光泽的深邃穹宇，没有明星点缀，浓云无月。一切都被绝对的黑暗吞噬。在这种时候出去若被保安、政教主任或是什么人物碰到，肯定瞬间一顿痛批，然后记名、处分。所以我从未见过这种时候的校园：墓地般寂静，偌大空旷，没有光线突破黑暗的封锁，你的一举一动都会被暗处的眼睛看得清清楚楚。夜色撩人，天际发出绛紫又酡红的极光，把视野揉成不可名状的色彩。

我正站在校门口，眼前是一个很大的广场。无人，这是必然的。但刚刚那个僵尸又是从哪来的？我一转头，发现食堂方向有几个人正迈着僵硬的步伐走来，身影从混乱的一团黑暗变得逐渐清晰。看清了，白色的制服，臃肿的身材，天，是成群结队的食堂大妈！她们推着一辆铁制的密封手推车，向教学楼走去。难道是在这样的夜里分发食物吗？

忽然她们停下了。为首的一个大妈把头转向我，一声令下，她们马上摇摇晃晃地弃车向我走来。又是僵尸吗？数量众多，且战斗力强，我赶紧往另一个方向逃跑。我跑向操场的方向，却疑惑自己为什么不赶紧跑出校园。但不容我疑惑，大妈军团中的一员瞬间暴跳若沸腾的闪电，以冲向限时抢购的商场的速度向我疾驰而来！

“情绪吞没文字。”

这句话成了我的护身符。我承认我冲动，但一想到这句话我便能强制自己镇定下来。我停下来，转身面对大妈的进攻，手中长刀一横，待大妈迫近，原想将刀一挥将其拦腰截断，哪知那大妈功力至少三倍于我，徒手接住了我的刀，漂亮地把它甩到了一边。紧接着她迅速地发动进攻，朝我扑来，我猛一退避，巨大的惯性让她扑了个空。与此同时，大妈军团的其他成员也纷纷赶至，一齐向我扑来，我忙跑去捡扔到一边的长刀，我没有应战，而是机智地逃跑。

我跑向空旷的操场，那里应该没有僵尸埋伏，相对安全。路途异常遥远，初中三年从未这样觉得。我跑近一个高坡，那是通往操场的必由之路。从下往上看，坡的边缘盛着毛茸茸的光晕，酡红到明亮，却突兀地冒出了五个僵尸的身影，逆光站着，阴影挡住他们的脸。他们站在坡上居高临下，向我缓慢走来；身后是一群发了疯一样又扑又跑的僵尸大妈，进退维谷。眼前泼洒暗红光晕的五人动作滞缓，走这边。我冲上去把其中一个拦腰斩断，同样不流一滴血；趁此人倒下的空隙，我爬上了坡。眼前是夜里的广阔操场，操场上有僵尸在生硬地踢足球。我尽量不发出一点声音，沿操场的边缘前进。毕竟是在这里生活过三年的人，我知道操场的尽头是学校的后门，这是我逃离的机会！但是人类的气息还是吸引了他们的注意，满操场的僵尸停止了踢球，把头转向我。被干掉一人的五人组正朝我摇摇晃晃地走来，大妈军团还在连扑带奔，我知道，现在只能不顾一切地逃命了！

僵尸不会发出声音，夜色里只有我凝重的喘息。天色还在黑暗、绛紫、酡红的边缘徘徊，世界呈现出迸裂时的光芒，末日来临，流浪者进行最后的逃难。各个方向的僵尸聚拢来，汇集到我身后，疯狂地追逐。奔跑的旅程忘了时间与空间，跑道在无限制地延长。这怎么可以，我跑一千米就快到极限了，再跑下去怎么了得！倒是这些僵尸，不会累吗？

大妈僵尸乃僵尸中的重量级选手，体力充沛，一个飞跃，竟从后面抱住了我的身体，凭借巨大惯性将我压倒。长刀收在鞘内，双手和身体一并被她束缚，身后大军压境，怎么办！

八

"情绪吞没文字。"

我忽地想到除了日本武士刀外我的第二样武器——铆钉牛仔皮靴！我立即各种乱踢她的腿，把她踹得一个洞一个洞的。她因痛苦而咆哮，因痛苦而翻倒在一边。我赶紧起身，顾不得取她性命就赶紧逃跑。

夜空压近地面，想毁灭这场闹剧。云端传来诸神的窃笑，嘲笑我的愚蠢与滑稽。天空开始崩塌，从我的身后开始崩塌，那些暗红的固体坠落，把众多僵尸压在其下。天空的裂纹迅速延伸至我的头顶，我不能止步。终于，跑道不再延伸，它的尽头也是一扇巨红门。我向前扑去，身后剩余的僵尸向我扑来。我的手已碰到木门了，碰到了，可以推开了，但我的身体猛地后退。没错，扑来的僵尸抓住了我的脚踝，把我往内拉。但是他忘记了，忘记了我的靴子是锋利的武器，他立即痛得松开了我的脚。我来不及恢复站立姿势，就连滚带爬地扑向了巨红门，用身体撞开它，从门槛上滚了出去。忽觉恐怖气息袭来，一转头，刚刚那个手被刺到的僵尸正发狂地朝门外扑来，他的手已伸出了门框——

我立即站起来，用力地关紧巨红门，把他伸出的手夹断。

然后是世界毁灭的声音。

是巨红门里的世界。

我不敢再推开门看里面的情况，但我知道，门内的天空已经完全坍塌，掩埋了一切苟延残喘的生命。

再次筋疲力尽的我迅速从刚才的姿势仰面躺倒在了地上，舒展四肢，摆成个“大”字。这时，夜里的雨瓢泼而至，我任自己沉浸在雨中。

我想，生存竞争，原来是这么残酷。为了活下去要不择手段。我想到我坐上公交车以来发生了那么多血腥的事情，让我非常恶心，那一车狗血，和被服务小姐用居合斩劈死的狗，无数被我拦腰斩断和被铆钉刺出窟窿的僵尸，以及最后手被夹断的僵尸，都让我充满了愧疚感。一切真是太可怕了，太恐怖了，还好那些僵尸不会出血。我要让自己浸润在这雨中，洗去自己身上的污秽。我要发誓，等我离开这些怪诞的地方后，我决不能再做这种事。

雨从暗色的天宇中飘飘洒洒而下，落至无人记得的尽头。天空随着仰视的角度旋转。青葱的往事只植根于过去的记忆，现在灾难来临，没有什么能阻止心灵的崩溃。雨落到我的脸上，落进我的心里，在那些愧疚的时刻发出纠缠的疼痛，我想我永远也忘不了这些。曾经已经迷失了，那些洒满阳光的编织只能安静在年少的梦底，和平的永恒的一切也迷失在黑夜。我觉得大脑渐渐发昏，头脑冰冷，原来雨水越涨越高，已浸没我半个头颅。我不愿挪动，在这个安宁的世界，虽然我不确保自己会不会再次陷入险境。当雨水浸没我，我又看见了只能在水里看见的东西。

“情绪吞没文字。”

嚣张男紧紧地握着我的手，正欲离去。不管重来几次，永远都是这个开头。哼，上次失策让你跑掉了，这次不会放过你的。

我率先松开了他的手，再狠狠地拉住他的手腕，把他拉到了海面上。这次我把所有注意力都集中在了手上，不能让他有一点机会挣脱。

“快点，你是谁！”这一直是我最想知道的问题，“为什么我老是会见到你！”

这次嚣张男竟然主动开口回答了我，但回答了基本上也相当于没回答：

“你会遇见我，就像你会遇见自己。”

看来他只是对我的附加问题感兴趣而已。可恶，没想到一个外表这么嚣张的人，日常讲话竟然这么文艺。等等，嚣张……

我下意识地去看了一下他的脸，他长长的深蓝色假发盖住了他的大半张脸，但即使只露出这么点部分，跑酷时也展现了他的屌丝气质。话说见了他这么多次，我一直保留对他最初的印象，嚣张，屌丝，所以一直习惯性地称他为嚣张男。但事隔多日，我才发现自己感觉失敏，从来没有认真地看过他。他，其实并不嚣张，只不过是一个少年，一个普通的少年，但于我一定是个不平凡的少年。我想仔细地看一看他，伸手去撩开他因海水而贴在脸上的头发。他趁这个机会抽回了自己的手，向后退却。

这时我叫住了他，不再像以前那样严厉，带着质问的口吻。我温柔地呼唤他，像呼唤一个和自己命运相同的孩子，像害怕刺痛他敏感的神经。

“等等，求你别走。”

话音柔软得我自己都不敢相信。他离去的脚步放缓了，最后停下了。我向他游去，像他握住我的手一样紧紧地握住了他的手：

“能不能告诉我，你是谁？”

深蓝色头发的少年答非所问：

“我们还会再见的。”

“那‘情绪吞没文字’是什么意思？”

他凝视我，虽然我看不见他的眼睛，但我有机会去端详他的脸。精致的尖下巴，白皙的皮肤，深蓝色发梢在高高的鼻骨上分叉。仅凭这露出来的部分，我觉得他很眼熟，熟悉得不能再熟悉了。我会天天遇到他，不管有没有进行这场旅行。但我想不起他是谁，不行，我还需要他的眉眼。

我的目光上攀，他低下了头。

“不想说的话，就再见吧。”我放开了他的手，向后游去。

空旷的海面上只剩下了那个少年的声音：

“情绪吞没文字，困厄嘲笑轻狂。”

我回头，少年已经不见了，海面上有海鸟飞过，窃取了我们的谈话。

我从浸没我整个头颅的雨水中抬起头来，一回头，华灯初上。从这扇巨红门里出来后，我来到了与之前截然不同的世界。从冷冷清清，一头栽入了不可收拾的繁华。还是红木结构的古街，但已接近尽头，虽然古街上还是没有点灯，但古街外繁华夜市的灯火已经照到了我的脸上。我觉得自己已经离开了那个混乱的世界。

在灯火阑珊的街角，拖着一身的雨水，我把自己扯入了正常的世界，但仍是不适意，我站起来，在雨中行走，走向那灯红酒绿、车水马龙，雨在我身上刻下亲吻的痕迹，我的心里还在想那个少年。那个从不愿回答我的问题的少年，沉默，倔强，但一举一动，都透着和我一样的忧伤，像是与我命运相同的人。他究竟是谁？我完全不记得他的脸究竟对应着怎样的人，但那人一定对我十分重要，重要到我们可以共享同一个心脏。我们血脉相通，彼此相知。

虽然在开始旅行前我从不知道自己认识这样的一个人，但见到他，我确信他是那样的一个人。我急需他的眉眼，我试图回忆与他眉眼有关的一切，他跑酷时的假发飞扬，阴影却总是恰到好处地挡住他的眼睛；第一次在水里见到他时，他摘下深蓝色的假发后，过长的真发仍然遮挡着他的眉眼。一切都好像精心安排，他不想让我知道他是谁。

可我一定要知道你是谁，嚣……不，是少年，与我有着同样忧伤、同样命运的少年。

我不打算再叫你嚣张男了，少年，事实上，自我看到你跑酷之后，我再没发觉你脸上有一点盛气凌人的气焰，你平稳的声线，安静的表情，那么多隐藏自己的刻意，那么多故作高深的蹩脚的回答，虽未见过你的眼底的波澜，但我早已肯定你与我命运同系，忧伤同当。你不可能嚣张，之前的那些表情都是我的错觉，一定是的。你很脆弱，你怕受伤，你试图做你自己。

多美好，想做正确的自己，不顾一切地给同伴忠告：

“情绪吞没文字，困厄嘲笑轻狂。”

在雨中行走渐觉寒意，我立起大衣领子，挡住雨水不必要的亲昵。我拐到古街的屋檐下，避雨前行。古街外，是市中心，那些在夜色里扩散的灯火，让我堕入了美好的过去。是的，我回来了，我回到了那个清楚明了的世界。

我迫不及待地在屋檐下前进。前面挤着一团人，大概十几个，都是学生的样子。我走近一看，他们都是我的初中同学！一定是被校园里的僵尸赶出来了，在红木老街的屋檐下避雨。突破一切的光线召唤着我，我没在他们身边久留，跟他们打个招呼后继续前进，我要回到，回到原来的世界！

初中同学还在屋檐下彼此紧紧地挤着。他们，也是曾经迷失了自己的人吗？或是混乱与清晰交织的产物？

古街的尽头，是一家红木外墙的KFC，我从墙上的海报认出来的。回到原来的世界后，我忽地发现自己开始旅行后没吃过任何东西！于是不由分说地走进了KFC。在那里，我见到了那个男人。

归去·神宇

夜晚，我在绮梦里，编织着自己的神宇。

一

那个男人，是我的父亲。没错，就是在故事最开始出现过的那个男人。当大白狗追逐着我，而我在卖命狂奔时，还坐在客厅里看电视的那个男人。他现在正坐在快餐桌前招呼我。

我来到了他面前。

父亲采取了果断的行动，结束了这场荒诞的旅行。他用手猛地一拍我的额头，“轰”的一下，眼前的景物陷入了高速回放的轨道，我看不清我来时的一切痕迹。我仿佛看见自己在父亲的带领下迅速地上车，然后呼啦啦越过所有藩篱，没有什么东西在缓慢移动，仓促，仓促，十分仓促，眼前的一切不由分说地破碎。

我醒了。

醒时我手中拿着一片肉，正坐在故事开始时我出现的位置，原来是睡着了。醒时已经是夜里了。

这就是我的故事一开始就出现在这个位置的原因。太好了，看来那些可怕的狗和僵尸，灵异事件什么的，都只是梦里出现的。解脱之后，我异常兴奋，抛下那片肉之后就回自己房间去了。

没有什么比噩梦醒来更让人庆幸的了。梦里不管发生了什么都不用去管了，所有不合逻辑的荒诞都因是梦而得到了最完美的解释。那些突兀的出场与位置转移，所有的不可能都成了可能。我很轻松，在放下这个冗长的梦后。

我倒在床上，等待天明。

二

天亮了。

因为这个冗长的梦我心里有些不适意，我急需出去走走，呼吸新鲜空气。一切都结束得太仓促，太匆忙，让我甚至不敢相信这仅是场梦，一切都像真实发生过的一样。头脑发昏，我跌跌撞撞地走入浴室。我不喜欢结束得太过突然的剧本，故事应该缓慢收尾，才能让观众适应。而今，我无法适应，我不相信这仅是一个梦，这一定是现实，我的感觉在时间与心悸的磨砺下越发明晰，它不再是大脑里似有似无的残像，它抽出枝叶，扎下根，在我的脑海里成长为不容篡改的记忆，那就是历史。

“轰”的整个脑子都乱了，大脑的感觉无法欺骗自己。这不是梦，是现实，多么不可思议。我急需清醒一下自己。于是我打开水龙头在脸盆里放满了冷水。现在是冬天，用冷水效果极好。但低头看着水面，看着水面下自己的倒影，猛地脑子里飞过一群长着翅膀的东西。它们奋力地挥舞着双翅，散发出青葱而又冲动的气息。于是我越发控制不了自己，它们却不顾一切地向我飞来，一边奋力地大喊。明明很近，我却听不清它们在喊什么。

我想了想，它们在喊“行走吧”。

于是记忆里所有的死角都被照亮，几乎被遗忘的少年再次出现。他在水里，我只要进入水里就能见到他。我看着眼前的水，想，如果我现在入水还能看见他，就说明这不是一场梦。于是我把头埋入水中，睁开眼睛。

什么都没有发生，那种类似于《蝴蝶效应》里的情节在现实中不可能发生。那，难道仅是一场梦？

我神情惶惑地把自己打理了一番就出了门。怪诞的梦境降临，牧师打开了那些毫无秩序的门，于是各种各样乱七八糟的想象就扑面而来。我终究没有再见到那个少年，像电影里主角还行走在无尽的街，影片却戛然而止，引起了观众的各种不满。但我想一切还没结束。

脑子里印象鲜明的还是那群长着翅膀飞翔的家伙。它们给自己贴上了标签，写着“梦想”。清清楚楚是我的字迹，我曾经一一为它们写上姓名，如今它们一个个不知被埋葬在什么角落，一个个溯流而回的是它们不甘的魂灵。我曾经断送了它们，如今它们回来催促我“行走吧”。

只是我根本不曾记得我什么时候有过那么多梦想，或是在生活的洪流里过早夭折了吧。想着想着，我已走到了我小学学校的校门口，我离开这里已经有过几个年头了，从外往里看觉得学校已经翻修一新了。看看也无妨，于是我跟门卫打过招呼以后就信步走了进去。

结构变化很大，原本是几幢独立的教学楼，现在楼与楼之间建了些铁制的回廊，把它们都联系在了一起。我大概还记得我读六年级时的六（3）班在什么位置，于是我向那间教室走去。

教室在顶楼，就现在而言是很靠近铁制回廊的地方。我凭着自己的记忆回到了那个地方，惊讶万分，没想到过了这么多年教室的位置还没有变。今天是星期天，按理来说教室里应该没有人，但当我走进去时，我惊呆了：整整齐齐的桌子旁，坐满了我的小学同学，位子还像我毕业时那样布置，只有我的座位是空的。话说毕业之后各奔东西，我与他们都没再见过面，如今相见，他们没有停止生长，一个个都变了模样，都是成长到了高中生的样子，如今却像受到什么指令一般统统坐回小学的位子。

我回到我的座位，坐了下来，这种不可思议的集合瞬间吞没了我的意识。渐渐地，我觉得我的思想被他们同化，我们聚集到这里，是在等待。毕业三年后云游四方的我们，回到小学的教室，仍记得很早以前的规则，是为了等待。生活的环境，多年来的际遇都在变化，仿佛记忆被人倒着改写，初中开始的记忆被磨灭为一片空白。没错，现在的我们，是身体多生长了三年的小学生。

我们在等待，等待我们的小学老师给我们上课，再做几张试卷，争取在今年夏天的毕业考中取得好成绩。老师还没有来，大家就坐在位子上小声地聊天。

我的同桌，还是以前那个很有个性的女生。为了发掘聊天的题材，我向她讲述我那如奇遇记一般的梦境，不，只是类似于梦境的东西，从大白狗开始，一直讲到回归现实。故事很吸引人，因为还没有上课，大家就都被我的故事吸引过来了。同学们聚过来，围住我，直到故事结束一切戛然而止。讲完了，大家还不愿散去，就围着我开始聊新的话题，但我的同桌却是一副凝眸深思的样子。我听见同学甲说：

“知道吗，台风好像快要在我们这里登陆了。”

“开玩笑吧，现在是冬天啊，只有夏天才会有台风的。”我反驳他。

没想到却迅速招来了成群的嘲笑。

“台风在夏天登陆？怎么可能啊！”

“我活了这么多年了，一直是冬天刮台风的啊！”

……

他们的笑令我开始怀疑自己。不可能，梦境一定还未解除，否则这么奇葩的事怎么可能发生！我的头脑又有点发痛，渐渐地，刚被抹去的记忆开始再生。我不是小学生，不是小学生……

忽然世界变得很混乱。我看着他们的脸，他们的脸，那些想法开始歪曲、膨胀，一切从未顺理成章。今天是星期天，全校除了我们班同学外，什么人也没有，本来就不可能上课！更可怕的是，刚到这间教室的时候，我以为他们全是我的小学同学，但随着意识复苏、世界杂乱，我发现这之中有一半都是我的初中同学，他们根本不是这个学校的！我拼命回忆，记忆在此刻十分活泛，我想起来了，古街里漫延的大雨，华灯微染，那十几个站在屋檐下避雨的同学，和在场的这几个初中同学，完美地对应！这是巧合还是什么？不，这不可能，他们不可能出现在这里。我刚到这时这里全是我的小学同学没有一个初中同学（我的初中同学和小学同学没有一个重合，不存在既是小学同学又是初中同学的人）这不会错，是他们在我讲故事的时候发生了变化！一定在变，就刚刚看见他们时，他们中还有几个是小学同学，现在没有一个小学同学了，全是初中同学了！天，这不可能！不可能！

我质问初中同学："你们是谁？为什么会在这里！"

他们异口同声地回答："我们是你的小学同学，当然要在这里上课啦！"

"不可能，你们是我的初中同学，你们根本不知道这所学校！"

他们一笑："没错，我们是你的初中同学，你的初中同学就是你的小学同学，你的小学同学就是你的初中同学。"

看他们蛊惑人心的笑，我到了抓狂的边缘，"噌"的一声站了起来，大叫："不可能！"

这时我的同桌，唯一一个没有变的人，正极目远视着黑板，像看到奇迹一般苍然目愣，缓缓地说："神……宇……"

神宇？什么东西？

我顺着她的目光望去，看见黑板前，有一个人用粉笔在黑板上写了大大的两个字："神宇"。他，他就是那个戴着深蓝色假发的少年！他转头对我一笑，就跑出去了。

我赶紧推开围住我的人群，去追那个少年。

那么到哪里为止才是梦境呢？

幻辰·情绪

你只能是你，那我又是谁呢？

一

那个少年每次浸入水中就会迅速消失，暴露在空气中依然跑得很快。我冲出教室，看不见他。与此同时，教室里一阵暴动，我知道，教室里那群人要出来莫名其妙地追我了。我赶紧靠着栏杆向下望，天，刚刚那么短的时间内，那个少年已经冲下五层楼梯，快到校门口了！我也赶紧往下冲。

最近的“安全出口”是铁制回廊连着的铁制楼梯，我冲到那里，脚步声嘈杂而嘹亮，于是踩着那并不安全的楼梯我亡命狂奔。教室里的人群紧随而至，脚步声的交响有些吓人，像平地混合出的惊雷，抑或是没有光热的爆炸。本就不稳的楼梯因众人的压力而摇摇晃晃，扶手就那么一根可怜的铁管也在随楼梯而瑟瑟发抖，一切有如从高空挂下的独木桥。但是眼前有要追的人，身后有追我的人，使我不顾一切地向下跑。

接触平地，越过操场，我从校门奔出，人群还未至，大概有些人从楼梯上摔下或因踩踏事件而死了吧。但以防万一，我狠狠地把校门锁上了。可一转头，又陷入了骇人的迷茫。车流迷茫，本来移动就很快的少年已消失不见了，怅留我一人在校门口神伤。但我已肯定了，这不是梦，这不是梦，这一连串的怪事是因为……神宇！

神宇是什么？我必须抓住那个少年。但身后爆发出惊雷的巨响吸引了我的注意力。人群已抵达了校门口，他们在撞门。一瞬间，大脑被不知从何而来的东西堵塞，那些记忆的碎片无序地翻动，大白狗在疯狂地撞门，黑狗向我咆哮，满公交车的狗向我扑来，那些在黑夜里向我扑来的僵尸……为什么，一切都对我充满了敌意？我是谁？这究竟是怎么了？

我几乎又要吼出来了，这时一只温暖的手拍在了我的肩上，温柔的声音响起：

“情绪吞没文字，困厄嘲笑轻狂。”

我知道那是少年，于是我拼命转身，抓住我身后的人，摇晃他，喊：“告诉我，告诉我我在做梦，这不是真的，这是梦，对吗！”

少年任我摇晃，等我摇停了，淡淡地说：

“这不是梦，这是神宇。”

“神宇？神宇是什么乱七八糟的东西，告诉我！”我继续摇。

少年摘下蓝色假发扣在我的头上，仍旧淡淡地说：

“你还不够绝望。”

我瞪大眼睛盯着他，他手一挥，“轰”的一声校门被撞开了。我转头看见那群头破血流的人向我冲来，我又一转头，少年也已不见了。这时一辆大巴冲了过来横在了我和那群人中间，车门朝我，我赶紧跳上了车。车载着我逃了一段距离，他们还在追，但我得意不了多久，马上因为没钱被踹了下来。但也好，已拉开了一段距离，凭借这个机会我继续前奔，往人多车多处跑，应该可以顺利地甩掉他们。但我从小体育不好，现在大脑又开始混乱了。

“我们是你的初中同学，你的初中同学就是你的小学同学，你的小学同学就是你的初中同学。”

“台风在夏天登陆，怎么可能呢？”

校园里僵尸横行。

公交车上的乘客化作恶犬。

无理的记忆侵蚀我的大脑，一切都太疯狂，太凌乱了。头脑发热，四肢开始无力，与那天昏迷在怪巷中相同，也可能是跑得太累了。一转眼我已从河西跑到了河东，体力不支，有人从后面向我扑来，我慌忙转头，一个摩托车手及时地撞开了他。怎么，还有帮助我的人吗？不可能，这只是一场意外，我与全世界为敌。

头痛欲裂，我跪了下来，水下的见闻开始翻涌。

那个和我有着相似忧伤的少年，总是用长长的蓝色假发遮掩他的面孔。他是谁，他的鼻尖，他的下巴，他的肤色，好熟悉，他是谁？一次次在水里相见，一次次幼稚地回避，一次次迅速地逃脱。

“情绪吞没文字，困厄嘲笑轻狂。”

“我们还会再见的。”

“你会遇见我，就像你会遇见自己。”

哦，不！一切都是谜，一切都是疯狂缠绕的网，一切都分辨不清！我已到了崩溃的边缘，但我不能停，我还要奔跑，奔跑。

我顶着快要爆炸的脑袋，用无力的腿支起身子，继续奔跑。阳光照在身上，我却感觉不到温暖。大街小巷，沉默了容颜为我后退，为我后退。阴影的墙角，有小犬蜷缩着，用惶惑的眼神注视着我跑过。我跑过，岁月打在脸上，像轻狂的孩子在追逐梦想。但梦想，我拥有过吗？不曾，一切都不曾来过。城市是嚣张的碎片，在我面前一一粉碎得彻底，我没有依靠，没有信仰，我是来自黑暗的人，有牧马伴我奔跑，去追寻牧师指引的方向，只想让一切不再迷茫。不再迷茫，让汗涔涔的脸上不再有不解的神情，搞清楚这是什么地方。

渐渐地，不觉得有人在追了，我停下来，身体将要虚脱。我的大脑混乱，理不清头绪，我想表达也表达不清。

"情绪吞没文字。"

现在我的文字是真的被情绪吞没了。

但那群梦想在滑过视野时，却呼喊得更兴奋了。

我跑成这样，你开心了吧。

二

我缓慢地踱到草坪上，忘我地倒了下来。此刻，我在城市的街心公园，绿树环抱，有草坪，石砌的小径，还有一个喷泉许愿池。这里很宁静，不要有混乱和血意。

但不要有还是会有。我控制不了，我觉得我已经很绝望了，少年，快出现，把一切都告诉我！神宇是什么！你是谁！这些混乱的东西是怎么回事！你那番话又是怎么回事！

身体无法沉静，我抱头在地上疯狂打滚，这就是所谓的理智的崩溃，生活被浪潮打翻而混乱。这时有水滴溅在我的脸上。水，有水就能见到少年了，在水里我就能掌握主动权。我赶紧爬起来，向许愿池走去。既然这不是梦，我一定能再见少年，一次失败不足为惧。我跌跌撞撞地走到池边，深吸一口气，猛地把上半身扎入水中。

"情绪吞没文字。"

少年紧紧地握着我的手，我很不爽地把他甩到海面，严厉地逼问他：

"把你、神宇、一切乱七八糟的东西都给我解释清楚！"

少年轻轻一笑：

"你的记忆，现在落在水里。"

"我不知道你在说什么。"我很不客气地打断他，"从你开始，你是谁！"

海风还在吹，一切都不再唯美。少年被海水濡湿的头发贴在脸上，不随风摇晃。海鸟在高空划过，观看只属于我的闹剧。少年的面容很精致，他究竟是谁？我等待着他的回答。

他推开了我的手，"你就不能像上次那样温柔地待我吗？"

我被触到了。这个终于愿向我敞开心扉的少年，是多么在意别人对他的态度。像我一样，之所以会温柔，是同病相怜，是觉察到了相似的命运，相同的忧伤。而我却在伤害他。

"你是谁？"我的话音再次柔软。

"你是谁？"他反问我，我有些恼火：

"我是我，你是谁？"

他低头叹了口气，似乎达到了命运中最悲伤的时刻，他要说出他最不愿承认的事实。

"没错，你是你，那我又是谁呢？"

他仰起头来，透过发隙向天空发呆。我们就这样浮着，很尴尬。我想继续发问，他却先开了口：

"这是你自己编漆的殿堂，却玲珑了模样。不要去想，不要去问。这是我们最后一次相见了。好舍不得。失落的诗在水下等你。"

波浪袭来，他的身体上升了一点。僵持太久，阳光把他头发上的水烘干。海风拂过，第一次露出了他的眉眼！我看着他的脸，他的眉眼，出神。而他也慢慢向我游来，最后一个动作是亲吻我，便立即化作一团泡沫扑向我的脸。他永远地消失了，而我也被硬生生地扯回现实。

我从水里钻了出来。关于那个少年，我在看到他的脸的那一刻，知道了有关他的一切。

“你是你，那我又是谁呢？”

“你会遇见我，就像你会遇见自己。”

那都是因为，你是我。

所以我们才会如此相似。

像是知道了一个惊天的秘密，但我完全没有机会缓冲，我要去寻找失落的诗。少年在这里化作泡沫，这是命运让我等待之地。我猛地把手刺入池底，拨开了那些五角一元的硬币，摸到了一个铁匣子，猛地将其抽出。匣子上了一个小锁，此时我处于一种狂暴状态，拿着匣子到处乱敲，随地乱砸，轻易地打开了它。残破的匣子里有一张纸，纸未泛黄，显示着年代并不久远。翻开折痕深深的纸，我又一次惊呆了。

纸上的诗，是我的手迹。

又是少年写的吗？抑或是大脑发热，记忆混乱的时刻，我匆忙刻写下，以免日后迷失在这个疯狂的世界。少年与我相似，我们又相似在哪儿呢？看不见自己的忧伤，看少年一切就很直接了。那是伴随着命运的忧伤。但少年经历的一定比我多，他活在这个可怕的神宇，仍作为我。之所以在水里易相见，是因为人只有在水面上才能见到自己的倒影。

你是我的倒影。

又看看我的笔迹，我想着那些长着翅膀飞翔而过的梦想，它们的标签正是我的手迹。那不是我写的，是少年写的。从而有了那些不须有的梦想和莫名的轻狂。

落眼在诗的内容上：

这是你自己编漆的殿堂，

却玲珑了模样。

不要去想，

不要去问。

神父眺望远方的呼唤，

呼唤冲动的年少。

黑鸦成群，

逆光覆盖你的眼角。

破失旧梦，

散落进前朝混乱的记忆。

情绪吞没文字，

困厄嘲笑轻狂。

你只能是你自己，

你不能被任何情绪染指。

一瞬间，我大彻大悟。但至今为止我还是不清楚神宇究竟是什么样的存在。一切都不会因此而结束，一切疯狂都还会继续，但我的故事还是迎来了结局。我起身又走回到草坪，躺下，拿着那张纸，挡住阳光。一切终于恢复了少年的安静和美好，但却是暂时的，所以我一定要享受。

请阳光，把我身上的水分蒸干。

世界在这里到了崩溃的边缘。

神宇是什么，从何而来，何时会去，都不得而知。但我知道神宇是真实的，它不是梦境。很古怪吧，但这也是它的神奇之处，所以被叫作神奇的宇宙。它是对全世界而言的存在，作用于我身上。也可以说是我创造的吧，最后的混乱也只发生在我身上。没有人觉得奇怪，一切却这样存在了。没有所谓的现实了，我也不知道神宇里发生的一切象征着什么。它是世界发展到一定程度所呈现出的态势。因为承受了太多的苦难，世界为我而疯狂。虽说神宇的一切都荒诞不经，但也并非一无是处。我在这里认清了自己，自己的忧伤，自己的命运。我知道我很冲动，我很容易因为情绪而失去自我。我想把这一切搞懂，但太混乱了。或许经历过的人自会明白，只是我的文字已被情绪吞没，什么也表达不清。也不要再为自己的存在而感到不解和迷茫，你什么都无须在意，你就是你，情绪不能控制你。

我想，另一个我想告诉我的就是这些了吧。

虽然全世界都与我为敌，但我还要活下去。那些年少的梦想，究竟是怎么回事？我一辈子命运不济，活得很迷茫，那么这些梦想不可能是我放飞的吧。但它们作为我某种存在的痕迹，在催促我前行。我要前行，就算与全世界为敌。

我能这么想，你一定很高兴吧。

阳光很温暖，将要把我融化了。我就此脱离神宇了吗？开玩笑吧，只是来到这以前我从未这么惬意过。我会前行，所以，先闭上眼睛，好好休息一下吧。

我抬头，公园一角的树荫下，一只小犬正恶意地朝我吠叫。

走过树海

小商十七岁那年喜欢看着窗户外面的世界发呆。视线越过合金的窗框，会看见这个世界不为人知的姿态。看着看着，小商手中的笔就握不紧了，圆锥曲线和电磁场再也攫不住她的注意力了，她好想现在就翻出这个金属的栅栏，不顾现在五楼的高度跳到外面去，融入外面那个姿态万千的世界。

每每此时，就会有一枚粉笔头击中她手中的笔，随之而来的是老师的轻喝。小商只得赶紧低下头去，用泼洒的刘海遮盖目光的流离。

小商，时年十七岁，苦逼女高中生一枚，在某年暑假之后很不情愿地承认自己已经高二了，再过一年就要试着用一张试卷去拼搏自己的人生了。小商很不喜欢这种说法，她觉得这样说会显得自己的人生很没价值。即使如此，她还是极认真地理了一个女学生头，成天窝在座位上为苦逼的高考而奋斗。可是脑袋笨，小商学得非常痛苦，电场线好像要从试卷里发散出来把她勒死。她只得叹息一声，智商是硬伤，便抬起头来透过教室的窗户瞭望学校外面的世界。

外面的世界总归是不一样的，只要视线从学校里移开，顿时就会万物生辉，世界也会化腐朽为神奇。小商想要是自己这种恶劣的想法被校领导听到了肯定要被打死，表情不自觉地有了一点谨肃。其实就那么一个窗户，世界也不会以学校为中心旋转，小商能看到的景色必然是千篇一律的。她每天都只能看见窗外那个不见人影的工厂，彼此遮掩的民房和并无跌宕的远山，但小商觉得世界一旦脱离了公式和文法，便会焕发新姿，妙趣横生。一切景语皆情语，想到这里小商禁不住有一点小得意。

尽管窗外也是如此单调，但每每眺望窗外，小商总会不自觉地出神。小商渴望外面，她觉得自己的人生不能困死在题目里，她一定要尽快长大，去往那不需回头的、广阔的窗外。想着，写题目的手就有一点颤抖了，老师的轻喝传来，小商赶紧用刘海挡住眼睛，一边抓起笔，在笔记本的一角歪歪扭扭地写上：

逃离本不易。

但她一定要早日逃离。

其实一切说来也很奇怪，小商一个剃着标准的女学生头，成天窝在位子上奋斗着苦逼高考的安分高中生，从未想过有关翘课逃学的事，但强烈的想法还是来了，来得突然而毫无征兆。

一切都只起因于一次眺望。语文阅读题看着好烦，一点也不想写，小商眯上眼睛揉了揉短发卖了一个无人看见的萌，就转过头去看着窗外发呆了。不过今天，她不只看见了那个不见人影的工厂，彼此遮掩的民房和并无跌宕的远山，她还看见了一片树海。真的是树海，小商身在五楼，望下去是一片紧密相连的树冠，它们摩肩接踵的不留一点空隙，俨然连成了一片绵亘不息的森林，夹在楼房之间炫耀着高攀的枝叶，风一过，就是整片晃动的生命。小商讶异于这片神秘的绿色，她根本不知道自己的学校旁边还有这样一片树海，那时她的心情不亚于阿基米德发现浮力定律。她不知道为什么突然就特别想到那片树海中去看一下，那种渴望如火烧火燎，漫卷她半具躯体。即刻翘课去那片树海的欲望让她面颊潮红，她自己都不清楚自己怎么会突然产生这样的想法。但她终究忍受不住了，她对窗外的渴望一定已经在日复一日的眺望和粉笔头的折磨中变得无比强盛，她“噌”的一声站了起来，微微低头用发丝挡住侧脸，就在同学们诧异的目光中信步走了出去。

走出去了的小商一下子就凌乱了，刚刚的自己完全是凭借渴望意气用事，一旦看不见树海内心就有些迷茫了。虽然小商也不太清楚自己这样冒失地走出去究竟有什么意义，并且自己没有前科，对于逃学什么的坏事一点经验都没有，但她还是很固执地向围墙走了过去。她很不熟练地翻过了围墙，然后感慨一声“该加强体育锻炼了”就根据记忆朝着树海的所在走去。

来到所谓的树海，小商不禁有些失望。那根本不是什么绵亘不息的森林，只是两排有些过分繁茂的行道树。它们向上生长遮去了临街无辜的窗户，枝叶冲天在小商的头顶交织，但还是漏下了点点天光，看得见每片叶子独特的轮廓。蝉聒噪着，小商不禁有些惘然，那片让自己着迷的树海到头来只是两排行道树而已，它们一直都存在着，只是刚刚才博得了小商过分的注意。从五楼望下去，由于角度枝叶开始重叠，水泥路面又被恰到好处地遮掩，绿色和绿色连缀成整片世界，才导致了树海的幻象。小商很失望地在这条绿树冲天的道路上走着，唉，自己好不容易逃出学校竟是为了看这种东西。想着，小商不自觉地沿着这条路走了很长的距离，竟远远地看见了前面路边的长椅上，坐着一个穿着校服的男生。

傍晚时分小商就回学校了。她是下午最后一节自习课出去的，也没有在外面待太长时间，很符合一般学生翘课的套路。不过小商根本没把自己和这些人混为一谈，自己的目的高雅多了。可老师才不管你这些，小商刚回学校就被班主任叫到办公室里语重心长加声色俱厉地痛斥了一顿。小商却只是摇头晃脑地听着，态度始终是淡淡的，脑子里一直在想下午的那两排行道树和行道树下穿着校服的少年，眼神很不以为意。临末，老师问了她一句，“你下午出去干什么？”

小商淡淡地说：“想出去看一下而已。”

逃离本不易。

训完以后小商就像往常一样回到位子上耷拉着脑袋奋斗苦逼的高考，但一群女同学却非常感兴趣地围了上来，七嘴八舌地问着同一个问题：“小商你下午去哪儿了？”

翘课逃学这种事好像根本和小商这样一个沉默安分的女生没有任何关系，难怪同学们都这么感兴趣。小商却只是很茫然地望着围观的人，自己还没讲半个字同学们倒是先一连串的猜测报了出来。

“去网吧？逛街？还是去吃饭？”

小商面无表情地摇头。

“那还能干什么呢？”同学们有点困惑了，“一个高中生翘课，不干这些事还能干什么呢？”

小商轻声说：“我碰到了一个人。”

“人？男的女的？”同学们突然兴奋起来。

“男的。”

“哦。”同学们拖开一串很长的尾音，表示可以理解。翘课去谈恋爱简直非常合乎情理，这样一切就顺理成章了。只是小商这样一个不爱说话只会学习还学不起来的女生竟然会翘课去谈恋爱，简直是娱乐新闻的头条啊。同学们继续轰炸：“小商你也有男朋友了？多久了？帅不帅啊，帅的话介绍给我认识一下……”

小商觉得有点无力，把头低了下去。“不是你们想的那种关系。”

待围观的人群散尽小商才觉得气息平稳了一些，但身上还是很无力。怎么回事。自己翘个课就跟头上有原子弹爆炸了一样热闹，但想想这种事还是和自己平日的形象相悖，小商便自嘲地笑了一下。夜色漫上，小商继续蓬头垢面地写她写不完的题目，一边又忍不住眺望那片行道树的方向。

行道树。翘课之前小商称那里为树海，但是亲临之后大失所望，虽然那里的枝叶繁茂得过分，但还是配不上“海”这个字。所以回来之后小商就称那里为“行道树”了。只是在那里曾发生过如此美妙的相遇，一瞬间世界不分白天黑夜，不顾所有年华生息，是不是会让那片土地也有些不同呢？想着，小商就改口称那里为“树海”了，一边又开始回忆起那片树海中的邂逅。

小商向她远远地看见的那个男生走去，在这种时候还穿着校服恬不知耻地赖在外面的人，必然是逃课出来的。没想到会在这种地方遇到同僚，小商想，自己翘课去的地方也算奇葩而且偏僻了，在这里还能遇到逃学的学生的概率是有多低啊。想着，小商离那个男生已经很近了，她认出了他身上穿的校服，那是和自己这所高中挨得很近的一座学校的制服。还没待小商细细观察，那个男生就抬起了头，看向这个径直走向自己的表情惶惑的女学生。那一刻，小商的世界有些晕眩，还有很多飘飘忽忽的粉红色。

男生的脸很干净，干净到让小商有些不忍直视，害羞的她赶紧把眼睛瞥向了一边。她只能依稀记得这个男生的脸上一片纯白，五官在记忆里十分模糊，并且从未清晰过。他正静静地坐在树荫下的长椅上，白色的、干净的校服泛起褶皱，很温雅的姿态。小商可能觉得自己这样瞥着一边有点不太礼貌，只好很不好意思地把目光聚焦了回来，正迎上男生的满脸熠熠，冲她挤了一个大大的微笑。

我们认识？小商有些错愕，面对男生礼貌的反应，只能很象征性地“嗨”了一声。

然后，然后到底怎么了小商还真的想不起来了。她只记得自己当时头脑发热，脑子里都是无尽的枝叶和男生脸上炫目的白色，莫名其妙地就在男生的左侧坐下了。接着，小商的眼前就开始泛滥绿色的波，行道树笼罩天空，汇成了整片生命。

第二天小商一如既往蓬头垢面地和题目做斗争，顺便奋斗自己怎么写都只有十几分的英语作文。在同学们中间疯传着小商发情的谣言，尽管小商曾矢口否认，但各种论调还是要把她的头皮刺破。小商有些无奈，事情真的不是同学们想的那样子。她摇了摇头，撇开所有对自己不利的言语，试图专心学习，但题目也如长矛从纸张中刺出，划破她年轻的生命，让她进退两难。这时，她不可抑制地想起了一件事。

又是下午第四节课，这次小商没有眺望树海就径直从教室里跑了出去。众目睽睽之下，短发很利落地甩来甩去，小商以一种非常决绝的姿态从这里消失了。这才刚上课啊，同学们啧啧道，几乎肯定了发生在小商身上的是那种暧昧叵测的事，小商再怎么否认也没用。但别人怎么想，小商都不需要关心。

原来早上被题目打成内伤的时候，小商不由自主地想到了昨天和那个男生的对话。小商直到坐到男生的身边才发现这是一个非常诡异的人，因为他不仅穿着校服大摇大摆地翘课，手里竟然还端着课本！

“喂，你们学校今天放假了吗？”

“没啊。”男生笑。

“那你是逃出来的？”

“是啊。”男生笑，满脸白光，小商不敢正视。男生笑得越理所当然小商越困惑。

“可是哪有逃课出来看课本的，那还不如待在学校里呢！”

“哦。”男生还在笑，“我只是觉得这里环境不错，很适合学习才翘课来这里自习的。”说着，他抬头望了望由枝叶编织而成的天盖，漏下的星点阳光也是明晃晃的。小商听了，也忽然觉得这片行道路美丽起来了。绿色的风吹过，驳杂的树枝化作完整的、晃动的生命。蝉也很知趣地轻声和着。

“我在上课时无意中发现了一片树海，便翘课凭借记忆寻觅而来，最终找到了这里，即所谓的树海。初次来到我便爱上了这里，从此以后，每节自习课我都会逃到这里来学习。”男生说着，眼睛一直盯着树叶，好像他来这里只是为了看风景而不是学习一样。但小商诧异这个男生竟然会和自己如此相似，都是为了印象中的树海而来。小商正为觅得知音而高兴，男生也问她为什么会来这里。

小商一时有点发蒙，总不能让人觉得自己很傻吧，就含糊地说和他一样。说完她就发现男生可能会因此误认为自己也是来学习的，但自己却两手空空。不过男生只是笑了笑。

“那我们真有缘啊。如果你以后还来的话，不如来陪陪我吧，我挺孤单的。”

小商顿时脸就红起来了，和男生耀眼的白皙形成了鲜明对比。怎么回事，初次见面就说这种很容易让人误解的话，还表现得那么自然……小商更不敢看男生了，她把头低下去又拽拽衣角，妈妈说不能谈恋爱的啊。男生可能在疑惑小商是在干什么，小商也忽然觉得可能是自己想得太龌龊了，别人的意思只是一起学习啊。尽管想开了，小商却还是没有立即答应，她只是站起来并准备离开，但临走时还是转头看了一下男生。

“你每天翘课你班主任都不骂你吗？”

“成绩够好的话，偶尔失踪一下也没什么关系吧。”男生抓了抓头发笑着说。

但小商还是莫名其妙地就跑回了学校，留下一林绿色的惆怅。

又是傍晚时分，小商一副什么事都没发生过的样子回了学校，好像自己根本没逃课一样。班主任却已经是手叉腰站在教室门口了，那气场顿时把小商吓了一跳。这次班主任直接把小商拽到办公室里去了，只有声色俱厉没有语重心长地臭批了小商一顿，小商却始终淡淡的，没有试图辩解什么，只是等到老师骂累了才缓缓地拿出自己一直带着的课本，淡淡地说：

“我爸爸在外面给我请了一个家教，他每天这个时候给我补课。”

说完，小商的眼底却没有一丝得胜的光芒，仍是淡如止水。可班主任一看到那堆课本就尽释前嫌了，呵呵地笑着说：“学习嘛，应该的。”然后就是成片成片的有些虚假的表扬和赞许，听得小商有些头皮发麻。

接着小商就平平安安地走出了办公室，一边还笑着，原来成绩不够好，逃课也不会被骂的嘛。一边想着，她又有些过意不去。这算不算撒谎啊？应该不算吧，反正他也算是个业余的义务家教嘛，性质是一样的，还有自己也不是出去干什么坏事。这样想着，小商就释然了。

小商释然了，同学们却无法释然。小商一回教室同学们就像饿狼扑食一样围了上来，弄得小商有点不知所措。尽管如此，小商还是保持着那副淡淡的姿态，但嘴角却是有一丝难以隐藏的笑意。同学们忙不迭地开始七嘴八舌的声讨：“小商，你快老实交代，你每天偷偷摸摸地出去到底是干什么！”

小商有些无奈，“我哪里偷偷摸摸啦，没你们想的那种事。”

同学们一片唏嘘，小商不想过多理会，忙推开人群回到自己的位子上坐下，把那几本课本放到桌子上，开始翻阅今天下午新增的笔记。被忽略的同学们有些兴致索然，但他们坚信，小商恋爱了是无可非议的事实。不过他人的言语小商都无须理会，她只是默默地温习下午的功课，顺便还笑了一句，“成绩还真的挺不错的嘛。”

没错，这天下午小商就是应邀带着学习资料去找了那个男生，在绿色的树海中，一切都被演绎成温暾的生命。男生抬头，笑容依旧不减昨日。小商便在男生身边坐下了，刚开始只是安静地坐着，但内心却终究无法沉静到课本中去。后来她还是忍不住两颊红热地递上自己的课本，极羞怯地请教问题，绿色的树海在那刻彻底消失声音。男生则很温和地接过书，在上面留下了一长串娟秀的笔迹，书写的沙沙声掩盖了林子里日渐败退的蝉鸣。小商靠在男生身边，有些不自然但也不去理会了，她只记得树海晃动着温柔的波，男生满脸白光，炫若花火。那个下午，男生洁白的校服泛着褶皱，细细的腿在松垮的校裤里显出轮廓，两个人沉默在树海里，一切安静而美好。

“树海，真的是树海。”小商喃喃着。

小商还是那个喜欢看着窗外发呆的十七岁女孩，还是那个为苦逼高考一直奋斗的高中生，一切好像都没变，但还是变了。小商还是满脸愁云惨淡地刷题，还是会被老师扔粉笔头，但她自己也意识到了一些变化。

十月中旬，秋意渐次渗透，距小商邂逅男生已一个多月，树海却依然浓绿，小商已经万般无奈地接受自己是个高二学生的现实了。这时第一次月考结束，成绩公布，小商竟然进了全校前十，小商自己也有些错愕，怎么可能，自己明明只是个在雾里看物理和数学，凭感觉写语文和英语，成绩平得不能再平的苦逼高中生，怎么可能会考得这么好。小商竟然没有一点兴奋，反而有点脸色煞白。班主任却一直在闲言闲语地夸奖小商那个有着超能力的家教，还想找机会跟他探讨探讨。不过听了班主任的闲话，小商才想到，一切都是他的功劳。

每天下午小商都会带着课本走过树海，走过无尽的绿色和枝叶冲天，去和那个男生一起学习。刚开始有些羞怯，时间久了不熟也熟了。小商每天都会向男生摊出一堆疑难问题，男生总能三下五除二地将它们漂亮地解决，顺便用娟秀的笔迹在小商的课本上留下一些技巧与提示。小商默默地都记住了，心中感慨，逃课不被骂还真不是盖的。也正是这一个多月来每天下午树海中的一小段时光，让这个奋斗苦逼高考的女高中生成绩一点点地爬升，最后竟拥有了这样的成果。小商不禁欣慰地笑了。

自己为什么会坚持每天逃课呢？是因为要圆家教的谎，还是想寻找男生的帮助，或者仅仅是为了树海中的某一样难言的东西呢？小商也不清楚，她只自诩为蓬头垢面奋斗高考的苦逼女高中生，应该不会有那么多杂七杂八的想法。然而还是要承认，每天经过老师的默许后带着书本肆意逃课，走过树海，走过那片无尽延伸的绿色来到男生身边，是自己一生中最幸福的时光。大概是爱那片树海吧，小商只能这样模糊地认为。不只是爱那片树海，她还爱靠在男生身边问问题的时光，自己心中不停地感慨，逃离也挺容易的啊。没错，这树海就是她幸福的所在。她已成功地逃离了，逃离到了这片不需要回头的、广阔的树海。然后她就会惬意地享受生活：阳光的强度渐次破碎，但从高攀的枝叶的罅隙间漏下的碎片，却仍是明晃晃的。风一过，阳光的碎片、浓绿的枝叶便摇摆成整片生命。小商兀地发现这树海，真的是被隔离出的一片绿色的海洋，每一个枝叶，都被生命的整体攥紧。随着男生不停地书写，从蝉聒噪难息一直写到它们只能发出间或的悲鸣，它们的生命被余存的夏天带走。小商有点喜欢看男生白光一片、炫若花火的脸庞了，但五官仍是不分明。她想她永远也不会记清的，只能记得校服洁白的褶皱和各自的安静。

树海。小商笑了。

同学们的热情不减。缺爱的高中生对无聊的事情总是能表现出可怕的好奇心。小商每天傍晚回学校的时候总会被一群学生围住，小商想，如果人气能当饭吃的话，自己肯定已经一百八十斤了。刚开始她一直都以淡淡的态度回避，因为她觉得自己逃课的唯一目的是去学习，哪有那么多让人想入非非的恶俗恋情。只是十月的月考后没多久，小商不再那么淡淡的了。面对同学们“发展得怎么样了”

的质问，小商不再是一如既往的“不是你们想的那样子”，而是青涩地一笑：

“还没开始呢。”

话一出同学们还没反应过来，待反应过来就是“哦”声一片了。同学们笑着说：“哦，怪不得呢，我说小商你怎么这么努力，原来还没开始呢。那要好好加油哦。”

“小商你可真厉害，没见过一边追别人成绩还一边好上去的。”

“不会是师生恋吧？啊，没关系，我不歧视师生恋的。”

小商笑笑，不置可否。也是呢，他们都没说错，自己已经动情了。当有太多解释不清时，你就开始恋爱了。

当小商自己都肯定自己已经步入那种暧昧叵测的境地时，一切都由内而外地不单纯了。不过幸福并没有变质，小商还是喜欢走过树海，还是喜欢黏在男生旁边问问题，尽管心里已经不可抑制地想七想八，但共处的时光还是过得很开心。被同学们围住分享进度时，小商也是笑得越来越得意。

秋意还未使树海失色，还是一整片绿色连缀得无遮无挡令人发指。南国十月的蝉，在绿云扰扰中也一点点地走到了生命的尽头，叫起来也是有气无力。小商觉得，在树海中她已和男生达成了某种默契，互不干扰但也情意温柔。一天，小商又向男生请教题目，听着听着，她却开始控制不住地想着一连串有关谈恋爱的肉麻事情。

“喂。”男生意识到了小商的目光游离，用笔帽戳小商的脸颊以示提醒。真糟糕这里没有老师的粉笔头。

小商把目光转回来，心想，怎么会有这么暧昧的动作，难道是……你懂的嘛，青春期的女生就是喜欢这样想七想八的嘛。

男生却没有继续讲题，他只是直勾勾地盯着小商，盯得小商都有点不好意思了。忽然，男生眼神一亮，道：“怪不得这么别扭呢，原来我还一直不知道你的名字呢，喂来喂去的奇怪死了，你叫什么名字。”

“叫我小商就行了。”

“哦，小商。”

……

蝉间或地叫着，接下来树海中却是一片冗长的寂静。空气有些发绿，小商心中却有些黯然。

安静了，没下文了，却根本没有说出自己的名字。

那天傍晚小商回学校时心情第一次有些不好。她很坦诚地说出了自己的名字，但男生却连一点透露自己的意思都没有。是自己想多了，还是他根本不想和自己有什么过分且多余的来往？小商有些伤心，自己当时为什么就没勇气去反问男生的名字呢？

小商走读，那天晚上她没有什么心情地回家了。穿过客厅，回到自己卧室的过程中，整个人都散发着逼人的阴气，爸爸妈妈见了都吓了一跳。

“这孩子怎么了？失恋了？”

“都没开始呢……没法失恋啊！”

“那肯定不是什么大事，让她自己凉快去吧。”

很符合爸爸妈妈的漠不关心，小商把自己跟晒腊肉一样抛在床上，想着。没错，自己的确已经无可救药地爱上了那个男生，但那个男生的反应却有失温热。小商很难受，原来单相思是这样纠结的事情。她倒在床上，觉得如此烦恼自己完全可以哭出来的，但不管她怎么回想，眼泪就是流不出来。想着想着，小商却猛地发现自己实在是有些自作多情，对方没表示，并不是拒绝啊，这样自己完全有可能的啊。想到如此励志的事情，小商就坐了起来，我虽然数学不好，但我也知道在还没开始的情况下，两个人在一起的概率有百分之五十！

于是关于未来瞬间变得一片璀璨。小商却马上收敛了春天般的笑容，因为她知道，接下来她要做的事才是最重要的，接下来才是爱情斗争的关键战役，之前的什么好好努力都是没用的铺垫，现在开始才是定胜负的战略性阶段。

那么一定要把握机会了。加油啊，小商。

小商决定做一个主动型人才，因为一般男生都比较喜欢主动一点的女孩子嘛。那，那，那怎么个主动法呢？小商为自己的英明决策激动得面颊潮红，不由有一点口吃，她从来没想过自己的人生中要面临这样的时刻。怎么回事啊，一个月前自己还是一个沉默安分只会学习还学不起来的苦逼女高中生，怎么一个月后就在干这种事了？但，但这些都不管了，现在唯一要做的事就是把自己打造成主动型人才。告白么？自己不适合做这种事吧，要脸皮很厚才行的，自己现在已经语无伦次了，到时候肯定会出糗的。那，送情书吗？好像不会不好意思吧，但是不是太恶俗了。请他看电影怎么样？是不是太快了点啊……

思前想后，小商决定送情书。于是她马上坐到桌前振奋精神地写着她文采斐然的情书，顺便翻出了一大堆言情小说及《萌芽》之类的杂志做参考。那天晚上小商熬到很晚，但却是笑着睡着的。

第二天小商是乐颠颠地冲过了树海，冲过了枝叶冲天和绿云扰扰来到男生身边，她很担心今天男生不会来。不过男生是一年四季都在那儿的，这不需要担心，反而是男生有点诧异地看着飞奔而来的小商，误以为她是在参加市里的马拉松比赛。看着男生讶异的表情，小商理了理头发，故作柔美状坐到了男生的身边，心中暗骂，该死，出场就这么不漂亮。

今天小商根本不是来学习的，所以只带了薄薄的几本练习册装装样子。事实上，这几天她都不是来学习的。练习册什么的其实都只是幌子，今天唯一的任务就是把那张粉红色的情书送到男生的手中，再自然地离开。想着，小商不由有些激动，脸颊潮红，整个人都开始发热，不知是因为心跳还是什么。男生却没怎么注意她的不自然，小商也显出什么事都没有的样子，递上练习册请教问题。男生像往常一样接过本子，想也没想就开始为小商演算，小商也特地凑得特别近，当然完全不是为了听题目。她近距离观察男生的侧脸，白光烂漫，一片明亮，不知是因为害羞还是什么，她还是觉得男生的五官模糊得看不真切。她还看他校服上洁白的褶皱，看他的腿在宽松的校裤里显出的轮廓。由于头脑发热，小商觉得有点听不清声音，她也因此觉得四下里非常安静。蝉的声音不见了，男生讲题的声音也不见了，真的不见了，但小商还是装作很认真地看着男生，看他炫若花火的白皙的侧脸，看他的手在练习册上用笔留下娟秀的字迹，以免男生发现她正在想入非非。因为安静，整个树海都变得无声无息，在风中，小商清晰地感受到了它作为整体的晃动，阳光明晃晃的碎片也在晃动。绿色蔓延进空气，绵亘得永无止境。现在，小商什么都不用想，她只需轻轻地取出那张小情书，同样轻轻地放在男生的手上，再转身离去，就够了。那张粉红色的小纸片，现在正放在最贴近她身体的口袋里，纸片上还带有自己肌肤的温度。小商催促自己快点把它取出来。

那个一切都安静到失神的下午，小商不愿再想起了。她觉得那个时候的自己好像中了魔法一样产生了幻觉，觉得周遭的空气异样的温热而慵懒，慵懒到让自己怎么也伸不出手去。自己已经是动也不想动了，小商就那么懒懒地靠在男生身上，看着他，发着呆，男生竟然自始至终都没有发觉。小商不知道为什么，真的是动也动不了了，就那样直直地看着男生脸上炫目的白光和模糊的五官，背景有树海无声地泛着绿色的波，阳光驳杂的碎片从明亮淡褪成金红，她才意识到时间已经不早了。直到彼此站起款款作别，那张粉红色的小纸片还在她的胸口叩问她的心跳。

小商凝重地反思为什么会这样。是太没有勇气了吧，之所以不敢冒险，是因为人类都有维护原有生活的惯性。或许自己爱的只是现在的生活，爱树海，爱阳光的碎片。幻觉里，一切都可能因那张情书而改变，也许今天送出明天她就会失去这一切。她怕。

小商只能这样安慰自己了。那天夜里，小商又倒在了床上，作晒干的腊肉状。没有谁可以怪罪，只能怪自己。想着，小商竟然哭了，哭得撕心裂肺。

次日小商整顿了心情又去了树海，走过树海时，没有了昨日的疯疯癫癫。她还是爱着男生的，这可以肯定，所以粉红色的小纸片还藏在她的胸口。她想今天无论如何也要把情书送掉，且很沉静地送掉。想着，她以为自己现在的表情很坚毅，实际上却有点忧伤。

来到男生面前时，小商站着露出了一个很庄重的笑。随即，她发现男生今天的表现也有些不同寻常。他没有带书，并且是站在长椅旁边的，笑着，好像特意在等她。小商还不明白发生了什么，男生却先开口了：

“每天学习有些学烦了，如果不介意的话，今天我们去看电影吧。我特地买了你的票。”

小商有些傻了，怎么回事，为什么是他请我看电影，有没有弄反啊。还有是不是有些太快了，我还没准备好啊……不可能的吧，难道他也喜欢我……小商的脑子出现了爆炸的趋势，幸福的感觉来得太突然，刚刚自己还千方百计地下定决心要把情书送掉，这会儿竟然是他先提出一起去看电影。实在太突然了，小商潜意识里觉得这可能是骗人的。可就是因为太突然了，小商竟然一点也高兴不起来，整个人的状态还是昨天的忧伤。

无法接受。但小商还是淡淡地答应了。

一路上跟着男生去电影院，两人无话。说实话小商还真的有点反应不过来。她觉得现在的自己应该很高兴才对，可就是笑不起来，拼命挤出一点笑也是惨淡的，笑得自己都觉得恶心。这到底是怎么回事呢？小商开始分析男生现在奇异的行为。她很讶异现在的自己竟然会如此冷静，冷静得不像话，大概是昨天的忧伤使然吧。现在小商已跟着男生走出了树海，头顶的阳光无遮无拦，小商微眯起了眼睛。她看着男生的背影，他竟然一路上都没转过来和自己说话，怎么可能喜欢自己。

是我自作多情了吧，应该只是一起看电影而已。

终于到了电影院。电影院门口很显眼地站着一个穿着校服的女生，很明显和男生是同一所学校。那个女生胸前抱着几桶爆米花，正踮起脚朝小商这边张望。忽然，那个女生好像发现了什么，正很努力地把这么多爆米花都塞到自己的一个臂弯里，腾出另一只手朝小商的这个方向挥舞。是在等人吧，小商想，但旋即发现这个女生好像在朝自己招手，甚至还在冲自己笑。怎么回事，她认识我？小商觉得自己应该没有看错，这个女生的一切行为都是冲着自己的。正困惑着，小商却看见男生笑得灿烂，和那个女生打了个招呼。

“她是谁？”

“她是小含，我女朋友。”

男生笑着回答小商，表情里没有丝毫顾忌，也对，他有女朋友又不是什么遭天谴的事。但小商的心还是硬生生地疼了一下。为什么呢？小商不太清楚。不过再次出乎意料的是，自己只是疼了一下，并没有什么多余的反应，冷静得有点吓人。他有女朋友了，哦，承认了就行了。

他有女朋友了，那我又是什么呢？

我连他叫什么名字都还不知道呢。

小商整个人淡淡的，忽然明白了自己是什么角色。小含也抱着爆米花跑过来了，她没去和男生亲昵，而是径直绕到了小商的身边。

“嗨，你就是小商吧。我经常听他提起你，每天下午陪他一起在树海学习。这家伙平日在学校里烦人得要死，他在外面没骚扰你吧？”

“本来呢今天只有我和他去看电影的，但我忽然想到如果他去看电影了，你一个人在树海会很寂寞的，就叫他也把你给带来。”

……

小含靠着小商，一直在和她絮絮叨叨，一直讲进了电影院。的确，只有小含在讲话，小商只是听着，眼睛木然地看着小含，时有时无地“嗯”着。

他有女朋友了，那我又是什么呢？

小商很肯定自己的精神已经有些溃乱了，但是自己既没有抓狂也没有痛苦。为什么呢？小商自己也不太清楚。她甚至不清楚自己为什么会是这样的状态，淡淡的，木木的。小含一直在讲，小商看着小含，发现小含很漂亮。也对，自己这么平庸，小含是男生的女朋友也很正常。小商忽然觉得小含和男生特别般配。快开始看电影了，小含把一桶大大的爆米花塞给了小商，补充说："特地给你买的。"

小商淡淡地道了谢。不会下毒了吧？

电影开始了。小商吃了爆米花，没事。她觉得小含是一个很大度的人，没错，很大度也很让人放心的人。这样的女孩子，让谁看了都会喜欢，当他的女朋友也不奇怪。不奇怪的。不奇怪的。

小商的心又开始渐渐地揪起来，但她并没有觉得什么，因为自己整个人还是淡淡的，面无表情，像极了昨日的忧伤。

看电影时小含坐在中间，小商和男生坐在她的两侧。看的是什么，小商一点印象也没有，她只觉得自己的大脑有些空白，很恍惚。小含和男生看得专心致志，不过小含也偶尔会凑到小商耳边跟她说几句悄悄话，大概是对电影内容的吐槽，因为没怎么看电影，小商也不是很理解，也只是象征性地笑了笑。小含凑过来时，小商越看她越觉得漂亮。怎么会有这样的女孩子呢？漂亮、大气，还这么讨人喜欢。

难怪呢。

他有女朋友了，那我又是什么呢？

根本不知道看了些什么就散场了，小含和男生感慨万千地从影院里走出来，小商笑得惨淡在后面跟着。在前面蹦蹦跳跳的小含忽然意识到了什么，忙跑到后面去牵小商的手，怕把她冷落了。男生也缓缓地转过头来，冲小商微笑了一下，笑得很真。小商见了，一时反应不过来，只是匆忙地回了一个笑，也不知道笑成了什么样子。她也忽然发现男生在见到小含后没跟自己讲一句话，自己也因为一些不清楚的原因而不振作，也没怎么看到男生。应该是怕女朋友多想故意回避吧，也对，这么好的女朋友要好好珍惜啊。小商抬起头来看向小含，真好，这样的女孩子，又漂亮又大气，一点也不做作。想着，小商冲小含露出了一个很灿烂的笑。

那么分别的时刻也到了。小含执意要送小商回学校，想叫男生自己回去。小商笑着推辞说："不用了，你这么漂亮的女孩子这么晚了一个人走路很危险的。"互相坚持了一会儿，小含和男生决定一起把小商送到她平日和男生一起学习的地方再回去。小商也没有反对。

此时已是南国的十月末，看完一场电影也是薄暮冥冥了。回到那个熟悉的地方，和小含他们告别之后，便是夕阳无限好的时分了。这回是小商一个人走在这条熟悉的路上，走过树海回学校。心里有种说不出的滋味，树海也因此有些失色。夕阳忧郁，倦鸟归巢，时光在悠长的罅隙里怨声载道，秋蝉聒噪几声，便匆匆堕入寂寞的无聊。以前的树海不是这样的，它有着枝叶冲天，绿波万顷和阳光明晃晃的碎片。想着，小商有些心痛。她曾经为了见到男生，无数次走过这片树海，走过这片无止境的绿色，但如今，她却觉得自己是无论如何也走不过去了。不仅如今，从此以后也不会再走过。

后　记

现在我的身边已陆陆续续地有同学被保送名校，没被保送的也在奋力刷题，有时候抬头四望，发现自己真的没有旁边的同学那么认真。是的，在这人神共愤万夫所指的高三华年，我没有杀死自己充满闲情逸致的心，没有把自己彻底投入泛着题臭的题海，依然要在同学们写五三的时候寻到教室安静的角落来给自己写一篇后记。

目前我所处的社会环境是，能有机会保送的同学为着保送努力奋斗，没能保送的同学为着高考努力奋斗，我就这样，怀着对接下来一年的恐惧和一年后的期待，一步三回头地踏进了高三的门槛。我不知道接下来等着我的生活是什么样子，但我可以想象，那是好几年的辛苦一起涌了上来。

怀着对未来的迷茫，我落笔开启这篇后记。我可以猜到，接下来这一年里，那陪伴了我好几年的文字将会暂时搁浅。也正如此，要给以往的时光一个交代。

我真正的写作算是从初一开始的，在这里感谢王敏老师，希望她能看到。然后一直到今年创新作文的决赛落幕，踏上归途，我的内心忽然产生了一种苍凉的想法：那历时五年的、漫长的文学之旅，到此终于告一段落了。一瞬间，那些还带着几分青稚的时光幻化成白影从我面前闪过，我不知为何有种流泪的冲动，感觉那些时光，要携着我的文字永远地逝去了。我不知道等这兵荒马乱的高三年华过去之后，我还会不会重新拾笔，我写出的文字还会不会是以前的样子。所以，需要纪念。

站在高三的入口，我回首过去的五年。这五年里，写作几乎成了一种无形的习惯，文字也已渗入生活的血脉，紧密交融而不可分割。所以，当我觉得要暂别文字时会那样心痛，因为文字已融入我的生活，告别它们有如和过往决裂。我看不见将来，所以想再好好看看过去。

《夏末未央》里的几篇小说都是我上高中以后写的，说来也巧，现在也正是夏末未央的时节。在它们之中，《颜乱》毫无疑问是开山鼻祖，它开启了我的高中华年，也开启了我万字小说的旅程。从此我写小说难以不破万字，也因此写文章成了一件很花时间的事情。曾经的我为了挤时间写文章，竟然放弃才学了一个学期的化学竞赛，那段没有画上句号的竞赛时光，孤零零地躺在我记忆的海洋，像极了那些被我半途而废的长篇小说。然而现在那个愚蠢的我终是尝到了苦果，看着成群结队的保送狗春风十里扬州路，我唯有吐血三千丈。不过，我也不需要后悔，没有曾经的决定就不会拥有现在的文字，就不会有《夏末未央》里的历历在目，不会有高一高二时文字与生活的交融。它们都镌刻着旧日的时光，看着它们我就像看到了曾经的自己。我每天上课下课都在写，那是一段怎样的生活？

所以我希望很多人能看到这段生活，我不甘心它们就这样沉默在我的过去里，我希望它们跳跃出来，去做鲜活的诉说。我很喜欢《颜乱》，喜欢“颜乱”这个名字，自它诞生以来它就一直是我的QQ名，我曾举手发誓如果《颜乱》没有发表就绝不改QQ名。《十年夏末》确实发表过节选，“夏末未央”也是从它身上衍生出来的。它记录了我去年春天废寝忘食不写作业也要日更数千的时光，《颜乱》则象征着我中考之后的无所事事。《神字》写在高一的冬天，那时我即将去往新概念作文大赛决赛。《湘妃》则是历史改编，自我总结可以将其纳入历史玄幻神话婆媳吐槽外星人等多种类型，看到它，我就会想起去年夏天的历史学考，以及窗外大风呼啸旗杆飘摇。《无双》和《走过树海》是我高二上学期写的，前者多多少少受到了张爱玲的启发，后者完全是复制了我刚上高二时的心情以及社会环境，那片树海就是我坐在教室窗边看到的风景。高二下学期我在奋斗真正的长篇穿越吐槽恶搞玄幻变态小说《与蛇共舞》，还未彻底出世已遭吐槽无数，由于实在是长篇，目前没有完结，所以不能出现在这里隐喻我的一段时光。但这几年来，都是幸福的日子。如鲁迅所言，“这也是生活”。

写到此处当真是畅快无比，说实在的，这是我写文章最轻松的一次了。不需要考虑比赛要求发表限制，完全是畅所欲言，让我仿佛回到了初中写日记的日子。这也是文字，这也是生活。在这里，我还要感谢我的爸爸妈妈，感谢东君叔叔、黄忠老师、王敏老师、王韫敏老师、张颖喆老师（人太多，没有提到别介意）等所有帮助过、支持过我的人，没有你们，便不会有我这般生活。当然还要感谢作家出版社。

小时候觉得出书是一件很神奇的事，到现在也觉得没那么神奇了。我所珍视的，便是我曾经的文字，过往的生活，希望它们在我苦涩的高三华年中依旧不褪色。

2015年8月

写于乐成寄宿中学